Anatole France

LA ISLA DE LOS PINGÜINOS

Anatole France

Prólogo y edición de Rosa Gómez Aquino

LA ISLA DE LOS PINGÜINOS

NOVELAS
EDICIONES
Lea
CLÁSICAS

Ilustración de tapa:
Gabriel San Martín.

LA ISLA DE LOS PINGÜINOS
es editado por
EDICIONES LEA S.A.
Av. Dorrego 330 C1414CJQ
Ciudad de Buenos Aires, Argentina.
E–mail: info@edicioneslea.com
Web: www.edicioneslea.com

ISBN 978-987-718-313-9

Primera edición. Impreso en Argentina.
Diciembre de 2015. Arcángel Maggio - División Libros.

France, Anatole
    La isla de los pingüinos / Anatole France. - 1a ed . - Ciudad
Autónoma de Buenos Aires : Ediciones Lea, 2015.
    288 p. ; 23 x 15 cm. - (Novelas clásicas ; 4)

    ISBN 978-987-718-313-9

    1. Novela. I. Título.
    CDD 843

Prólogo

Aclamado en su tiempo y considerado fundamental, incluso, por colegas de la talla de Marcel Proust, Anatole France es hoy uno de los grandes autores injustamente olvidados, un literato polifacético que ha caído en una suerte de "lista negra por falta de uso" —tal como lo sugiere el escritor checo Milan Kundera— cosa que sucedió, en buena medida, a partir de la sátira a la que lo sometieron los surrealistas. La reedición de la que es considerada una de sus obras más importantes, *La isla de los pingüinos*, tal vez pueda comenzar a remediar un poco tan injusto abandono.

Lúcido intelectual francés cuya fecunda y comprometida existencia abarcó parte de los siglos XIX y XX, su verdadero nombre era Jacques Anatole Thibault, pero pasó a la historia de la literatura bajo el pseudónimo de Anatole France.

Nacido en París el 16 de abril de 1844, su padre, François Noël Thibault, era propietario de una librería que se especializaba en la venta de libros y otro tipo de materiales (por ejemplo, panfletos) de temáticas vinculadas a la Revolución Francesa. Ese contacto asiduo y familiar con esas lecturas resultó fundamental en la formación tanto intelectual como ideológica del joven escritor. Por supuesto, el plan era que continuara con el comercio familiar pero, luego de terminar sus estudios con brillantes resultados, France toma la decisión de dedicarse a la literatura.

Su obra es vasta y engloba muy diversos géneros. Escribió estudios biográficos, fue crítico literario y publicó novelas, cuentos, poesía, trabajos académicos, discursos, diálogos filosóficos, obras de teatro, artículos periodísticos y ensayos.

En consonancia con tan amplio abanico de géneros, no lo fue menos el de temas. Su pluma abarcó asuntos tales como el conflicto entre el cristianismo y el paganismo, los cambios sociales, la vida en los pequeños pueblos de provincia, la historia, los efectos de las pasiones sobre los seres humanos, las batallas políticas, la evolución de la humanidad, las sociedades del futuro, el racismo, la irremediable soledad de los individuos, el mundo del trabajo, los excesos del poder y el destino de los pueblos, entre muchos otros.

Pese a haber publicado otras obras con anterioridad, se considera que su primera novela importante es *El crimen de Sylvestre Bonnard* (*Le crime de Sylvestre Bonnard*) editado en 1881 y que fue merecedora de un premio de la Academia Francesa. Algunos de sus títulos más recordados son *Crainquebille* (*Crainquebille*), Vida de Juana de Arco (*Vie de Jeanne d'Arc*), *El jardín de Epicuro* (*Le jardin d'Épicure*), *Los dioses tienen sed* (*Les dieux ont soif*), *El procurador de Judea* (*Le procurateur de Judée*), *La rebelión de los ángeles* (*La révolte des anges*), *Ezilda, duquesa de Normandía* (*Ezilda, duchesse de Normandie*), *La vida en flor* (*La vie en fleur*) y la tetralogía *La historia contemporánea* (*L'Histoire contemporaine*) compuesta por *El maniquí de mimbre* (*Le mannequin d'osier*), *El olmo del paseo* (*L'orme du mail*), *El anillo de amatista* (*L'anneau d'améthyste*) y *El señor Bergeret en París* (*M. Bergeret à Paris*).

Integrante de la Academia Francesa desde 1896 y ganador del premio Nobel de literatura en 1921, France no sólo se comprometió con las letras de su tiempo, sino que también participó de forma activa en muchas de las causas políticas que le fueron contemporáneas. Colaboró en la creación de la Liga por los Derechos del Hombre, tomó partido por las luchas que dividían a Francia hacia finales del siglo XIX y principios del XX, intervino a favor de los revolucionarios rusos de 1905, se acercó al Partido Comunista de su país natal —aunque eso no le impidió propinarle serias críticas cuando las consideró tan oportunas como necesarias—, estuvo presente en las luchas universitarias y apoyó de manera denodada a su colega Émile Zola en el caso Dreyfus, militar francés acusado de traición, y cuya causa es aludida en la novela que nos ocupa en "El proceso de los ochenta mil fardos de forraje".

Murió el 12 de octubre de 1924, en Saint–Cyr–sur–Loire, Francia.

La isla de los pingüinos

¿Alegoría amarga y paródica de la historia de la humanidad, de la de Francia o —cambios mediante— de la de cualquier otra nación de raíz y tradición cristiana en la que se pueda pensar? ¿Es Orberosa una referencia a la Virgen María o a Juana de Arco? El personaje de Draco el Grande ¿puede leerse como una alusión a Carlomagno? De todos los animales posibles ¿el autor optó por los pingüinos pues veía en ellos una caricatura de los burgueses que lo rodeaban? Las que acabamos de hacer son sólo algunas de las preguntas que se han formulado y se pueden formular quienes se acercan a esta novela con ánimo analítico. Y aquellos que no se aproximen a ella de ese modo, lo más probable es que la lectura los posicione de esa manera ya desde las primeras páginas, porque *La isla de los pingüinos* es un cóctel de erudición, ironía y humor del que es imposible sustraerse.

Publicada hace un poco más de un siglo (concretamente, en 1908) se trata de un clásico memorable que pide casi a gritos subrayar frases y rescatar párrafos enteros, y en el cual las pretensiones civilizadoras y las farsas sociales son criticadas una y otra vez de forma tan mordaz como sutil y disfrutable.

El argumento parte de la leyenda fundacional que narra cómo el bueno de San Mael —un monje cristiano bastante corto de vista, casi ciego— bautiza a una colonia de pingüinos al confundirlos con salvajes. A partir de ese episodio, pasan por la pluma de France la construcción de los mitos de una sociedad, los santos, las familias ilustres, el origen de la propiedad privada de la tierra, la leyenda de un dragón tan supuestamente temible como falso, los caballeros de la Edad Media, los pintores primitivos, los revolucionarios, los creyentes y los descreídos, los burgueses y sus mujeres, la especulación financiera, y muchos otros temas, motivos y escenarios. Además, no contento con efectuar un revisión histórico–paródica (de hecho, se calificó alguna vez a esta obra literaria como una suerte de "Quijote de la historia") las últimas páginas nos ofrecen una breve pero efectiva postal de un posible y desolador futuro, escritas desde una suerte de ciencia ficción de visión apocalíptica. En esos momentos postreros del texto, se describe una ciudad con construcciones de hasta cuarenta pisos, donde la luz está encendida día y noche debido a que la claridad del cielo no logra atravesar la humareda proveniente de las fábricas y en la cual se producen alimentos químicos.

Desde el punto de vista de su estructura, *La isla de los pingüinos* resulta tan compleja como interesante. Por un lado, se encuentra dividida en ocho libros: "Los orígenes", "Los tiempos antiguos", "La Edad Media y el Renacimiento", "Los tiempos modernos: Trinco", "Los tiempos modernos: Chatillón", "Los tiempos modernos: el proceso de los ochenta mil fardos de forraje", "Los tiempos modernos: la señora Cerés" y "Los tiempos futuros: la historia sin fin", los cuales, a su vez, se subdividen en capítulos. Por otro, despliega una polifonía que abunda en metanarrativas y relatos incluidos que le aportan perspectivas diversas, construyendo una suerte de narración caleidoscópica con multiplicidad de narradores secundarios incluidos.

A lo largo de toda la novela, el lenguaje es por demás rico, lo cual se nota con especial brillo cuando apela a la figura retórica de la enumeración, recurso muy caro al autor. La ironía, otro de los procedimientos discursivos predilectos de France, está presente de manera constante y deliciosa, a veces, en forma de breves réplicas, otras, en párrafos enteros que no son sino irónicos relatos o descripciones. Ello genera un efecto enunciativo general del orden de lo humorístico pero que, como buena parte del humor, no está exento de un dejo amargo y, en cierta medida, desesperanzado.

Tanto desde la temática como desde los recursos estilísticos puestos en juego para abordarla, el lector formado e informado podrá encontrar en *La isla de los pingüinos* ecos intertextuales de la literatura del impertinente humanista renacentista François Rabelais, del también humanista y renacentista creador del género del ensayo, Michel de Montaigne y de uno de los más lúcidos representantes de la Ilustración: Voltaire

El gran desafío (y no menor placer) para el lector del siglo XXI será encontrar en esta obra inmensa ecos de lo que sucede en su propia sociedad y en su propio tiempo.

Rosa Gómez Aquino

LA ISLA
DE
LOS PINGÜINOS

Prefacio

A pesar de la diversidad aparente de ocupaciones que me solicitan, mi existencia tiene solamente un objetivo, la dedico a la realización de un propósito magnífico: escribir la Historia de los pingüinos, en la cual trabajo de manera asidua sin desfallecer jamás si tropiezo con dificultades que alguna vez parecen invencibles. Efectué excavaciones en pos de descubrir los monumentos de ese pueblo sepultados bajo la tierra. Los primeros libros de los hombres fueron rocas, y estudié las rocas que se pueden considerar como los anales primitivos de los pingüinos. A orillas del Océano investigué tumbas que no habían sido aún violadas, y hallé, según costumbre, hachas de pedernal, espadas de bronce, dinero romano y una moneda con la efigie de Luis Felipe, monarca francés en 1840. Para las épocas históricas, la crónica de Johannes Talpa, monje del monasterio de Beargarden, fue mi guía segura, y me abrevé tanto más a esta fuente cuanto que no es posible hallar otra en justificación de la historia pingüina a lo largo del medioevo. Pero a partir del siglo XIII contamos con mayor abundancia de documentos, aunque no sean más afortunadas nuestras investigaciones. Resulta arduo escribir la Historia. Jamás logra averiguarse con certeza de qué manera tuvieron lugar los sucesos y las incertidumbres del historiador se hacen aún mayores con la abundancia de documentos. Cuando un acontecimiento es conocido por una referencia única, lo admitimos sin vacilación; pero comienzan las perplejidades al ofrecerse varios testimonios del mismo suceso, pues no suele hallarse modo de armonizar las contradicciones evidentes. Existen fundamentos científicos bastante potentes para decidirnos a preferir tales referencias y a descartar tales otras, aunque jamás lo sean bastante para doblegar nuestras pasiones, prejuicios e intereses y derrotar la ligereza de la opinión común a todos los hombres graves. Por esa razón presentamos de manera constante los hechos en una forma interesada y frívola.

Referí a varios sabios arqueólogos y paleógrafos de mi país y del extranjero las dificultades en que tropezaba mi propósito al querer escribir una historia de los pingüinos, y su indiferencia, cercana en desprecio, me dejó anonadado. Me escuchaban sonrientes y compasivos, como si desearan decirme: "Pero ¿acaso nosotros escribimos historia? ¿Acaso nos importa deducir de un escrito, de un documento, la menor parcela de vida o de verdad? Nuestra misión se limita a publicar nuestros descubrimientos pura y simplemente, letra por letra. La exactitud de la copia nos preocupa y nos llena de orgullo. La letra es lo único apreciable y definido: el espíritu no lo es. Las ideas son solamente fantasías. Para escribir historia se apela a la vana imaginación". Algo así me sugerían los ojos y la sonrisa de los sabios paleógrafos, y sus opiniones me desanimaron profundamente. Un día, luego de departir con un sigilógrafo eminente, y cuando me encontraba mucho más desconcertado que de costumbre, se me ocurrió esta reflexión: "Digan lo que digan, hay historiadores; la especie no ha desaparecido por completo; en la Academia de Ciencias Morales se conservan cinco o seis que no se ciñen a copiar textos; escriben historias, y no me dirán que sólo una vana imaginación puede consagrarse a este tipo de labor". Me animé con semejante idea, y al día siguiente fui a casa de uno de ellos, anciano sutil.

—Vengo, señor mío —le dije—, a solicitar un consejo de su experiencia. Me propongo escribir historia y no consigo documentarla.

Se encogió de hombros y respondió:

—¿Por qué se preocupa de buscar documentos para componer su historia y no copia la más conocida, como es costumbre? Si ofrece usted una perspectiva novedosa, una idea original, si presenta hombres y acontecimientos bajo una luz desconocida, usted sorprenderá al lector, y a este no le gustan las sorpresas, busca en la Historia solo las tonterías de las que ya tiene noticia. Si intenta usted instruirle, sólo logrará humillarle y desagradarle; si contradice usted sus engaños, dirá que insulta sus creencias. Los historiadores se copian los unos a los otros, con lo cual se libran de molestias y evitan que los tilden de soberbios. Haga como ellos y no sea usted original. Un historiador original siempre inspira desconfianza, el desprecio y el fastidio de los lectores. ¿Usted supone que yo me vería honrado y distinguido como lo estoy, en caso de que en mis libros de historia hubiera dicho algo nuevo? Y ¿qué son las novedades? ¡Insolencias! Y se levantó. Agradecido a sus bondades me despedí, y él insistió:

—Me permito darle un consejo. Si usted desea que su obra sea bien recibida, no deje escapar ocasión alguna de alabar las virtudes que ofician de sostén a las sociedades, el respeto a las riquezas y los sentimientos piadosos, especialmente la resignación del pobre, tan importante a la hora de afianzar el equilibrio social. Asegúrese de que los orígenes de la propiedad, de la nobleza, de la gendarmería, sean tratados en su historia con todo el respeto que merecen tales instituciones; divulgue que se encuentra dispuesto a tomar en consideración lo sobrenatural cuando convenga y, de esa manera, conseguirá la aprobación de las personas decentes.

Medité sus prudentes observaciones y las atendí cuanto me fue posible. No me incumbe dar cuenta de los pingüinos antes de su metamorfosis. Comienzan a interesarme pura y exclusivamente cuando, al salir de la Zoología, entran en los terrenos de la Historia y de la Teología. Sin dudar que fueron pingüinos los transformados en seres humanos por San Mael, resulta conveniente echar luz sobre este punto, ya que en las circunstancias actuales pudiera el nombre conducir a confusiones.

Llamamos "pingüino" a un ave de las regiones árticas, perteneciente a la familia de los alcidios, y "manco", al tipo de los esfeniscidios, habitante de los mares antárticos. Los diferencia de este modo, por ejemplo, el señor Lecointe, cuando narra el viaje de La Bélgica: "Entre todas las aves que habitan en el estrecho de Gerlache —dice—, los 'mancos' resultan las más interesantes. Con frecuencia los denominan, de manera impropia, los 'pingüinos' del Sur..". El doctor J. B. Charcot le contradice y sostiene que los verdaderos y únicos pingüinos son esas aves del Antártico llamadas "mancos", y alega, a modo de prueba de su opinión, que recibieron de los holandeses llegados en 1598 al cabo de Magallanes la denominación de "pingüinos", probablemente por su grasienta gordura. Pero si los "mancos" reciben el nombre de "pingüinos", ¿cómo se llamarán los pingüinos en adelante? Nada le preocupa esto al doctor J. B. Charcot.

De todas formas, ya recobre para ellos ese nombre o lo usurpe, le concederemos que los mancos se llaman pingüinos. Al describirlos adquirió el derecho de bautizarlos, pero ha de aceptar que los pingüinos septentrionales continúen siendo pingüinos. Habrá pingüinos del Sur y pingüinos del Norte, los antárticos y los árticos, los alcidios o auténticos pingüinos y los esfeniscidios o antiguos "mancos". Es posible que sea un inconveniente para los ornitólogos preocupados en describir y clasificar los palmípedos, que se interrogarán acerca de si es oportuno otorgar el mismo nombre a dos familias que viven en polos distintos y que se diferencian entre sí de diversas manera: en el pico, los alones y las patas; pero yo acepto esa confusión y me amoldo a ella sin dificultad. Entre mis pingüinos y los de J. B. Charcot, por muchos que sean los caracteres que los diferencian, son muchos más los que determinan una similitud notable y profunda. Unos y otros se caracterizan por su apariencia seria y plácida, por su dignidad cómica, por su familiaridad atractiva, por su bondad no del todo evidente y por sus movimientos a la vez torpes y solemnes; unos y otros son pacíficos, gustan por demás de los discursos, les atraen los espectáculos, se interesan en los negocios públicos y les preocupa la jerarquía.

Mis hiperbóreos, a decir verdad, no poseen alones escamosos, pero los tienen cubiertos de plumas cortas; aun cuando sus patas son menos traseras que las de los meridionales, caminan como ellos, con el pecho arrogante, la cabeza erguida, y contonean el cuerpo, que desborda de dignidad. Estos rasgos y su pico sublime determinaron la equivocación del apóstol, que los creyó seres humanos.

El presente volumen pertenece, debo reconocerlo, al género de la historia vieja, la que ofrece una serie de hechos cuyo recuerdo se ha conservado, e intenta indicar en lo posible los efectos y las causas, lo cual es más arte que ciencia. Se dice que tal forma de historiar no satisface a los espíritus ansiosos de precisión, y que la vieja Clío es al presente reputada como una chismosa. No tengo dudas de que se pueda trazar en tiempos venideros una historia verdadera de las condiciones de la existencia para enseñarnos lo que tal pueblo, en tal época, produjo y consumió en todas las formas de su actividad. Esa historia no será un arte, sino una ciencia, y ofrecerá la exactitud de la que el historiador más avisado carece, pero no es posible trazarla sin acudir a un gran número de estadísticas de las cuales aún carecen todos los pueblos, y, muy especialmente, el de los pingüinos. Tal vez las naciones modernas procuren algún día elementos para esa historia, pero en cuanto se refiere a la Humanidad fenecida, será menester contentarse con historias al modo antiguo. El interés de semejantes producciones depende sólo de la perspicacia y de la honradez de quien las narre. Como dijo un famoso escritor de Alca, la vida de un pueblo es una urdimbre de crímenes, de miseria y de locuras. Lo mismo ocurre en la Pingüinia que en las demás naciones, por lo cual su historia ofrece puntos admirables que imagino haber aclarado bien.

Los pingüinos se conservaron belicosos a lo largo de mucho tiempo. Uno de sus conciudadanos, Jacobo el Filósofo, ha trazado su carácter en un pequeño cuadro de costumbres que voy a reproducir y que será sin duda alguna del gusto de mis lectores: "El sabio Graciano recorría la Pingüinia en tiempo de los últimos Dracónidas. Cierto día atravesaba un valle fértil, donde los cencerros de las vacas se escuchaban en la quietud del aire puro, y se detuvo a reposar en un banco, al pie de una encina, no muy lejos de una cabaña. En el quicio de la puerta, una mujer amamantaba un niño; un mozalbete jugueteaba con un perro enorme, y un anciano, ciego, sentado al sol, con los labios entreabiertos, bebía la luz. El dueño de la casa, hombre joven y robusto, ofreció a Graciano pan y leche. Luego de tomar aquellas vituallas, dijo el filósofo marsuino:

—Amables pobladores de un hermoso país, agradezco vuestra delicadeza. Todo aquí respira gozo, concordia y paz.

En aquel momento pasó un pastor que tocaba la dulzaina.

—Es una música heroica – opinó Graciano.

—Es el himno de guerra contra los marsuinos – respondió el labriego–. Todos lo entonamos. Los niños lo aprenden antes de pronunciar sus primeras palabras. Somos buenos pingüinos.

—¿Odian a los marsuinos?

—¡A muerte!

—Y ¿cuál es la razón por la que los odiáis a muerte?

—¿No son los vecinos más cercanos?

—Por cierto, lo son.

—Pues bien: ¡por eso los pingüinos odian a los marsuinos!

—¿Es esa una razón válida?

—¡Por supuesto que sí! Quien dice vecinos dice enemigos. Observa el campo lindante con mi propiedad; es del hombre a quien más detesto en el mundo. Mis mayores enemigos, después de él, son los habitantes del pueblo próximo, que se asienta en la otra vertiente del valle al pie de un bosque de álamos blancos. En el angosto valle hundido entre montañas hay dos pueblos, no más, y son enemigos. Cada vez que nuestros muchachos encuentran a los otros se cruzan insultos y golpes. ¡Cómo es posible que los pingüinos no sean enemigos de los marsuinos! ¿No sabes lo que significa el patriotismo? De forma constante asoman dos gritos a mis labios: ¡Vivan los pingüinos!' '¡Mueran los marsuinos !"

Durante trece siglos los pingüinos lucharon contra todos los pueblos del orbe; su ardor fue constante y varia su suerte. Después, durante algunos años, mudaron de opinión y abogaban por la paz con igual convencimiento que antes por la guerra. Sus generales se acomodaron de manera perfecta a la nueva situación, y todo el ejército, jefes y oficiales, sargentos y soldados, reclutas y veteranos, aceptó gustosamente la tranquilidad que reinaba; pero los escritorzuelos, los ratones de biblioteca y demás bicharracos impotentes lo lamentaban desconsolados. El mismo Jacobo el Filósofo compuso una suerte de narración moral, en la que, al ofrecer de una forma cómica y terminante las varias acciones de los hombres, intercaló episodios de la historia de su país. Algunos personajes le preguntaron por qué razón había escrito aquello y qué beneficios reportaría su obra a la patria.

—Uno muy considerable —respondió el filósofo—. Cuando miren sus actos al desnudo, sin el manto de seducciones aduladoras que los ornamentaban, los pingüinos los juzgarán de forma serena, y tal vez, en adelante, mejoren de condición.

Hubiera sido mi gusto no prescindir en esta historia de nada que pueda ser de interés para los artistas, los cuales encontrarán un estudio acerca de la pintura pingüina en el medioevo, y, si bien dicho estudio es menos completo de lo que yo deseaba, no ha sido, por cierto, culpa mía, tal como podrán entender los que lean este prólogo hasta el fin.

En junio del pasado año tuve la ocurrencia de consultar sobre los orígenes y progresos del arte pingüino con el malogrado Fulgencio Tapir, el sabio autor de los Anales universales de la Pintura, de la Escultura y de la Arquitectura. En su despacho se me apareció entre montones de papeles y folletos como un hombrecillo maravillosamente miope, cuyos ojos parpadeaban de forma ininterrumpida bajo las gafas de oro. Su nariz larga, movible, con un tacto refinado, reemplazaba las funciones de la vista y exploraba el mundo sensible. Fulgencio Tapir utilizaba ese órgano para el estudio de las bellezas artísticas. En Francia es moneda corriente que los críticos musicales sean sordos y los de arte, ciegos, lo cual les posibilita un recogimiento imprescindible para el incremento de las ideas estéticas. ¿Supondrán ustedes que con ojos hábiles para percibir las formas y los colores en que se envuelve la misteriosa Naturaleza le hubiera sido posible a Fulgencio Tapir ascender por sobre una montaña de documentos impresos y manuscritos hasta la cima de la espiritualidad doctrinaria, en pos de concebir la potente teoría que hace confluir las artes de todos los países y de todas las épocas en un sitial académico, su objetivo único?

El piso y las paredes, ¡hasta el techo!, se hallaban invadidos por carpetas desbordantes, legajos abultados, cajas donde se apretaban innumerables papeletas. Yo miraba, poseído de admiración y pavor, aquellas cataratas de sapiencia a punto de surgir y derramarse por doquier.

—Maestro —dije con la voz plena de emoción—, recurro a su bondad y a su deber, ambos inextinguibles. ¿Tendría usted algún inconveniente en encauzar mis arduas investigaciones sobre los orígenes del arte pingüino? —Caballero —me respondió—, poseo todo el arte, ¿entiende?, todo el arte, dispuesto en papeletas clasificadas de manera alfabética por riguroso orden de materias, y me generaría una verdadera satisfacción poner a su alcance todo cuanto se refiere a los pingüinos. Allí tiene una escalera; saque la caja de más arriba y en ella encontrará lo que busca.

Obedecí no sin temblar. Al abrir la caja fatal, una cascada de papeletas de color azul empezó a escurrirse entre mis dedos y a derramarse. Por simpatía, sin duda, y de manera simultánea, se abrieron también las cajas cercanas y empezaron a llover papeletas rosas, verdes y blancas... Unas tras otras reventaron las carpetas, y un diluvio de colores se hizo de aquel espacio. Al posarse apiñadas en el piso formaron alfombra que subía y engrosaba por instantes. Hundido hasta las rodillas, Fulgencio Tapir, con las narices alerta, miraba el cataclismo. Al descubrir la causa ocasional, no pudo por menos de palidecer preso del espanto.

—¡Cuánto arte! —dijo con voz lastimera.

Lo llamé; quise conducirlo hasta la escalera, donde podría ponerse a salvo de la inundación; pero todo resultó inútil. Había perdido su casquete de terciopelo y sus gafas de oro, y agobiado, exasperado, humillado, luchaba inútilmente por emerger de aquella charca de sapiencia que ya le cubría los hombros. Después se alzó un remolino de papel. Durante un segundo vi el cráneo brilloso y las manecitas gordinflonas del sabio que se sacudían en pos de defenderse. ¡Imposible ya! Se cerró de pronto el abismo, continuó el diluvio y reinó al fin sobre aquella tumba de papeletas el silencio y la quietud.

Rompí el vidrio más elevado de la ventana, y gracias a esto pude salvarme.

Quiberon, 1 septiembre 1907

LIBRO I:

LOS ORÍGENES

Capítulo I

Vida de San Mael

Mael, descendiente de una familia real de Cambray, ingresó a los nueve años en la abadía de Ybern, adonde lo llevaron para que se instruyera en las letras tanto sagradas como profanas. A los catorce años renunció a su herencia y se consagró al Señor. Distribuía sus horas de acuerdo a la regla, entre los cánticos religiosos, el estudio de la gramática y la meditación de las verdades eternas.

Un perfume celestial reveló a los monjes las virtudes que anidaban en Mael, y cuando el bienaventurado Gal, abad de Ybern, pasó a mejor vida, el joven le sucedió en el gobierno del monasterio. Fundó una escuela, un hospital, un albergue, una fragua, talleres de todo tipo, astilleros para la construcción de navíos y obligó a los monjas a cultivar los terrenos yermos. Asimismo, él trabajaba en el jardín de la abadía y en los talleres, instruía a los novicios, y su existencia se deslizaba de forma plácida, cual río que refleja el cielo y fecunda los campos.

Al atardecer acostumbraba este siervo de Dios a tomar asiento en el acantilado, y aquel sitio aún se llama "la silla de San Mael". A sus pies, las piedras, cual dragones negros, cubiertas de algas verdosas y de ovas bermejas, ofrecían a la espuma de las olas sus desmesurados pechos. Contemplaba el astro rey al tiempo que se hundía en el Océano como una hostia enrojecida, cuya gloriosa sangre cubriese de púrpura las nubes del cielo y las crestas de las olas, y al santo varón se le presentaban como la imagen del misterio de la Cruz, por el cual la sangre divina ha ennoblecido la Tierra. En lontananza, una línea oscura indicaba las playas de la isla de Gad, donde Santa Brígida, a quien San Malo impuso el velo, regía un convento de monjas.

Enterada Santa Brígida de los méritos del venerable Mael, le envió a solicitar, para estimarla como un rico presente, alguna obra de sus manos. Mael fundió una minúscula campana de bronce, y cuando la tuvo acabada la bendijo y la arrojó al mar. La campana fue agitándose y sonando hasta las playas de Gad, donde Santa Brígida, advertida por las vibraciones del metal entre las olas, salió a buscarla con recogimiento, y, en compañía de las monjas, la llevó en procesión solemne hasta la capilla del monasterio. Así, el santo varón aumentaba de día en día sus virtudes. Ya llevaba recorridos dos tercios de la senda de la existencia y esperaba de manera plácida el fin de su vida terrenal entre sus hermanos espirituales, cuando le fue revelado que la sabiduría divina lo dispuso de otra forma y que el Señor le destinaba a labores menos tranquilas, pero no menos encomiables.

Capítulo II

Vocación apostólica de San Mael

Una tarde paseaba por la orilla de una ensenada solitaria. Arribó, abstraído en sus meditaciones, hasta el extremo donde las piedras, en lucha con el mar, forman un dique desigual y pletórico de tropiezos, y vio una roca cóncava que flotaba cual barca sobre las aguas.

En receptáculos semejantes había ido San Guirec, el venerable San Colombán y otros tantos monjes de Escocia y de Irlanda a evangelizar la Armórica. Precisamente, Santa Avoye, llegada de Inglaterra, acababa de cruzar el río Auray a bordo de un mortero de granito rosa, en el cual, más adelante, meterán a los niños en pos de fortalecerlos. San Vouga cruzaba de Hibernia a Cornouailles sobre una piedra, cuyos trozos, conservados en Penmarch, curarán las fiebres a los peregrinos que apoyen sobre ellos la cabeza. San Samson arribaba a la bahía del monte de San Miguel en una pila de granito que será llamada con el tiempo la taza de San Samson. Por esto, al ver flotar aquella roca cóncava, el santo varón de Mael entendió que el Señor le destinaba al apostolado de los paganos que moraban todavía en las playas de las islas de los bretones.

Entregó su bastón de fresno al monje Budoc para investirle como superior de la abadía. Después, munido de un pan, de un barril de agua potable y de un ejemplar de los Santos Evangelios, se introdujo en la roca cóncava, que lo condujo suavemente hasta la isla de Hoedic, azotada de forma continua por los huracanes. Las miserables gentes que allí habitaban pescaban en los agujeros de las piedras y cultivaban a fuerza de trabajo sus legumbres en huertas arenosas protegidas por vallas, tapias de roca tosca y setos de tamarindo. Una higuera magnífica, que arraigaba en una hondonada de la isla, extendía de forma horizontal sus largas ramas protectoras y era adorada por los pobladores.

El santo varón Mael les dijo:

—Adoráis este árbol por su belleza, lo cual me lleva a suponer que la hermosura os agrada. Yo vengo a revelaros la belleza oculta.

Y les enseñó el Evangelio. Luego de haberlos instruido en las santas verdades, los bautizó.

Las islas de Morbihan eran en aquel tiempo más numerosas que hoy. Desde entonces muchas se hundieron en las fauces del mar. San Mael evangelizó sesenta. Después, en su barca de granito, se remontó por el río Auray, y, luego de navegar tres horas, desembarcó ante una casa romana. Del tejado salía una tenue columna de humo. El santo varón atravesó el umbral, donde un mosaico mostraba un perro en actitud amenazadora.

Fue recibido y cobijado por un matrimonio anciano, Marco Combabeo y Valeria Moerens, que vivían del producto de sus tierras. El patio central estaba rodeado por un pórtico, cuyas columnas se hallaban pintadas de rojo desde la base hasta la mitad de su altura. Una fuente de conchas marinas se apoyaba en la pared, y bajo el pórtico se alzaba un altar con nicho, donde el dueño de la casa había puesto varios idolillos de barro cocido blanqueados con cal. Unos representaban niños dotados de alas; otros, a Apolo o a Mercurio, y había también mujeres desnudas en actitud de recogerse el cabello. Pero el santo varón, Mael descubrió entre aquellas figuras la bella imagen de una madre que tenía un niño sobre sus rodillas, y al punto dijo:

—Esta es la Virgen, Madre de Dios. El poeta Virgilio la anunció, antes de que hubiese nacido, al cantar con voz angélica *Jan redit* et virgo. Y se hicieron de Ella, entre los gentiles, figuras proféticas, como la que tu emplazaste, ¡oh Marco!, en este altar. Sin duda, protegió sus modestos hogares. De esa manera, los que observan de forma estricta la ley natural se preparan para el conocimiento de las verdades reveladas.

Marco Combabeo y Valeria Moerens, instruidos por este discurso, se convirtieron a la fe cristiana, y fueron bautizados por su joven liberta Caelia Avitella, a la que amaban tanto como a la luz de sus ojos. Ese mismo día, todos sus colonos renunciaron al paganismo.

Marco Combabeo, Valeria Moerens y Caelia Avitella vivieron desde entonces de forma virtuosa, murieron en gracia de Dios y fueron incluidos en el canon de los santos.

Durante treinta y siete años, el bienaventurado Mael evangelizó a los paganos de tierra adentro. Encargó construir doscientas dieciocho capillas, y setenta y cuatro abadías.

Pero un día, mientras predicaba el Evangelio en la ciudad de Vannes, enterose de que los monjes de Ybern habían relajado durante su ausencia las reglas del santo fundador, y con la ternura de la gallina que recoge sus pollitos, volvió hacia sus vástagos descarriados. Cumplía entonces los noventa y siete años de edad. Su cuerpo se había encorvado, pero sus brazos se mantenían fuertes y sus palabras manaban en abundancia , como cae la nieve en invierno sobre los hondos valles.

El abad Budoc devolvió a San Mael su bastón de fresno y le informó del lamentable estado en que se encontraba la abadía. Los monjes habían peleado acerca de la fecha en que debe celebrarse la Pascua; se decidieron unos por el calendario romano y otros por el calendario griego. Los horrores de una escisión cronológica desgarraban el monasterio.

Hubo, además, otro motivo de desórdenes. Las religiosas de la isla de Sad, tristemente olvidadas de sus virtudes primitivas, desembarcaban a cada instante en la costa de Ybern. Los monjes las instalaban en el albergue, lo cual daba lugar a escándalos y era una causa de aflicción para las almas piadosas.

Al terminar su fiel información, el abad Budoc habló de esta manera:

—Desde que se presentaron las monjitas, nuestros monjes perdieron la inocencia y el sosiego.

—No lo dudo —respondió el bienaventurado Mael—, porque la mujer es un cepo mañosamente construido: es suficiente con olerla para quedar prisionero. ¡Ay! La atracción deliciosa de estas criaturas se ejerce de lejos de manera más poderosa aún que de cerca.

"Provocan tanto más el deseo cuanto menos lo satisfacen. Bien lo expresan estos versos de un poeta, dirigidos a una de ellas: Te huyo por no rendirte mi albedrío, y cuanto más me aparto más te ansío.

"De esa forma, vemos que las dulzuras del amor carnal son más tiranas para los solitarios y para los monjes que para los hombres que viven en el siglo. El demonio de la lujuria me ha tentado de varias maneras a lo largo de mi existencia, y las tentaciones más fuertes no me las generó la presencia de una mujer, ni aun la más hermosa y perfumada: me las produjo la imagen de una fémina ausente. Ahora mismo, bajo el peso de la edad y cercano a cumplir noventa y ocho años, a menudo el Enemigo me impulsa a pecar contra la castidad, al menos con el pensamiento. De noche, cuando tengo frío en la cama y crujen sordamente mis huesos helados, escucho voces que recitan el segundo versículo del tercer libro de los Reyes: *Dixerunt ergo servi sui Quaeramus domino nostro regi adolescentulam virginem, et stet coram rege et foveat cum, dormiatque in sinu suo, et calefaciat dominum nostrum regem.* Y el demonio me presenta una mujercita en capullo, que me dice:

"–Soy tu Abisag, soy tu Sunamita. ¡Oh, dueño mío! Déjame lugar en tu lecho".

"Creedme –añadió el anciano–, sólo con una protección especial del Cielo puede un monje guardar su castidad de pensamiento y de obra".

Aplicose de forma inmediata a reinstaurar la inocencia y la paz en el monasterio, modificó el calendario de acuerdo a los datos de la Cronología y de la Astronomía y obligó a todos los monjes a que lo aceptaran; devolvió al monasterio de Santa Brígida las monjas pecadoras, pero no las arrojó de manera brutal de la abadía, sino que las condujo, entre salmos y letanías, hasta el navío que debía transportarlas.

–Respetemos en ellas –decía– las hijas de Brígida y las esposas del Señor. Librémonos de hacer como los fariseos, que hacían gala de su desprecio por las pecadoras. Hay que humillar a esas mujeres en su pecado, pero no en su persona, y tratar de que se avergüencen de lo que hicieron y no de lo que son, porque son criaturas de Dios.

Y el santo varón exhortaba a sus monjes para que observaran la regla de manera fiel.

–Cuando la barca se resiste a obedecer al timón – les dijo– el escollo le impone obediencia.

Capítulo III

La tentación de San Mael

Apenas el bienaventurado Mael terminaba de reinstaurar el orden en su abadía, supo que los pobladores de la isla Hoedic, sus primeros catecúmenos y entre todos los más gratos a su corazón, hallábanse nuevamente dominados por el paganismo, de modo que colgaban coronas de flores y cintas de lana en los brazos de la higuera sagrada.

El marinero portador de tan dolorosa noticia temía que aquellos hombres extraviados pudieran en cualquier momento destruir la capilla alzada en la costa insular, y el santo varón se dispuso a visitar de forma inmediata a los infieles en pos de impedir que realizasen violencias sacrílegas y para restaurar su fe. Al dirigirse hacia la ensenada donde quedó su pétrea barca, volvió los ojos hacia los astilleros por él establecidos treinta años antes en la bahía para la construcción de navíos, donde a tales horas retumbaban los martillazos y el chirriar de las sierras.

El demonio, siempre infatigable, salió de los astilleros, se acercó al santo varón bajo la figura de un monje llamado Samson, y le tentó con estas palabras:

—Padre mío, los pobladores de la isla Hoedic pecan sin cesar. A cada instante se alejan de Dios. Ya están a punto de derribar la capilla que alzaron vuestras venerables manos en la costa de la isla. Urge remediarlo. Entenderéis que vuestra barca de roca os conduciría con más celeridad si estuviese aparejada, provista de un timón, de un mástil y de una vela. Si así fuera, el viento la empujaría. Vuestros brazos aún son fuertes para gobernar una barca. Tampoco fuera inoportuno ponerle una proa cortante. Supongo que todo esto se os habrá ocurrido antes que a mí.

—Sí, ciertamente urge el remedio —respondió el santo varón—; pero hacer lo que acabáis de decirme, ¿no sería obrar tal como lo hacen los hombres de poca fe que desconfían del Señor? ¿No sería un desprecio de la gracia con que me favorece Aquel que me envió la pétrea barca sin timón ni velamen? A estas preguntas, el demonio, que es un buen teólogo, respondió con esta otra:

—Padre mío, ¿resulta meritorio aguardar con los brazos cruzados el auxilio del Cielo y pedírselo todo al que todo lo puede? ¿No es más elogiable esforzarse con prudencia humana y valerse cada uno a sí mismo?

—Ciertamente que no —respondió el anciano Mael—. Confiarlo todo a la prudencia humana sería ofender a Dios.

—A pesar de todo —repuso el diablo—, ¿no es prudente aprestar la barca?

—Sería prudente si no hubiera otra forma de llegar al fin.

—¡Eh! ¡Eh! ¿Luego confiáis mucho en la celeridad de vuestra barca de roca?

—Depende sólo de la voluntad de Dios.

—Va tan lento como la mula de Budoc. Es un verdadero traste. ¿Os ha prohibido Dios que la pongáis en condiciones de avanzar con rapidez?

—Hijo mío, vuestras razones son claras y convincentes de sobra. Pero reflexionad que la pétrea barca es milagrosa.

—Sin duda, padre mío. Una mole de granito que flota en el agua como un trozo de corcho, es una barca milagrosa. ¿Qué deducís?

—Estoy en un brete para contestaros. ¿Conviene perfeccionar por medios humanos y naturales un mecanismo milagroso?

—Padre mío, si tuvierais el infortunio de perder el pie derecho y Dios lo rehiciera, ¿sería milagroso el nuevo pie?

—Sin duda, hijo mío.

—¿Lo calzaríais con el zapato?

—Seguramente.

—Pues bien: si creéis que se puede calzar con un zapato natural un pie milagroso, debéis creer de igual forma que se pueden poner aparejos naturales a una embarcación milagrosa. Esto es clarísimo. ¡Ay! ¿Por qué los más santos varones han de tener sus horas de indecisión y decaimiento? Sois el más ilustre apóstol de la Bretaña, podríais ejecutar obras dignas de eternas alabanzas...; ¡pero la inteligencia es tarda y la mano holgazana! Adiós, padre mío. Viajad calmadamente, y cuando al fin de muchas jornadas lleguéis a las costas de Hoedic, veréis humear las ruinas de la capilla erigida y consagrada por vuestras manos. Los paganos la habrán incendiado, y el diácono que allí dejasteis habrá sido colocado sobre la parrilla como una chuleta.

—Mi confusión es grande —dijo el siervo de Dios, mientras se enjugaba con una manga la transpiración de su frente—. Pero advertid, hijo mío, que no es una empresa fácil aparejar la barca de roca. ¿No es posible que al emprender tal obra perdamos tiempo en vez de ganarlo?

—¡Ah, padre mío! —exclamó el demonio—, en un abrir y cerrar de ojos la cosa está hecha. Hallaremos los aparejos necesarios en el astillero que años atrás fundasteis en esta costa y en los almacenes provistos de forma más que abundante por vuestros cuidados. Yo mismo colocaré la quilla y el timón. Antes de ser fraile fui marinero y carpintero. También tuve otros varios oficios. ¡Manos a la obra!

Y condujo al santo varón hasta un cobertizo cercano donde abundaban toda clase de aparejos marítimos.

—Aquí tenéis lo que os hace falta, padre mío.

Púsole sobre los hombros la vela y el mástil, cargó con la proa, el timón y una bolsa llena de herramientas de carpintería, y se dirigió hacia la costa junto al santo varón encorvado, transpirado y jadeante bajo el peso de la madera y del lienzo.

Capítulo IV

Navegación de San Mael sobre el océano de hielo

Con el hábito recogido hasta las axilas, el demonio arrastró la barca de roca sobre la arena y la dejó aparejada en menos de una hora. Así que se hubo embarcado el santo varón, la pétrea barca, con todas las velas desplegadas, adquirió tal velocidad que a los pocos momentos ya era imposible vislumbrar la costa. El anciano asía el timón deseoso de correrse al Sur para doblar el cabo Land's End, pero una corriente irresistible lo empujaba al Sudoeste. Bordeó la costa meridional de Irlanda y giró de manera brusca hacia el Septentrión. Al tardecer, el viento se incrementó. En vano Mael quiso recoger velas: la pétrea barca corría desatentada hacia fabulosos mares. A la luz de la luna, las robustas sirenas del Norte, con cabelleras de color de cáñamo, mostraron en torno de Mael sus senos de alabastro y sus caderas sonrosadas, y azotaron con sus colas de esmeralda las aguas espumosas, mientras entonaban a coro: ¿Adónde corres, Mael, desatentado en tu barca, ya sin timón que la guíe y con las velas hinchadas, como los senos de Juno al brotar de la vía láctea?

Un momento le persiguieron a la luz de las estrellas entre risas armoniosas, pero la barca de roca corría cien veces más rápida que el navío rojo de un Viking. Y los petreles, sorprendidos en su vuelo, se enredaban las patas en la cabellera del santo varón.

De repente se alzo una tormenta pletórica de sombras y de gemidos, y la barca, impulsada por un furioso viento, voló cual gaviota entre la niebla y el oleaje.

Luego de una noche que duró tres veces veinticuatro horas, se abrieron súbitamente las tinieblas y el santo varón descubrió en el horizonte una playa más brillante que un diamante. Aquella playa fue aumentando por momentos. A la claridad glacial de un sol indolente y bajo, Mael vio elevarse por encima de las olas una ciudad blanca, de calles silentes, la cual, más inmensa que Tebas la de las cien puertas, extendía hasta perderse de vista las ruinas de su foro blanquecino, sus palacios escarchados, sus arcos de cristal y sus obeliscos nacarados.

Cubrían el Océano témpanos flotantes, en torno de los cuales nadaban hombres marinos de ojos claros y esquivos. Leviatán, a su paso, lanzó una columna de agua hasta las nubes.

Entretanto, sobre una mole de hielo que avanzaba a la par de la barca de roca, hallábase recostada una osa blanca y tenía a su osezno entre los brazos. Mael la oyó murmurar suavemente este verso de Virgilio: *Incipe parve puer,* y, sobrecogido por la tristeza y la confusión, lloró.

El agua de sus provisiones, al congelarse había hecho estallar el barril que la contenía; para calmar su sed, Mael chupaba pequeños trozos de hielo. Comió su pan empapado en agua salada; los pelos de su barba y de su cabellera se quebraban cual si fueran de vidrio; su hábito, recubierto de una capa de hielo, le cortaba las articulaciones a cada movimiento que realizaba. Las enormes y monstruosas olas lo desafiaron y abrieron fauces profundos sobre su cabeza. Veinte veces se le inundó la barca, y el mar engulló el libro de los Santos Evangelios que el apóstol guardaba cuidadosamente bajo unas tapas rojas junto a una cruz de oro.

A los treinta días se inició la calma, y sucedió que entre un espantoso clamor del cielo y de las aguas, una montaña de blanco deslumbrante y de trescientos pies de altura avanzó hacia la barca de roca. Mael quiso evitar el choque y se tomó del timón, cuya barra se hizo trizas entre su manos. Para aminorar la velocidad acortó la vela, y al tomar el cabo, el viento se lo arrebató y el roce le quemó las manos. Entonces divisó tres demonios con alas de piel negra, provistos de garfios, que, agarrados al aparejo, soplaban en pos de hinchar la vela.

Entendió que le combatía y le arrastraba el enemigo. Se armó con el signo de la Cruz, y de repente un viento huracanado, entre lamentos y aullidos, elevó la pétrea barca y le arrancó la proa, el timón, la vela, el mástil.

Así, liberado ya de los diabólicos artefactos, se dejó llevar por la corriente sobre las pacíficas aguas. El santo varón se arrodilló, agradeció al Señor, que le había librado de las garras demoníacas, y reconoció sobre la mole de hielo a la osa madre que había susurrado el verso de Virgilio entre los rugidos de la tormenta: oprimía contra su pecho al hijo y tenía en la mano un libro de tapas rojas con una cruz de oro. Se acercó a la barca de granito, saludó al santo varón con estas palabras: *Pax tibi*, Mael, y le presentó el libro.

El santo varón reconoció sus Evangelios, y atónito por lo que observaba, entonó un himno al Creador y a la Creación.

Capítulo V

Bautismo de los pingüinos

Luego de navegar abandonado a la corriente a lo largo de una hora, el santo varón arribó a una estrecha playa cerrada por montañas cortadas a pico. Avanzó por la costa durante un día y una noche, junto a las piedras, que formaban una muralla infranqueable. Finalmente, se convenció de que se encontraba en una isla redonda, en medio de la cual había una montaña coronada de nubes. Respiraba satisfecho la frescura del aire húmedo. La lluvia caía sin pausa alguna, y era tan sutil que el santo varón dijo:

—Señor, esta es la isla de las lágrimas, la isla de la compunción.

La playa estaba desierta. Extenuado por el cansancio y el hambre, Mael se sentó a reposar sobre una roca en cuyas oquedades había huevos amarillos con motas negras del tamaño de los de cisnes, pero no osó tocarlos, y dijo: —Las aves son alabanzas vivas de Dios. No deseo que por mi culpa se pierda una sola de tales alabanzas.

Mascó líquenes arrancados de las rocas. Había dado casi por completo la vuelta a la isla sin hallar pobladores, cuando llegó a un amplio circo formado por piedras abruptas y rojizas con sonoras cascadas, y cuyas cimas azuleaban entre las nubes.

El destello de los hielos polares había cegado al anciano, pero una débil claridad se filtraba todavía entre los párpados hinchados. Distinguió bultos animados que se oprimían en filas sobre las piedras, cual multitud humana en las escalinatas de un anfiteatro, y simultáneamente sus oídos, embotados por la ruidosa ferocidad del mar, escucharon débilmente voces. Creyó encontrarse entre hombres que vivían de acuerdo a la ley natural, supuso que el Señor le acercó a ellos para que les revelara la ley divina, y los evangelizó.

Desde un alto pedrusco, en el centro del circo agreste, les dijo:

—Pobladores de esta isla, a pesar de que sois menuditos, más que una multitud de pescadores y de marineros parecéis el senado de una república ilustre. Por vuestra gravedad, vuestro silencio, vuestra figura tranquila, formáis sobre estas piedras agrestes una asamblea comparable a los Padres Conscritos de Roma deliberando en el templo de la Victoria, o más bien aún, a los filósofos atenienses discutiendo en los bancos del Areópago. Probablemente no poseéis ni su ciencia ni su genio, pero tal vez a los ojos de Dios resulten más encomiables vuestras virtudes. Adivino que sois bondadosos y sensatos. He recorrido las costas de vuestra isla sin hallar ninguna imagen del asesinato, ningún signo de crueldad, ni cabezas ni cabelleras de enemigos suspendidas de altos mástiles o clavadas a las puertas de los pueblos. Me parece que no tenéis arte ni trabajáis los metales, pero vuestros corazones rebosan pureza, vuestras manos, inocencia, y la verdad se infiltrará sin dificultad en vuestras almas.

Los que Mael juzgaba seres humanos de poca talla y de aspecto grave eran pingüinos reunidos por la primavera y alineados por parejas sobre la gradería natural formada por las piedras. En pie, lucían de manera majestuosa sus anchos vientres blanquecinos. De cuando en cuando agitaban como brazos sus alones y emitían voces pacíficas. No temían a los hombres porque no los conocieron y, por tanto, jamás fueron blanco de sus ofensas. Tenía el anciano monje una ternura que aquietaba a los animales más temerosos y que agradó de forma extraordinaria a los pingüinos, los cuales fijaron en Mael sus ojitos redondos, prolongados en su parte anterior por una manchita blanca y ovalada que les confería expresión humana.

Conmovido por su recogimiento, el santo varón les enseñó los Evangelios.

—Pobladores de esta isla, la luz terrestre que se encumbra sobre vuestras piedras, es imagen de la luz espiritual que se eleva en vuestras almas. Porque yo vengo a traeros la claridad interior, os ofrezco la luz y el calor del alma. Tal como se funden al sol abrasador los hielos de vuestras montañas, se fundirán ante la imagen de Jesucristo los hielos de vuestros corazones.

De ese modo habló el anciano, y como en la Naturaleza siempre la voz provoca la voz, como todo lo que vive a la luz del día se goza respondiendo con un cántico a los cánticos, los pingüinos respondieron al discurso del monje con sonidos de su garganta. Su voz era tersa y acariciadora porque la endulzaba el celo amoroso en aquellos días.

Convencido el santo varón de que se encontraba entre un pueblo idólatra, que a su modo y en su lenguaje le prometía adhesión a la fe cristiana, los instó a recibir el bautismo.

—Supongo —les dijo— que os bañáis con frecuencia, porque las oquedades de vuestras piedras están llenas de agua pura, y he visto, al acercarme a vuestra asamblea, a varios de vosotros sumergidos en esas piscinas naturales. La pureza del cuerpo es reflejo de la del espíritu. Les enseñó el origen, la naturaleza y los efectos del bautismo.

—El bautismo —les dijo— es Adopción, Renacimiento, Regeneración, Iluminación.

Le explicó de forma sucesiva cada uno de estos asuntos. Luego de bendecir el agua de las cascadas y de recitar los exorcismos, procedió a bautizar a aquellas aves a lo largo de tres días y tres noches. Echaba sobre cada testa una gota de agua pura y pronunciaba las palabras rituales.

Capítulo VI

Una asamblea en el paraíso

Al saberse en el Paraíso que los pingüinos fueron bautizados, la novedad a nadie alegró ni entristeció, pero sorprendió mucho a todos. Hasta el Señor quedose preocupado, y reunió una asamblea de letrados y doctores en pos de consultarles si consideraban válido aquel bautizo.

—Es nulo —dijo San Patricio.

—¿Por qué ha de ser nulo? —preguntó San Galo, que había evangelizado a los cornubios y educado al santo varón Mael en los oficios apostólicos.

—El sacramento del bautismo —argumentaba San Patricio— ha de ser nulo otorgado a las aves, como el sacramento del Matrimonio lo es cuando se lo otorga a un eunuco.

Pero San Galo respondía:

—¿Qué vínculo establecéis entre el bautismo de un ave y el matrimonio de un eunuco? Ninguno puede haber. El matrimonio es, como si dijéramos, un sacramento condicional, fortuito. El sacerdote bendice un acto que ha de consumarse. Si el acto no llega a consumarse, la bendición anticipada quedará sin efecto. Más claro, imposible. He conocido en la ciudad de Antrim a un ricacho llamado Sadoch que vivía amancebado con una mujer y la hizo madre de nueve criaturas. Ya en la vejez, por insistencia mía, accedió a casarse con ella, y bendije su unión. Por desgracia, los muchos años de Sadoch le imposibilitaron consumar el matrimonio. Poco tiempo después se arruinó por completo, y Germinia —tal era el nombre de la mujer— sin la resignación suficiente para soportar las penurias, solicitó que se anulara el matrimonio que no se había consumado, y el Papa consideró justa su petición. Ya veis lo que puede suceder con el sacramento del matrimonio. Pero el bautismo se confiere sin restricciones ni reservas de ningún tipo. Luego, no es dudoso que los pingüinos queden irremisiblemente bautizados.

Solicitado para que diera su opinión el Papa San Dámaso, se expresó de esta manera:

—Para saber si el bautismo es válido y si dará lugar a sus consecuencias, esto es, la santificación, debe tenerse en cuenta quién lo otorga y no quién lo recibe. Efectivamente: la virtud santificadora de este sacramento es producto del acto exterior por el cual es conferido, sin que el bautizado coopere a su santificación por ninguna acción personal. En otras condiciones no podría ser administrado a los recién nacidos. Y no es necesario para bautizar cumplir condiciones especiales, ni es necesario hallarse en estado de gracia: es suficiente la determinación de hacer lo que hace la Iglesia, emitir las frases consagradas y observar las formas prescritas. Como no podemos sospechar que el venerable Mael faltase a estas condiciones, resulta que los pingüinos quedan bautizados.

—¿Estáis seguro? —preguntó San Guenolo—. En este caso, ¿qué pensáis que sea el bautismo? El bautismo es el modo de la regeneración por el cual el hombre nace a la existencia verdadera; penetra en el agua cubierto de crímenes, para emerger de ella neófito, criatura nueva pletórica de frutos de justicia. El bautismo es la semilla de la inmortalidad; el bautismo es la garantía de la resurrección; el bautismo es la inhumación con Cristo en una muerte y la comunión a la salida de la sepultura. No es, pues, un obsequio que puede hacerse a las aves. Razonemos. El bautismo borra el pecado original, y los pingüinos no fueron concebidos en pecado; limpia de todas las penas de pecado, y los pingüinos no lo han cometido; genera la gracia y el don de las virtudes, aúna a los cristianos con Jesucristo como se unen los miembros al tronco, y es natural que los pingüinos no pueden adquirir las virtudes de los confesores, de las vírgenes, de las viudas, recibir gracia y unirse a...

San Dámaso no le dejó terminar.

—Eso prueba —dijo vivamente— que el bautismo en este caso era inútil, pero no que deje de ser efectivo.

—De acuerdo a ese razonamiento —replicó San Guenolo— podrían ser bautizados en nombre del Padre, del Hijo y del Espíritu Santo, por aspersión o inmersión, no solo un ave o un cuadrúpedo sino, asimismo, objetos inanimados, como una estatua, una mesa, una silla, etc. Si el animal se cristianizara, el ídolo, la mesa, la silla, también podrían hacerlo; ¡y es absurdo!

San Agustín tomó la palabra y se dispusieron a oírle atentamente.

—Me planteo —dijo el fogoso obispo de Hipona— demostrar con un ejemplo el poder de las fórmulas. Es verdad que se trata de una operación demoníaca, pero si se prueba que las fórmulas inventadas por el demonio tienen consecuencias en los animales carentes de inteligencia y hasta en los objetos inanimados, ¿cómo dudar que los efectos de las fórmulas sacramentales no ejerzan acción sobre los brutos y sobre la materia inerte?

"Ved el ejemplo que os propongo:

"He conocido en la ciudad de Madaura, patria del filósofo Apuleyo, una bruja que solamente con poner al fuego en unos trípodes entre ciertas hierbas y con ayuda de ciertas palabras algunos cabellos cortados de la cabeza de un hombre, conseguía arrastrarle hasta su lecho. Pero una vez que se propuso lograr de esta forma el amor de un mozo, calcinó, engañada por su sirviente, en lugar de los cabellos de aquel mozo, pelos arrancados de un pellejo de macho cabrío que se encontraba colgado en una taberna. Y por la noche el pellejo, lleno de vino, atravesó la ciudad hasta llegar a la puerta de la bruja. El hecho es evidente. En los sacramentos, como en los encantamientos, es la forma lo que predomina. El efecto de una fórmula divina no puede ser menos, tanto en fuerza como en extensión, que el efecto de una fórmula infernal".

Luego de hablar de esa forma, el sabio San Agustín tomó asiento mientras le aclamaban sus oyentes. Un bienaventurado de edad avanzada y de aspecto melancólico solicitó la palabra. Nadie le conocía. Se llamaba Probus y no se encontraba inscrito en el canon de los santos.

—Que todos los presentes me perdonen —dijo—. No tengo aureola y he ganado, sin exhibición, la eterna beatitud. Pero después de lo que acababa de referirnos el glorioso San Agustín entiendo que es oportuno daros a conocer una cruenta experiencia que adquirí acerca de las condiciones necesarias para la validez de un sacramento. Tiene razón el obispo de Hipona al decir que un sacramento depende de la forma. Su virtud se encierra en la forma, su vicio proviene de la forma. Escuchad, confesores y pontífices, mi deplorable relato: Era yo sacerdote en Roma bajo el imperio de Gordiano. Sin sobresalir como vosotros por méritos singulares, ejercía mi sacerdocio de manera piadosa. He oficiado durante cuarenta años en la iglesia de San Modesto de las Afueras. Mis costumbres eran sencillas. Cada sábado llegaba hasta la tienda de un tabernero llamado Barjas, el cual se hallaba instalado con sus tinajones bajo la puerta de Capena, y le compraba el vino para consagrar en cada día de la semana. Nunca dejé, en todo ese tiempo, de celebrar un solo día el santo sacrificio de la misa, pese a lo cual, no me sentía satisfecho, y con el corazón pletórico de angustia en las gradas del altar, meditaba: "¿Por qué estás triste, alma mía, y por qué me turbas?" Los fieles que se acercaban a la santa misa eran para mí motivo de pesadumbre, porque llevando aún, como quien dice, la hostia en la lengua, volvían a cometer pecados. No cabía ninguna duda: el sacramento no tenía entre aquellas gentes fuerza ni eficacia. Llegué, tremendamente cansado, al término de mis angustias terrenas, y habiéndome dormido en el Señor, desperté en la Morada de los elegidos. Averigüé entonces, por el ángel que me había transportado, que el tabernero Barjas, de la puerta Capena, expendía en lugar de vino, una pócima de raíces y cortezas, en la cual no entraba ni una sola gota del jugo de la vid, y que yo no había podido transformar aquel indigno brebaje en sangre, porque no era vino, y sólo este se convierte en sangre de Cristo, por lo cual todas mis consagraciones no tenían validez alguna, y sin darnos cuenta mis fieles y yo estuvimos privados durante cuarenta años del sacramento de la Eucaristía y, por consiguiente, excomulgados. Semejante descubrimiento me produjo un estupor que aún ahora me sobrecoge en esta Morada de la beatitud. La recorro sin cesar y no hallo a ninguno de los cristianos que se acercaban a la Santa Mesa en la Basílica del bienaventurado Modesto.

"Privados del pan de los ángeles se abandonaron con desaliento a los vicios más aborrecibles, y se encuentran todos en el infierno. Sólo me complace pensar que el tabernero Barjas también se ha condenado. Hay en esto una lógica digna del autor de toda lógica. Mi desafortunado ejemplo prueba cuán deplorable resulta muchas veces que en los sacramentos la forma tenga más importancia que el fondo. Y os pregunto humildemente: ¿la Eterna Sabiduría no pudiera remediarlo?

—No —respondió el Señor—. El remedio sería peor que el mal. Si en las reglas de salvación el fondo fuese más interesante que la forma, el sacerdocio se arruinaría.

—¡Ay! ¡Dios mío! —suspiró el humilde Probus—. Atended a mi triste experiencia: mientras reduzcáis vuestros sacramentos a fórmulas, vuestra justicia tropezará con escollos terribles.

—Lo sé —replicó el Señor— Abarco de una sola mirada los problemas actuales, que son dificultosos, y los futuros, que no lo serán menos. Yo puedo anunciaros que cuando el astro rey haya girado aún doscientas cuarenta veces en torno de la Tierra...

—¡Sublime lenguaje! —exclamaron los ángeles.

—Digno del Creador del mundo —respondieron los pontífices.

Y el Señor continuó:

—Es un modo de expresarse de acuerdo a mi vieja Cosmogonía, de la cual no puedo prescindir sin que se resienta mi inmutabilidad... Cuando el astro rey, repito, haya girado aún doscientas cuarenta veces en torno de la Tierra, no se hallará en Roma ni un solo clérigo que sepa latín. Entonando letanías en las iglesias se invocará a los Santos Orichel, Roguet y Totichel, que son, como lo sabéis, diablos y no ángeles. Muchos ladrones, prestos a comulgar, más temerosos de que para obtener el perdón se les obligue a ceder a la Iglesia los objetos robados, se confesarán con sacerdotes errantes, que, desconocedores del italiano y del latín, hablando solo el dialecto de su aldea, venderán por ciudades y pueblos, a precios viles, y a menudo a cambio de una botella de vino, el perdón de los pecados. Seguramente no tendremos que preocuparnos de esas absoluciones, a las cuales faltará el arrepentimiento para ser valederas; más bien podría suceder que los bautismos nos causaran algunos inconvenientes. Los sacerdotes llegarán a ser de tal modo ignorantes que bautizarán las criaturas *in nomine patria et filia et spirita sancta* como Luis de Potte se gozará en referir en el tomo III de su Historia filosófica, política y crítica del Cristianismo. Será una cuestión difícil precisar la validez de tales bautismos, porque si bien me acomodo para mis textos sagrados a un griego menos elegante que el de Platón y a un latín nada ciceroniano, no puedo admitir como forma litúrgica una suerte de jolgorio. Y asusta pensar que se procederá con esa inexactitud en millones de bautismos.

Pero retornemos a los pingüinos.

—Vuestras divinas palabras, Señor, dejan el asunto resuelto —dijo San Galo— En los signos de la religión y las reglas de la salvación es la forma más importante que el fondo, y la validez de un sacramento depende solamente de su forma. Todo radica en saber si los pingüinos han sido bautizados en buena forma, con lo cual la respuesta no es dificultosa.

Los padres y los doctores arribaron así a un acuerdo; pero su asombro fue aún más cruel.

—La condición de cristiano —dijo San Cornelio— no deja de tener graves obstáculos para un pingüino. Ahí tenéis unas aves obligadas a ganar el Cielo. ¿Cómo podrán hacerlo? Las costumbres de las aves son en muchos puntos contrarias a los mandatos de la Iglesia, y los pingüinos no se hallan en el caso de cambiarlas, quiero decir que no son lo suficientemente razonables para cambiarlas por otras mejores.

—No les es posible intentarlo —dijo el Señor—. Mis decretos lo prohíben.

—De todas maneras — insistió San Cornelio —, por la virtud del bautismo sus acciones dejan de ser indiferentes. En adelante serán buenas o malas y susceptibles de premio o de castigo.

—De esa manera debe plantearse la cuestión —dijo el Señor.

—Yo solo veo una solución —adujo San Agustín—. Los pingüinos irán al infierno.

—Pero ¡como no tienen alma! —observó San Ireneo.

—Ello es una complicación — suspiró Tertuliano.

—Sin duda —repuso San Galo—, y debo reconocer que mi discípulo Mael, con su manía de evangelizar, ha creado al Espíritu Santo considerables dificultades teológicas y ha introducido el desorden en la economía de los misterios.

—Es un anciano aturdido —exclamó San Adjutor.

Pero el Señor fijó en Adjutor una mirada censuradora, y exclamó:

—Permitidme: el santo varón Mael no tiene, como vos, mi bienaventurado, el conocimiento recibido directamente de mí. No me entiende. Es un hombre viejo abrumado por las enfermedades, un tanto sordo y casi ciego. Le juzgáis con severidad excesiva. Empero, reconozco que nos crea una situación difícil.

—Producirá solamente un desorden pasajero —dijo San Ireneo—. Los pingüinos quedan bautizados, pero como sus huevos no lo serán, el daño queda reducido a la presente generación.

—No habléis tan de ligero —dijo el Señor—. Los principios que los físicos establecen sobre la Tierra sufren excepciones debido a su imperfección y porque no se amoldan de manera exacta a la naturaleza; pero los preceptos que yo establezco son perfectos y no admiten excepción alguna. Hay que decidir de la suerte de los pingüinos bautizados sin quebrantar ley divina alguna, de acuerdo al Decálogo y a los mandatos de la Iglesia.

—Señor —dijo San Gregorio Nacianceno—, concédeles un alma que sea inmortal.

—¿Qué harían de un alma inmortal, Señor? — suspiró Lactancio—. Carecen de voz armoniosa para entonar vuestras alabanzas. Tampoco sabrían celebrar vuestros misterios.

—E indudablemente —dijo San Agustín—, no observarían la ley divina.

—Les fuera imposible —dijo el Señor.

—Les fuera imposible —insistió San Agustín— Y si en vuestra omnipotencia, Señor, les infundís un alma inmortal, arderán por siempre en los infiernos en virtud de vuestros decretos adorables. De esa forma quedará restablecido el venerable orden, perturbado por el viejo Mael.

—Me proponéis, hijo de Mónica —dijo el Señor—, una solución que encuentro correcta y conforme a mi sabiduría; pero que no satisface a mi piedad, y a pesar de que soy invariable me inclino cada vez más a la dulzura. Esta variación de carácter lo reconocerá cualquiera si se comparan mi Antiguo y mi Nuevo Testamento.

Como la polémica se extendía sin prometer mucha luz, y los bienaventurados no hacían otra cosa que repetir siempre lo mismo, resolvieron consultar a Santa Catalina de Alejandría. Era lo acostumbrado en casos difíciles. En la Tierra, Santa Catalina había sumido en confusión a cincuenta doctores, muy sabios, con su hondo conocimiento de la filosofía de Platón, las Sagradas Escrituras y la Retórica.

Capítulo VII

Continuación de la asamblea

Santa Catalina se presentó en la asamblea con la frente ceñida por una corona de esmeraldas, zafiros y perlas. Llevaba puesto un traje de brocado de oro y portaba al costado una rueda fulgurante.

El Señor la invitó a que se pronunciase, y dijo:

—Señor, para solucionar el problema que os dignáis someterme no estudiaré las costumbres de los animales en general, ni siquiera las de las aves en particular. Solamente haré notar a los doctores, confesores y pontífices presentes en esta asamblea, que la diferencia entre el hombre y el animal no es absoluta, puesto que existen monstruos que proceden al mismo tiempo del animal y del hombre: tales son las quimeras, mitad ninfas y mitad serpientes, las tres gorgonas, los caprípedos, las escilas y las sirenas que entonan sus cantos en el mar y tienen senos de mujer y cola de pez. Tales son también los centauros, noble raza de monstruos, uno de los cuales, lo sabéis, guiado por las luces de la razón, supo encaminarse hacia la bienaventuranza eterna, y le habréis visto algunas veces, entre nubes doradas, ostentar su heroico pecho al encabritarse. El centauro Quirón mereció por sus labores terrestres compartir la morada de los bienaventurados, educó a Aquiles, y ese joven héroe, al salir de las manos del centauro, vivió dos años vestido cual virgen entre las hijas del rey Lycomedes, compartió sus juegos y su lecho sin darles ocasión para que presumieran ni por un instante que no era una virgen como ellas. Quirón, que le había inculcado tan buenas costumbres, y el emperador Trajano, son los dos únicos observadores de la ley natural que han obtenido la gloria eterna como los justos. Y, empero, Quirón sólo era mitad hombre. Creo haber probado, con este ejemplo, que resulta suficiente tener alguna parte de hombre, siempre a condición de que sea noble, para obtener la beatitud eterna. Y lo que pudo alcanzar el centauro Quirón sin haber sido regenerado por el bautismo, ¿cómo no habrán de merecerlo esos pingüinos luego de bautizados, si se convirtieran en semi– hombres? Por esto me animo a rogar, Señor, que deis a los pingüinos del anciano Mael una cabeza y un busto humanos, a fin de que os puedan alabar de forma digna, y les concedáis un alma inmortal, pequeñita.

De esa manera habló Santa Catalina, y los padres, los doctores, los confesores, los pontífices, dejaron oír un susurro aprobatorio. Pero se levantó San Antonio, el ermitaño, tendió hacia el Todopoderoso los brazos arrugados y enrojecidos, y clamó:

–No hagáis tal cosa, Señor y Dios mío. En nombre de vuestro Santo Paracleto, ¡no lo hagáis!

Hablaba con tal vehemencia, que su larga y blanca barba se agitaba cual morral vacío en el hocico de un corcel hambriento.

–Señor, no hagáis tal cosa. Ya existen aves con cabeza humana. Nada nuevo ha imaginado Santa Catalina.

–La imaginación reúne y amolda: jamás crea –le replicó Santa Catalina de forma seca.

–¡Ya existen! –insistió San Antonio sin escuchar razones–. Se llaman harpías, y son los animales más incoherentes de la Creación. Un día que, en el desierto, me acompañó a cenar San Pablo, coloqué la mesa junto al umbral de mi cabaña, bajo un añoso sicomoro. Las harpías fueron a pararse sobre las ramas del árbol, nos ensordecieron con sus gritos agudos y ensuciaron todos los manjares. La inoportunidad de estos monstruos me impidió escuchar las enseñanzas de San Pablo, e ingerimos excrementos de ave con nuestro pan y nuestras lechugas. ¿Cómo es posible creer, Señor, que las harpías canten en forma digna vuestras alabanzas? Os aseguro que en mis tentaciones he observado muchos seres híbridos, no sólo mujeres–culebras y mujeres–peces, sino criaturas compuestas aún con más incongruencia, como hombres cuyo cuerpo estaba formado por una marmita o una campana o un reloj o un aparador lleno de alimentos y de vajilla, y hasta por una casa con puertas y ventanas, donde se veían personas ocupadas en labores domésticas.

La eternidad me resultaría insuficiente para describir la totalidad de los monstruos que me asediaron en mi soledad, desde las ballenas aparejadas con navíos hasta la lluvia de animalitos rojos, que transformaban en sangre las aguas de mi fuente. Pero ninguno era tan molesto como esas harpías, que calcinaron con su excremento las hojas de mi bello sicomoro.

–Las harpías –advirtió Lactancio– son monstruos hembras con cuerpo de ave; tienen de mujer la cabeza y los senos. Su indiscreción, su desvergüenza y su obscenidad provienen de su naturaleza femenina, como lo ha demostrado el poeta Virgilio en su Eneida. Forman parte de la maldición de Eva.

–No hablemos de la maldición de Eva –dijo el Señor–. La segunda Eva redimió a la primera.

Pablo Orosio, autor de una *Historia universal*, que Bossuet debió de emular más adelante, se levantó y suplicó al Señor:

–Señor, atended mi ruego y el de Antonio. No fabriquéis más monstruos al estilo de los centauros, de las sirenas, de los faunos, tan gratos a los viejos compositores de fábulas, que no pueden otorgaros satisfacción alguna. Esos monstruos tienen propensiones paganas, y su naturaleza doble no los predispone a las costumbres puras.

El suave Lactancio respondió en estos términos:

–El que acaba de pronunciarse es, seguramente, el mejor historiador que ha entrado en el Paraíso, puesto que Herodoto, Thucydides, Polibio, Tito Livio, Velleius Patérculos, Cornelio Nepote, Suetonio, Manethon, Diodoro de Sicilia, Dion Cassius, Lampride, no se deleitan con la presencia de Dios y Tácito sufre en el infierno los tormentos que les corresponden a los blasfemos. Pero Pablo Orosio dista mucho de conocer los Cielos como ha conocido la tierra, pues no tiene en cuenta a los ángeles, que proceden del hombre y del ave, y son la pureza misma.

–Nos alejamos del tema –dijo el Eterno– ¿Por qué traer a colación esos centauros, esas harpías y esos ángeles? Se trata de los pingüinos.

–Vos lo habéis dicho, Señor; se trata de los pingüinos –afirmó el decano de los cincuenta doctores confundidos en su vida mortal por la Virgen de Alejandría–; y me atrevo a opinar que, para limitar el escándalo que trastorna los cielos, resulta conveniente, como propone Santa Catalina, dar a los pingüinos del anciano Mael la mitad del cuerpo humano y un alma eterna suministrada a dicha mitad.

Estas palabras provocaron en la asamblea un tumulto de coloquios particulares y doctorales disputas. Los padres griegos discutían con los latinos sobre la sustancia, la naturaleza y las dimensiones del alma que convenía dar a los pingüinos.

–Confesores y pontífices –dijo el Señor–, no imitéis los cónclaves y los sínodos de la Tierra y no traigáis a la Iglesia triunfante las violencias que perturban la Iglesia militante. Porque es menester decirlo: en todos los concilios celebrados bajo la inspiración del Espíritu Santo, en Europa, en Asia y en África, los padres se han arrancado brutalmente unos a otros las barbas y los cabellos, a pesar de lo cual eran todos infalibles y sus afirmaciones, como el eco de mi voz.

Ya restablecido el orden, el viejo Hermás se levantó y pronunció lentamente estas palabras:

–Os venero, Señor, porque hicisteis nacer a Safira, mi progenitora, entre vuestro pueblo, cuando el rocío del cielo refrescaba la tierra y preparaba la cosecha de su Salvador. Os venero, Señor, por haberme posibilitado ver con mis ojos mortales a los apóstoles de vuestro divino Hijo. Hablaré en esta ilustre asamblea porque Vos habéis deseado que la verdad emerja de la boca de los humildes, y diré: convertid a los pingüinos en hombres. Es la única determinación digna de vuestra justicia y de vuestra compasión.

Varios doctores solicitaron la palabra, otros la utilizaron sin pedirla, nadie escuchaba y todos agitaban de manera tumultuosa sus palmas y sus coronas.

El Señor, con un ademán de su diestra, aquietó las disputas de sus elegidos.

–No se delibere más –dijo–. La opinión del anciano Hermás es la única ajustada a mis designios eternos. Esas aves serán transformadas en hombres. Preveo inconvenientes varios. Muchos de esos nuevos hombres sufrirán molestias, que no hubieran padecido en su condición de pingüinos. Seguramente, su suerte, a consecuencia de la modificación, será menos envidiable de lo que fuera sin el bautismo, sin esa incorporación a la familia de Abraham; pero conviene que mi presencia no cohíba el libre albedrío. Para no colocar diques a la libertad humana, ignoro lo que sé, oscurezco sobre mis ojos los velos que para mí serían transparentes; en mi ceguera, que todo lo ha vislumbrado, me dejo sorprender por lo que tuve previsto. Llamó de inmediato al arcángel Rafael.

—Ve a la tierra —le dijo—; advierte su error al santo varón Mael, y agrega que, escudado en mi omnipotencia, convierta los pingüinos en hombres.

Capítulo VIII

Metamorfosis de los pingüinos

Al bajar el arcángel a la isla de los pingüinos halló al santo varón dormido entre las piedras y rodeado por sus discípulos nuevos. Le tocó en un hombro en pos de despertarle y con voz armoniosa le dijo:

—Mael, no temas nada.

El santo varón, casi cegado a causa de una inmensa claridad, embriagado por un aroma delicioso, pudo reconocer al ángel del Señor y se arrodilló con la frente en el suelo.

El ángel dijo:

—Mael, reconoce tu equivocación. Creíste bautizar a unos hijos de Adán y bautizaste a unas aves. Por tu culpa, los pingüinos han entrado en la Iglesia de Dios.

Al escucharlo, el anciano quedó estupefacto, y el ángel prosiguió:

—Levántate, Mael, y, escudado con la omnipotencia del Señor, diles a esas aves: "Convertíos en hombres".

El santo varón Mael, luego de llorar y rezar, se escudó con la omnipotencia del Señor y dijo a las aves:

—Convertíos en hombres.

Al instante los pingüinos se transformaron. Su frente se hizo más ancha y su cabeza más redonda, sus ojos ovalados se rasgaron, se abrieron más para contemplar el Universo; una nariz carnosa revistió sus fosas nasales, el pico devino boca y de esta nació la palabra, el cuello se hizo más corto y grueso, los alones fueron brazos y las patas, piernas; un alma inquieta se cobijó en su pecho. Pese a todo ello, conservaban ciertas características de su primitiva naturaleza, manifestaban propensión a mirar de lado y se balanceaban sobre sus muslos, excesivamente cortos; su cuerpo quedó revestido de plumón fino.

Mael dio gracias al Señor por haber integrado los pingüinos a la familia de Abraham; pero le entristeció pensar que pronto abandonaría la isla para no retornar más a ella y que, sin su ayuda, seguramente la fe de los pingüinos se apagaría como una planta muy tierna falta de cultivo. Entonces imaginó la idea de trasladar su isla a las costas de Armórica. "Ignoro los designios de la Sabiduría Eterna —pensó—; pero si Dios desea que la isla sea trasladada, ¿quién podrá evitarlo?"

Y el santo varón urdió con el lino de su estola una cuerda sumamente delgada, de cuarenta pies de largo; ató un extremo de la cuerda a una piedra picuda apostada en la playa y, sin soltar de la mano el otro extremo, entró en la barca de roca. La barca se deslizó sobre el mar y remolcó la isla de los pingüinos. Luego de nueve días de navegación arribaron felizmente a las costas bretonas.

LIBRO II

LOS TIEMPOS
ANTIGUOS

Capítulo I

Los primeros velos

Aquel día, San Mael se sentó a la orilla del Océano sobre una roca que estaba muy caliente. Creyó que el sol la había templado y agradeció al Creador del mundo. Ignoraba que poco antes el demonio reposó allí. El apóstol esperaba a los monjes de la abadía de Ybern, encargados de transportar un cargamento de telas y de pieles para vestir a los pobladores de la isla de Alca. Pronto vio desembarcar a un monje, llamado Magis, con un cofre al hombro. Era un monje muy estimado por sus virtudes. El anciano se acercó, depositó el cofre en el suelo y dijo, mientras se enjugaba la frente con el reverso de la manga:

—¿Es cierto que os proponéis vestir a los pingüinos?

—Nada más urgente, hijo mío —respondió Mael—. Desde que se hallan integrados a la familia de Abraham, los pingüinos participan de la maldición de Eva y saben que están desnudos, cosa que antes ignoraban. Urge vestirlos, porque ya pierden el plumón que luego de la metamorfosis conservaron aún.

—Es cierto —dijo Magis, y lanzó una mirada sobre la costa donde se hallaban los pingüinos ocupados en pescar cangrejos, recoger almejas, cantar y dormir— Es cierto: están desnudos. Pero ¿no creéis, padre mío, que más valdría dejarlos desnudos? ¿Para qué vestirlos? Cuando lleven trajes y se hallen sometidos a la ley moral, los veremos enorgullecerse, víctimas de una vil hipocresía y una superficial crueldad.

—¿Es posible, hijo mío —suspiró el anciano—, que tengáis tan equivocada noción de la ley moral, a la que hasta los mismos gentiles se someten?

—La ley moral —replicó Magis— obliga a los hombres, que al fin y al cabo son animales, a vivir de una forma diferente que los animales, y esto les molesta, sin duda; pero también los halaga y los serena. Como son soberbios, perezosos y ávidos de placeres, se someten con gusto a las incomodidades que les hacen vanidosos, y en las cuales fundan su serenidad presente y la esperanza de su dicha futura. Tal es el principio de toda moral. Pero no nos desviemos. Los monjes ya arriban a esta isla con la carga de telas y pieles. Meditadlo, padre mío; aún estáis a tiempo. Vestir a los pingüinos es asunto de gran trascendencia. En la actualidad, cuando un pingüino desea a una pingüina, conoce lo que desea y circunscribe sus anhelos al conocimiento preciso del objeto ansiado. En este momento, sobre la playa, dos o tres parejas de pingüinos complacen sus ansias amorosas a la luz del sol. ¡Observad qué sencillamente lo hacen! A nadie preocupa esto, y ellos mismos no le dan mucha importancia. Pero cuando los pingüinos vayan cubiertos, el macho no se dará cuenta exacta de lo que le atrae de la hembra, sus deseos indeterminados se diversificarán en una multitud de ensoñaciones y de espejismos, el amor originará mil locuras dolorosas. Y, mientras tanto, las pingüinas entornarán los ojos, se morderán los labios y darán a entender que ocultan un tesoro bajo sus velos. ¡Qué desdicha! El mal será tolerable mientras los pueblos no dejen de ser pobres y toscos; pero apenas pasen mil años, los velos que ofrecéis a las hijas de Alca habrán devenido armas terribles. Si lo permitís, puedo anticiparos una idea de lo que sucederá. Traigo en este cofre algunos atuendos. Llamemos a una de las pingüinas menos requeridas y adornémosla lo mejor que podamos. Justamente viene una hacia nosotros. No es más hermosa ni más fea que la generalidad: es joven, pero nadie se detiene a mirarla. Se pasea de forma indolente entre las piedras con un dedo en la nariz y se rasca la espalda con la otra mano. Se advierte fácilmente que su garganta es huesuda y sus senos, marchitos, que su abdomen abulta demasiado y sus piernas son cortas. Sus rodillas amoratadas flaquean a cada paso que da. Sus pies, anchos y rugosos, se agarran a las rocas con cuatro dedos ganchudos, mientras los pulgares se alzan como las cabezas de dos sierpes en acecho. Avanza; todos los músculos colaboran con esta labor, y el conjunto nos presenta la imagen de una máquina de andar más bien que de un mecanismo amoroso, aun cuando sea visiblemente ambas cosas, y encierre varios mecanismos interiores. Ahora veréis, apóstol venerable, lo que yo hago.

En cuatro zancadas, el monje Magis llegó hasta la mujer pingüina, la tomó bajo un brazo y la colocó a los pies del santo varón. Mientras la pingüina lloraba y suplicaba que no le hiciesen ningún daño, el monje sacó de su cofre un par de sandalias y le ordenó que se calzase.

—Apretados entre los cordones de lana —hizo observar el anciano— sus pies resultan más pequeños. Las suelas, bastante gruesas, aumentan el largo de las piernas y dan elegancia a la figura.

Mientras se calzaba, la pingüina dirigió al cofre abierto una mirada curiosa, y al verlo rebosante de galas y adornos dejó de llorar y comenzó a sonreír. El monje le trenzó los cabellos, después se los recogió sobre la nuca y los coronó con un sombrero de flores. Le puso pulseras de oro en las muñecas, y envolvió su vientre y su busto en una faja de lino blanco, de forma que su pecho presentaba una arrogancia nueva y sus muslos adquirían un contorno provocativo.

—Podéis apretar más aún —dijo la pingüina.

Cuando, con muy cuidadoso esmero, hubo amoldado, realzándolas, las partes blandas del busto, revistió todo el cuerpo con una túnica rosada que acentuaba delicadamente los perfiles

—¿Cae bien? —preguntó la pingüina. Y con el talle flexible, la cabeza inclinada y la barbilla apoyada en el hombro, contempló con ansias los pliegues de la falda.

Magis le preguntó si el traje le parecía demasiado largo, y respondió con mucha seguridad que no, porque se lo recogería.

Tomó con la mano izquierda la parte posterior del vestido, lo oprimió de forma oblicua sobre el muslo, procuró descubrir algo los talones y se alejó con pasos cortos, balanceando las caderas. No volvió la cara; pero, al pasar junto a un arroyuelo, por el rabillo del ojo observó su imagen reflejada.

Un pingüino que la encontró por casualidad se detuvo sorprendido, y después cambió de dirección, afanoso de seguirla. Mientras avanzaba por la playa, los pingüinos que regresaban de pescar la observaron, se sintieron atraídos y la siguieron también. Los que reposaban sobre la arena se pusieron en pie y se sumaron a los otros. Sin interrupción, a su paso, más y más pingüinos que engrosaron el cortejo alzábanse por los caminos de las montañas, salían entre las grietas de las piedras, surgían del fondo de las aguas. Y todos, hombres maduros, de espaldas robustas y de pelo en pecho, adolescentes debiluchos, viejos caducos, se apresuraban jadeantes en pos de contemplarla, mientras ella seguía tranquilamente como si nada viera.

—Padre mío —exclamó Magis—, observad cómo andan todos con la nariz al viento enfilada hacia el centro esférico de la pingüina, porque lo ven cubierto de rosa. La esfera inspira las meditaciones de los geómetras debido al número de sus propiedades. Cuando proviene de la naturaleza física y viva, adquiere nuevas cualidades. Y para que el interés de esta figura quedara revelado por completo a los pingüinos, sería necesario que dejasen de verla claramente con los ojos y les obligáramos a representársela imaginariamente. Yo mismo me siento ya atraído de modo irresistible hacia la pingüina. Quizás porque ese traje realza las curvas esenciales, las simplifica de manera magnífica, las reviste de un carácter sintético general y no acusa más que la idea pura, el principio divino debiéramos decir; pero me parece que al tomarla en mis brazos estrecharía el cielo de las voluptuosidades humanas. Seguramente el recato concede a las mujeres un atractivo invencible. Mi confusión es tal que me resultaría imposible ocultarla.

Dijo, se recogió los hábitos y corrió hacia la multitud de pingüinos, los empujó, los derribó, los pisoteó, los aplastó, hasta poder acercarse a la hija de Alca; la detuvo y apretó entre ambas manos la esfera rosa que un pueblo entero acribillaba con sus miradas y sus deseos, y que rápidamente desapareció, apresada por los brazos del monje, en el fondo de una gruta marina.

Entonces los pingüinos creyeron que el sol se había eclipsado, y el santo varón Mael entendió que el demonio, bajo la figura del monje Magis, había ceñido el traje a la hija de Alca; por ello sintió su carne turbada; su alma triste. Al volver lentamente a su ermita vio algunas pingüinas de seis a siete años que se habían ataviado el pecho y la cintura con ovas y algas. Recorrían la playa contoneándose y observaban si los hombres las seguían. Mael, presa de profunda pesadumbre, se convenció de que los primeros velos ofrecidos a una hija de Alca traicionaban el recato pingüino en vez de conservarlo, pese a lo cual insistió en su determinación de vestir a los pobladores de la isla milagrosa. Convocados en la playa, les distribuyó los trajes que los monjes de Ybern llevaron. Los pingüinos recibieron túnicas cortas y calzones anchos; las pingüinas, largos vestidos. Pero esos trajes distaron mucho de generar el efecto que produjo el primero. No eran tan hermosos, su hechura carecía de gracia y de arte, y no atraían la atención, porque los vestían todas las mujeres. Como las pingüinas preparaban todos los alimentos y hacían las faenas del campo, sus vestidos no tardaron en reducirse a sucios andrajos. Los pingüinos las agobiaban con rudas labores, como a las bestias de carga, ignorantes de los sinsabores del corazón y el desorden de las pasiones. Sus hábitos eran inocentes. El incesto, muy frecuente, revestía una simplicidad rústica, y cuando la embriaguez aguijoneaba a un mozo y le empujaba a violar a su propia abuela, ni él mismo solía recordarlo al día siguiente.

Capítulo II

La demarcación de los campos y el origen de la propiedad

La isla ya no conservaba el primitivo y tosco aspecto de cuando, entre témpanos de hielo, reunía en un anfiteatro de piedras un pueblo de aves. Al borrarse la nieve eterna de sus alturas, solo quedaba una colina, desde cuya cumbre se descubrían las costas de Armórica, cubiertas de una bruma perpetua, y el Océano, sembrado de oscuros peñascos semejantes a espaldas de monstruos que flotaban sobre los abismos. Sus costas eran muy extensas y accidentadas, y su conjunto ofrecía cierta similitud con el perfil de una hoja de morera. La tierra se cubría de una hierba salobre agradable a los ganados, de sauces, de antiguas higueras y de encinas augustas. Lo atestiguan el venerable Bede y varios otros autores dignos de confianza. Al Norte la costa formaba una bahía profunda, que llegó a ser con el tiempo uno de los puertos más famosos del Universo. Al Este, a lo largo de una costa rocosa batida por el mar espumoso, extendíase una estepa desierta y perfumada. Era la playa de las Sombras, adonde los pobladores de la isla no llegaban nunca, temerosos de las sierpes anidadas en las concavidades y por no ver las almas de los muertos en forma de fuegos lívidos. Al Sur, los huertos y los bosques alegraban la bahía de los Somormujos. En esa privilegiada ribera el anciano Mael erigió una iglesia y un monasterio de madera. Al Oeste, dos arroyos, el Glange y el Surella, regaban los fértiles valles de Dalles y de Dombes.

Pero una mañana de otoño, mientras el bienaventurado Mael paseaba por la orilla del Glange, acompañado por un monje de Ybern llamado Bulloch, vio pasar una horda de hombres ariscos cargados de rocas, y escuchó gritos y lamentos que desde el fondo del valle turbaron el apacible cielo.

Entonces dijo a Bulloch:

—Veo con tristeza, hijo mío, que los pobladores de esta isla, desde que se han transformado en hombres, actúan con menos cautela que antes. Cuando formaban parte del reino de las aves sólo se querellaban en la época de celo, y al presente pelean a todas horas, en invierno como en verano. ¡Cuántos de ellos han perdido la tranquila majestad que, generalizada en la asamblea de los pingüinos, la hizo semejante al Senado de una próspera República!

"Mira, hijo mío, hacia el Surella. Precisamente en el fresco valle hay una docena de hombres pingüinos ocupados en masacrarse los unos a los otros con palos y azadones, que debieran únicamente utilizar en las labores del campo. Más impiadosas aún que los hombres, las mujeres desgarran con sus uñas la cara de sus enemigos. ¿Sabes por qué se destrozan?"

—Lo hacen por espíritu de asociación, padre mío, y para afianzar lo por venir —respondió Bulloch—. El hombre es, por esencia, precavido y sociable; tal es su carácter. No puede vivir sin una apropiación segura de las cosas. Esos pingüinos que veis, venerable maestro, se apropian las tierras.

—¿No podrían apropiárselas de forma menos violenta? —inquirió el anciano—. Mientras pelean se cruzan entre todos palabras que no comprendo, pero que, a juzgar por el tono con que las pronuncian, parecen insultantes y amenazadoras.

—Se acusan de forma recíproca de robo y de usurpación —respondió Bulloch—. Tal es el significado general de sus discursos.

En aquel momento el santo varón Mael cruzó las manos y emitió un profundo suspiro.

—¿No veis, hijo mío, aquel que, furibundo, arranca con los dientes la nariz de su contrincante, y ese otro que aplasta la cabeza de una mujer con una enorme roca?

—Los veo —respondió Bulloch—. Ahora crean el derecho y fundan la propiedad, instauran los llamados principios de la civilización, los fundamentos sociales y los cimientos del Estado.

–¿Cómo es posible? – preguntó el anciano Mael.

–Delimitan los campos. Este es el origen de toda organización social. Vuestros pingüinos, venerable maestro, ejecutan respetables funciones. Su obra será consagrada por los legisladores, amparada y confirmada por los magistrados a lo largo de de los siglos.

Mientras el monje Bulloch emitía estas palabras, un robusto pingüino de piel blanquecina y pelaje rojo atravesaba el valle cargado con una enorme maza. Se acercó a un humilde pingüino que regaba sus lechugas calcinado por el sol, y le gritó:

–¡Tu campo es mío!

Luego de pronunciar estas palabras dominadoras, golpeó con la maza la cabeza del hortelano, el cual cayó pesadamente sobre la tierra cultivada por sus afanes.

Entonces el santo varón Mael, tembloroso, lloró lágrimas en abundancia, y con la voz ahogada por el dolor y el temor, dirigió al Cielo este ruego:

–Dios mío, Señor mío: Tú, que recibes los sacrificios de Abel; Tú, que maldices a Caín, venga, Señor, a este pingüino inocente inmolado en su huerta y haz sentir al criminal el peso de tu brazo. ¿Habrá delito más odioso ni más grave ofensa a tu Justicia, Señor, que este asesinato y este robo?

–Cuidado, padre mío –dijo Bulloch de forma suave–, puesto que lo que llamáis robo y asesinato son la guerra y la conquista, bases sagradas de los imperios, origen de todas las virtudes y de todas las grandezas humanas. Reflexionad que si reprobáis al robusto pingüino, ultrajáis el principio y la raíz de toda propiedad. No me costaría mucho esfuerzo probarlo. Cultivar la tierra, es una cosa y poseerla, otra: no debe haber confusión entre ambas. En materia de propiedad, el derecho del primer ocupante es incierto e infundado; el derecho de conquista reposa en cimientos sólidos; es el único respetable, por ser el que se hace respetar. La propiedad tiene por singular y glorioso origen la fuerza, principia y se conserva por la fuerza. Así, resulta honorable y sólo cede a una fuerza mayor; por esto puede llamarse noble a todo el que tiene. Y ese pingüino rojizo y dotado de fuerza que despanzurra al trabajador en pos de quitarle su huerta, acaba de fundar una casa muy noble. Voy a felicitarle.

Luego de hablar así, Bulloch se acercó al robusto pingüino, el cual, en pie junto al surco con sangre, se apoyaba en su maza. Y después de inclinarse el monje hasta dar casi con la cabeza en el suelo, le dijo:

—Señor Greatauk, temido príncipe, vengo a rendiros homenaje en tanto fundador que sois de un poder legítimo y de una riqueza hereditaria. Sepultado en vuestro territorio el cráneo del indigno pingüino a quien vencisteis, arraigarán para siempre los sagrados derechos de vuestra propiedad sobre este suelo, ennoblecido por vuestra conquista. Felices vuestros hijos y los hijos de vuestros hijos. Ellos serán, Greatauk, duques de Skull, y dominarán en la isla de Alca.

Después elevó más la voz de forma tal que pudiera ser escuchada del anciano Mael, y dijo:

—Padre mío; bendecid a Greatauk, porque todo poder viene de Dios.

Mael quedó inmóvil y sin palabras, con los ojos clavados en el cielo. La doctrina del monje Bulloch le producía dolorosa inquietud, y, empero, esa doctrina debía predominar en la época de más elevada civilización. Bulloch pudo ser considerado, pues, como fundador del derecho civil en la Pingüinia.

Capítulo III

La primera asamblea de los estados de Pingüinia

—Hijo mío —dijo el anciano Mael al monje Bulloch—, ya es hora de enumerar los pingüinos e inscribir el nombre de cada uno de ellos en un cuaderno.

—Nada más necesario —respondía Bulloch—; no es posible administrar un pueblo sin este requisito.

Al instante, el apóstol, con el auxilio de doce monjes, procedió a reseñar el pueblo. Y el anciano Mael luego dijo:

—Ahora que ya poseemos un registro de la totalidad de los pobladores, es conveniente, hijo mío, establecer un impuesto justo en pos de atender a los gastos públicos y al sostenimiento de la abadía. Cada cual debe tributar según sus recursos. Convocad a los ancianos de Alca, y de acuerdo con ellos estableceremos el impuesto.

Los ancianos citados se congregaron, en número de treinta, en el patio del monasterio de madera, a la sombra del sicomoro. Aquellas fueron las primeras Cortes de Pingüinia. En sus tres cuartas partes las conformaban los Hacendados campesinos de la Surella y del Glange. Greatauk, por ser el más noble de los pingüinos, se sentó en la roca más alta. El venerable Mael, sentado entre sus monjes, emitió estas palabras:

—El Señor da, cuando le place, riquezas a los hombres, o se las quita. Os he reunido para señalar al pueblo las contribuciones imprescindibles que deben subvencionar los gastos públicos y el sostenimiento de la abadía. Estimo que ha de contribuir cada uno de acuerdo a su riqueza: el que tenga cien vacas dará diez y el que tenga diez, dará una.

Cuando el santo varón hubo hablado, Morio, uno de los más ricos labradores, se levantó y dijo:

—Venerable Mael y padre mío, considero justo que aportemos a los gastos públicos y a las atenciones de la Iglesia. Por lo que a mí se refiere, dispuesto estoy a despojarme de todo lo que tengo en interés de mis hermanos pingüinos, y si fuese necesario, daría de buena voluntad hasta mi camisa. Todos los ancianos del pueblo están dispuestos, como yo, a sacrificar sus bienes, y no se debe dudar de su abnegación. Es necesario atender solamente al interés público, acordar lo más provechoso, y lo más provechoso , padre mío, lo que el interés público demanda, es no pedir mucho a los que mucho tienen, porque de esa manera los ricos serían menos ricos, y los pobres, más pobres. Estos últimos viven de la hacienda de los ricos, por lo cual es sagrada, y no respetarla sería una maldad inútil. Si solicitáis a los ricos, no conseguiréis gran beneficio, pues son pocos, y, en cambio, los privaréis de todos los recursos, hundiréis al país en la indigencia, mientras que si pedís un poco de ayuda a cada poblador, a todos por igual, sin reparar en sus bienes, recogeréis lo necesario para las cargas públicas y no hará falta averiguar lo que posee cada ciudadano, investigación odiosa y humillante. Si solicitáis a todos de igual forma, levemente, favorecéis a los pobres, ya que les quedarán los bienes de los ricos. ¿Y de qué manera sería posible fijar un impuesto proporcional a la riqueza? Ayer tenía yo doscientos bueyes; hoy tengo solo sesenta; mañana tendré ciento. Cluñic tiene tres vacas enfermas. Nicclu tiene dos robustas y gordas. ¿Quién es más rico? Los signos de la opulencia son engañosos. Lo único cierto es que todos comen y beben. Imponed a las gentes de acuerdo a lo que consumen. Es lo sensato y lo justo.

Así habló Morio, y los ancianos le aplaudieron.

—Pido que se grabe este discurso en planchas de bronce —dijo Bulloch—. Está dictado para lo por venir. Dentro de quince centurias, los mejores entre los pingüinos no hablarán de otra manera.

Los ancianos aplaudían, aun cuando Greatauk, puesta la mano sobre el puño de su espada, realizó esta breve declaración:

—Soy noble, y, por tanto, no aportaré. Admitir un impuesto es propio de plebeyos. Que pague el vulgo.

Nadie le respondió, y los ancianos desfilaron en silencio.

Como en Roma, se rehizo el censo cada cinco años, y de aquel modo se advirtió que la población se incrementaba de forma rápida. Aun cuando los niños muriesen en maravillosa abundancia, y el hambre y la peste despoblaran con una regularidad perfecta ciudades enteras, nuevos pingüinos cada vez más numerosos contribuían con su miseria privada a la prosperidad pública.

Capítulo IV

Las bodas de Kraken y de Orberosa

En aquel tiempo vivía en la isla de Alca un hombre pingüino cuyos brazos eran robustos y su ingenio, sutil. Se llamaba Kraken, y poseía su vivienda en la playa de las Sombras, donde los pobladores de la isla no se aventuraban nunca por miedo a las sierpes que tenían sus nidos en los huecos de las piedras y a las almas de los pingüinos muertos sin bautismo, que, semejantes a fuegos lívidos y entre gemidos prolongados, por la noche recorrían errantes aquellos sitios desolados. Creíase comúnmente, pero sin pruebas, que ciertos pingüinos transformados en hombres por el bienaventurado Mael no habían recibido el agua bautismal y volvían luego de su deceso a llorar su desgracia en las noches tormentosas. Kraken vivía en la playa de las Sombras en una cueva inaccesible; sólo se podía penetrar en ella por un subterráneo natural que poseía cien metros de extensión. Una tarde que Kraken caminaba sin rumbo por el campo desierto halló, por casualidad, a una joven pingüina muy graciosa. Era la misma que poco antes el monje Magis había ornamentado con sus propias manos y la primera que lució los velos púdicos. En recuerdo de aquel día, en que la multitud maravillada de los pingüinos la vio pasar de forma gloriosa con su traje de color de aurora, aquella virgen había recibido el nombre de Orberosa. Al ver a Kraken emitió un grito de espanto y quiso huir; pero el héroe la detuvo, la tomó del velo que flotaba tras ella y le dirigió estas palabras:

—Virgen, dime tu nombre, tu familia y tu patria.

Orberosa miraba con espanto a Kraken y se atrevió a balbucear

—¿Sois vos mismo, señor, lo que yo veo ante mí, o es vuestra alma desesperada?

Hablábale así porque los pobladores de Alca no habían tenido noticias de Kraken desde que se refugió en la playa de las Sombras, y le creían difunto, condenado entre los demonios nocturnos.

—No tengas miedo, hija de Alca —respondió Kraken—, porque no soy un alma errática, sino un hombre en la plenitud de su fuerza y de su poder. Pronto seré dueño de grandes riquezas.

La joven Orberosa inquirió:

—¿Cómo piensas obtener grandes riquezas, ¡oh Kraken!, si eres pingüino?

—Con ingenio —respondió Kraken orgulloso.

—Yo sé —dijo Orberosa— que mientras tú vivías entre nosotros eras bien reputado por tu habilidad para cazar y pescar; no había quien te igualara en el arte de prender peces en una red o de atravesar con flechas los pájaros más voladores.

—Aquellas eran industrias vulgares y trabajosas. Después imaginé una forma de procurarme, sin fatigas, grandes riquezas. Pero dime: ¿quién eres?

—Me llaman Orberosa —respondió la joven.

—¿Cómo llegaste hasta aquí, tan lejos de tu vivienda, y de noche?

—Kraken, todo ha sido por la voluntad del Cielo.

—¿Qué quieres decir, Orberosa?

—Que el Cielo me colocó en tu camino, no sé para qué.

Kraken la observó fijamente y sin hablar; le dijo luego con dulzura

—Orberosa, ven a mi hogar; es el del más ingenioso y más valeroso pingüino. Si me sigues, haré de ti mi compañera.

Ella bajó los ojos y dijo:

—Te seguiré, señor.

Así es como la bella Orberosa se transformó en la compañera del héroe Kraken. No celebraron los esponsales con antorchas ni cánticos, porque Kraken no quería pavonearse ante los pingüinos; pero en su cueva trazaba grandes planes.

Capítulo V

El dragón de Alca

"Visitamos en seguida el Museo de Historia Natural...
El administrador nos enseñó un
envoltorio lleno de paja; nos aseguró que contenía el
esqueleto de un dragón, y dijo: 'Esto prueba que el dragón
no es un animal fabuloso'".
(*Memorias* de Jacobo Casanova,
París, 1843; t. IV, págs. 404 y 405.)

Al presente, los pobladores de Alca se ocupaban en labores pacíficas. Los de la costa del Norte iban con sus barcas a la pesca de peces y de mariscos; los labriegos de Dombes cultivaban la cebada, el centeno y el trigo candeal; los acaudalados pingüinos del valle de Dalles se dedicaban a la cría de animales domésticos, y los de la bahía de los Somormujos cultivaban sus huertos. Los comerciantes del puerto de Alca enviaban a Armórica pesca salada, y el oro de las dos Bretañas, que empezaba a introducirse en la isla, hacía más fácil las transacciones.

El pueblo pingüino disfrutaba del fruto de su labor en una profunda tranquilidad, cuando súbitamente corrió un rumor siniestro de pueblo en pueblo. Súpose que un espantoso dragón devastó dos cortijos en la bahía de los Somormujos.

Algunos días antes había desaparecido la virgen Orberosa. Al principio no inquietaba mucho su ausencia, pues fue raptada en varias ocasiones por hombres violentos y enamorados, lo cual a nadie sorprendía, por ser la virgen Orberosa la más bella mujer del territorio. Se advirtió que en algunas ocasiones iba en busca de raptores, y tampoco extrañaba, ya que se cumple siempre lo que ordena el Destino; pero aquella vez, como el tiempo pasaba y no regresaba, se la creyó engullida por el dragón.

Los pobladores del valle de Dalles se convencieron pronto de que no era el dragón una fábula de las que las viejas narran a las mozas en las fuentes, porque una noche el monstruo devoró, en el pueblo de Anis, seis gallinas, un cordero y un huerfanito llamado Elo.

Al día siguiente no fue posible hallar ni huella de los animales ni del niño.

Los ancianos del pueblo, congregados en la plaza y sentados en el banco de piedra, debatieron qué sería sensato hacer en tan aciagas circunstancias.

Reunieron a todos los pingüinos que habían visto al dragón en la noche funesta, y averiguaron cuáles eran la forma y costumbres del dragón.

Cada uno respondió a su vez:

—Tiene garras de león, alas de águila y cola de serpiente.

—Su lomo está erizado de crestas con espinas.

—Su cuerpo todo está cubierto de escamas amarillentas.

—Sus ojos atraen y confunden. Despide llamas por su boca.

—Su aliento hiede de forma espantosa.

—Tiene cabeza de dragón, garras de león y cola de pez.

Una mujer de Anis, tenida por muy sensata y acertada en sus opiniones, y a la cual había robado tres gallinas, dijo:

—Posee estampa de hombre, hasta el punto de que yo le confundí con mi marido, y le dije: "Vente a la cama ya, tonto".

Otros declararon:

—Es similar a una nube.

—Parece una montaña.

Y un muchacho aseguró haber visto asomar por encima los bardales del troje la cabeza del dragón, que besaba a la hermosa Minnia. Los ancianos persistieron en sus preguntas:

—¿Qué altura tiene el dragón?

—Similar a un buey.

—Es como uno de los barcos bretones que arriban al puerto.

—Es del tamaño de un hombre.

—Más alto que la higuera que os cobija.

—No es mayor que un perro.

Interrogados acerca del color, los pingüinos respondieron:

—Rojo.

–Verde.

–Azul.

–Amarillo.

–La cabeza, de un verde hermoso; las alas, de color naranja con ribete gris–plata; la espalda y la cola, rosadas y con franjas de color marrón; el abdomen, amarillo con motas negras.

–No es de ningún color.

–Es de color de dragón.

Luego de escuchar tan varias exposiciones, los ancianos continuaron indecisos: no sabían qué resolver. Unos sugirieron espiar al dragón, sorprenderle y cubrirle de flechas punzadoras; otros opinaron que sería inútil combatir a un monstruo tan horripilante, y aconsejaban que se le amansara con regalos.

–Paguémosle tributo –fue la opinión de un anciano cuya voz era siempre respetada–. Llegaremos, a tenerle propicio si se le hacen ofrendas valiosas: frutas, vino, corderos y alguna virgen.

Otros proyectaban envenenar las fuentes donde solía beber el dragón o ahogarle con humo en su cueva. Pero ninguna de aquellas opiniones prevaleció. Polemizaron mucho y se despidieron sin haber decidido nada.

Capítulo VI

Continúa el dragón de Alca

Durante todo el mes consagrado por los romanos a su falso dios, Marte o Mavors, el dragón devastó en sus correrías los cortijos de Dalles y de Dombes, robó cincuenta carneros, doce cerdos y tres niños. Todas las familias hallábanse afligidas, y sólo lamentos se escuchaban en la isla. Para conjurar aquella desgracia, los ancianos de los infelices pueblos regados por el Glange y el Surella resolvieron congregase y acudir al bienaventurado Mael, que les aconsejaría y socorrería. El quinto día del mes cuyo nombre significa entre los latinos "abertura", por abrir el año, fueron en procesión hasta el monasterio de madera que se emplazaba en la costa meridional de la isla. Ya dentro del claustro, dejaban escuchar sus sollozos y sus lamentaciones. Conmovido por tanta aflicción, el anciano Mael abandonó el recinto donde vivía entregado al estudio de la Astronomía y a la meditación de las Escrituras, y corrió hacia ellos apoyado en su bastón pastoral. En su presencia se arrodillaron los ancianos y le tendieron verdes ramas. Algunos también quemaron hierbas aromáticas.

Y el santo varón, sentado a la vera de la fuente del claustro, bajo una higuera antigua, emitió estas palabras:

—Hijos míos, posteridad pingüina, ¿por qué lloráis y gemís? ¿Por qué me tendéis esas ramas suplicantes? ¿Por qué ofrecéis al cielo humo de aromas? ¿Queréis que aparte de vuestras cabezas algún infortunio? ¿Por qué me rogáis? Me encuentro dispuesto a dar la vida por vosotros. Decidme lo que esperáis de vuestro padre.

A estas preguntas respondió el primero de los ancianos:

—Padre de los hijos de Alca, venerable Mael: yo hablaré en nombre de todos. Un espantoso dragón asuela nuestros campos, despuebla nuestros establos y devora en su escondrijo la flor de nuestra juventud. Ha sacrificado al niño Elo y a siete más, ha descuartizado con su dentadura afilada a la virgen Orberosa, la más bella pingüina. No hay pueblo donde su aliento emponzoñado no haga daño y donde su presencia no genere desolación. Hostigados por esa temible plaga venimos a rogarte, venerable Mael, que posibilites con tu sabiduría la salvación de los pobladores de esta isla y evites el exterminio de nuestra antigua raza.

–¡Oh anciano, el más anciano de todos los ancianos de Alca! –replicó Mael–, tu discurso me hunde en una profunda pesadumbre, y gimo al pensar que nuestra isla es presa de los furores de un dragón horripilante. No es un único caso, pues vemos en los libros varias historias de dragones muy bárbaros. Esos monstruos habitan generalmente lóbregas cuevas a la orilla del mar y, con preferencia, entre los paganos. Podría suceder que alguno de vosotros, a pesar de haberos integrado por el bautismo que recibisteis a la familia de Abraham, adoréis ídolos, como los antiguos romanos, o colguéis imágenes, ribetes de lana, guirnaldas florecidas y exvotos en las ramas de algún árbol sagrado. Asimismo es posible que los pingüinos hayan bailado alrededor de alguna roca mágica y bebido el agua de fuentes habitadas por ninfas. Si así fuera, yo creería, y no sin razón, que el Señor envió ese dragón para castigar los crímenes de algunos y para induciros a todos a exterminar entre los pingüinos la blasfemia, la superstición y la falta de religiosidad. Por esto el remedio mejor que puedo aconsejaros consiste, sin duda, en descubrir toda huella de idolatría y extirparla. Supongo que también son eficaces el rezo y la penitencia. De esa manera se pronunció el venerable Mael, y los ancianos del pueblo pingüino le besaron los pies antes de regresar a sus hogares con los corazones pletóricos de esperanza.

Capítulo VII

Más acerca del dragón

Atentos a las advertencias del santo varón Mael, los pobladores de Alca se esforzaban en pos de extinguir las supersticiones que se habían desarrollado entre ellos. Procuraron que las mozas no fuesen a bailar alrededor del árbol de las hadas y que no pronunciasen palabras mágicas; prohibieron a las madres primerizas que frotasen a sus hijos, en pos de fortalecerlos, en las rocas alzadas en los campos. Un anciano de Dombes, que adivinaba el porvenir agitando una espiga de cebada sobre un cedazo, fue arrojado a un pozo.

Y el monstruo asolaba por las noches los corrales y los establos. Aterrorizados, los campesinos aseguraban sus puertas, no osaban salir de sus casas. Una mujer embarazada, que por un tragaluz vio a la luz de la luna la sombra del dragón, se espantó hasta el extremo de abortar de manera inmediata.

En aquellos días de prueba, el santo varón Mael meditaba de forma ininterrumpida sobre la naturaleza de los dragones y de las maneras varias de combatirlos. Luego de medio año de estudios y oraciones, creyó haber hallado lo que buscaba. Mientras paseaba una tarde por la orilla del mar, en compañía de un novicio llamado Samuel, formuló su pensamiento en estas palabras:

—Estudio de modo detallado la historia y costumbres de los dragones, no por satisfacer una vana curiosidad, sino en pos de descubrir ejemplos aplicables a la situación actual. Tal es, hijo mío, la utilidad de la historia.

"Es un hecho innegable que los dragones viven siempre sobre aviso. Nunca duermen, por lo cual se los ve con frecuencia empleados en guardar tesoros. Un dragón custodiaba, en Cólquida, un vellón de oro que Jasón le arrebató. Otro cuidaba de las manzanas del Jardín de las Hespérides; fue muerto por Hércules y transformado por Juno en una constelación celeste. Así lo dicen los libros, y si es cierta la transformación, debió de producirse por magias, ya que los dioses de los paganos son, en realidad, demonios. Un dragón impedía a los hombres toscos e ignorantes que bebieran en la fuente de Castalia. Asimismo, se debe recordar el dragón de Andrómeda, muerto por Perseo. Pero si dejamos de lado las fábulas paganas, en las cuales el error se confunde a cada paso con la verdad, encontraremos dragones en las historias del glorioso arcángel San Miguel, de los Santos Jorge, Felipe, Santiago el Mayor y Patricio, de las Santas Marta y Margarita. En esas relaciones, dignas de toda confianza, hemos de buscar enseñanza. La historia del dragón de Silena nos ofrece también un ejemplo precioso. Sabréis, hijo mío, que a la orilla del extenso estanque, cercano a la ciudad, existía un dragón horroroso que se acercaba de cuando en cuando a las murallas y emponzoñaba con su aliento a los moradores de los alrededores. Y para no ser devorados por el monstruo, los vecinos de Silena se sorteaban para proporcionarle cada mañana una víctima. La suerte escogió un día a la hija del rey.

"Pero San Jorge, que era magistrado militar, de paso en la ciudad de Silena, supo que la hija del rey acababa de ser destinada al feroz animal.

"De forma inmediata montó a caballo, y munido de una lanza salió al encuentro del dragón. Lo sorprendió a punto de devorar a la virgen real, y cuando San Jorge hubo vencido al dragón, la hija del rey apretó con el cordón de su cintura el cuello de la bestia, que la siguió cual dócil can.

"Esto nos propone un ejemplo del poder de las vírgenes sobre los dragones. La historia de Santa Marta nos ofrece una prueba, a ser posible, más verídica. ¿Conocéis esa historia, hijo mío?"

—Sí, padre —respondió Samuel.

Y el bienaventurado Mael prosiguió:

—Había, en un bosque, a orillas del Ródano, entre Arlés y Aviñón, un dragón, combinación de cuadrúpedo y de pez, mayor que un buey, con los dientes afilados cual cuernos y provisto de grandes alas. Hundía los barcos y engullía a los pasajeros. Impulsada por las súplicas de la gente, salió Santa Marta en busca del dragón, al cual encontró entretenido en engullir a un hombre. Le arrolló al cuello el cordón de su cintura y lo condujo sin dificultades a la ciudad.

"La semejanza entre ambos ejemplos me lleva a pensar que es conveniente recurrir a la virtud de alguna virgen en pos de vencer al dragón que siembra el espanto y la muerte en la isla de Alca.

"Por esto, hijo mío Samuel, debes ajustar la correa, correr con dos de tus compañeros todos los poblados, publicar en todas partes que sólo una virgen podrá liberar a la isla del monstruo que la despuebla.

"Entonarás cánticos y salmos, y dirás: '¡Oh hijos de los pingüinos, si hay entre vosotros una virgen muy pura, que se ponga de piel y, armada con el signo de la Cruz, vaya a combatir al dragón!'"

Así habló el anciano, y el joven Samuel le prometió obedecer. Al día siguiente apretó su correa y partió con dos de sus compañeros en pos de anunciar a los pobladores de Alca que sólo una virgen podría librar a los pingüinos de la furia del dragón.

Capítulo VIII

Sigue el asunto del dragón

Orberosa estaba enamorada de su marido, pero también admitía otros amores. A la hora en que Venus hace su aparición sobre el cielo pálido y mientras Kraken extendía el horror por los poblados, ella frecuentaba la choza de un joven pastor de Dalles, llamado Marcelo, cuyo gentil cuerpo era la envoltura de una virilidad infatigable. La bella Orberosa compartía satisfecha el aromático lecho del pastor; pero lejos de develar quién era, se presentaba con el nombre de Brígida y se hacía pasar por hija de un jardinero de los Somormujos. Cuando a su pesar ponía término a las caricias del amante y avanzaba a través de las brumosas praderas hacia la playa de las Sombras, si por casualidad encontraba algún campesino rezagado, desplegaba de inmediato y cual grandes alas sus velos, ahuecaba la voz y decía:

–Caminante, baja la mirada para que no te veas obligado a exclamar: "¡Ay de mí, desdichado, por haberme atrevido a poner los ojos en el ángel del Señor!"

Los campesinos temblequeantes se arrodillaban y hundían la frente en la tierra. Después, decían que de noche transitaban los ángeles por los caminos de la isla y que mataban a quien osara alzar los ojos para verlos. Kraken ignoraba los amores de Orberosa y de Marcelo porque era un héroe –y los héroes no descifran nunca los secretos de sus mujeres–; pero quizás por no tener conocimiento de tales aventuras, Kraken disfrutaba preciados goces. Todas las noches su compañera se le ofrecía sonriente y hermosa. Fulgurante de voluptuosidad, perfumaba el lecho conyugal con los deliciosos aromas del hinojo y de la verbena. Sentía por Kraken un amor que jamás se mostró inoportuno ni pesado, porque no lo aliviaba solamente con él.

Y la venturosa infidelidad de Orberosa debía salvar al héroe de un peligro enorme y asegurar para siempre su fortuna y su gloria.

Porque al divisar en el crepúsculo a un boyero de Belmont que aguijoneaba sus bueyes, Orberosa se ilusionó por gozarse más aún de lo que solía gozar al pastor Marcelo. El boyero poseía joroba, sus hombros sobresalían sobre sus orejas, y su cuerpo se balanceaba sobre sus piernas desiguales; sus ojos, hoscos, emitían reflejos dorados bajo la cabellera crespa; su garganta emitía una voz ronca y risas estridentes; exhalaba olor a establo. Pero ella se sintió atraída. Como dijo Gnathon: "Las hubo que gozaron a un árbol; otras a un río; otras a una bestia".

Y un día, mientras suspiraba de amor entre los brazos de su boyero en una buhardilla de la ciudad, se sintió súbitamente sorprendida por sonidos de trompa, rumores de voces y ruido de pasos. Observó por la buhardilla y divisó a los vecinos congregados en la plaza del mercado en torno de un novicio que, en pie sobre una roca, emitía en voz clara estas palabras:

"—Habitantes de Belmont, el abad Mael, nuestro venerado padre, os anuncia a través de mi boca que ni la fuerza ni los brazos ni el poder de las armas predominará contra el dragón; pero la bestia será vencida por una virgen. Si hay entre vosotros alguna virgen muy pura y en absoluto intacta, que se levante para ir al encuentro del monstruo, que le apriete el cuello con el cordón de la cintura, y sólo con esto podrá conducirle con facilidad, cual si fuera un perrito".

El monje descendió de la roca, se colocó la capucha y se fue a publicar por otros pueblos el aviso del bienaventurado Mael. Ovillada sobre la paja que le servía de lecho amoroso, con un codo apoyado en la rodilla y el rostro en la mano, Orberosa meditaba lo que escuchó. Aun cuando le diera menos que temer por Kraken la virtud de una virgen que la fuerza de los hombres armados, intranquilizaba el aviso del bienaventurado Mael; un impreciso pero seguro instinto que dirigía sus acciones le advertía que, a pesar de todo, peligraba la seguridad de su esposo.

Y preguntó al boyero:

—Amor mío, ¿qué piensas tú del dragón?

El rústico sacudió la cabeza, para decir:

—Es cierto que en los tiempos antiguos los dragones asolaban la Tierra. Los había del tamaño de montañas. Ahora no los hay. Seguramente, lo que se atribuye a un terrible monstruo fue obra de piratas o comerciantes que se llevaron en su nave a la bella Orberosa y los más hermosos niños de Alca; pero si alguno de esos ladrones pretendiera robarme los bueyes, a viva fuerza o con astucia, estoy seguro de impedirlo.

Tales palabras del boyero incrementaron las aprensiones de Orberosa, que reanimó su amante solicitud por el esposo.

Capítulo IX

Donde aún se trata del dragón

Los días transcurrían sin que virgen alguna se levantara en pos de ir al encuentro del monstruo. Y en el monasterio de madera, el anciano Mael, sentado en un tronco, a la sombra de la higuera antigua y en compañía de un piadoso monje llamado Regimental, se preguntaba con alarma y tristeza cómo era posible que no apareciese en Alca una sola virgen capaz de combatir al dragón. Suspiró, y el hermano Regimental también lo hizo. Cruzó el jardín en aquel momento un novicio llamado Samuel, y el anciano Mael le llamó, y le dijo:

—He meditado otra vez acerca de los medios para destruir al monstruo que aniquila la flor de nuestra juventud, de nuestros rebaños y de nuestras cosechas, y en este concepto la historia de los dragones de San Riok y de San Polo de León me resulta instructiva por demás. El dragón de San Riok poseía ocho varas de largo, la cabeza de gallo y de basilisco, el cuerpo de buey y de sierpe, asolaba las riberas de Elorn en tiempo del rey Bristocus. A la edad de dos años, San Riok lo condujo atado hasta el mar, donde lo ahogó sin resistencia. El dragón de San Polo poseía sesenta pies de largo y no era menos terrible. El bienaventurado apóstol de León lo sujetó con su estola y lo hizo conducir por un muchacho de noble linaje y de pureza indudable. Estos ejemplos son prueba de que a los ojos de Dios un doncel casto resulta tan meritorio como una virgen. El Cielo no hace distinciones. Y os digo esto, hijo mío, porque bien pudiéramos irnos los dos a la playa de las Sombras y llegar hasta las cuevas del dragón, le llamaríamos a grandes voces, yo arrollaría mi estola alrededor de su cuello y vos le guiaríais atado hasta el mar, donde se ahogaría sin remedio.

Al escuchar estas palabras del anciano, Samuel bajó los ojos sin osar responder.

–¿Tenéis alguna duda, hijo mío? –dijo Mael.

Contra su costumbre, el hermano Regimental tomó la palabra sin ser interrogado.

–Cualquiera dudaría –dijo–. San Riok tenía solo dos años cuando venció al dragón. ¿Quién asegura que nueve o diez años después le hubiese vencido? Cuidado, padre mío, porque el dragón que asola nuestra isla devoró al pequeño Elo y a otros cuatro o cinco niños de corta edad. El hermano Samuel no es bastante vanidoso para juzgarse a los diecinueve años más inocente que otros a los doce o catorce.

"¡Ay! –prosiguió el monje gimiendo–, ¿quién puede alardear de ser casto en este mundo, donde todo nos da ejemplo y enseñanza de amor, donde la naturaleza toda, animales y plantas, nos descubre y nos impone ardientes voluptuosidades? Los animales, llevados por el deseo, se unen con ardor cada cual a su forma, pero no son comparables los diferentes esponsales de los cuadrúpedos, de los pájaros, de los peces y de los reptiles, con las sensualidades de las bodas de los árboles. Cuantas monstruosas indecencias imaginaron los paganos en sus fábulas, sobrepújalas una sencilla flor de los campos, y si conocieseis las fornicaciones de los lirios y de las rosas apartaríais de los altares esos cálices de impurezas, esos vasos de impudicia.

–No habléis así, hermano Regimental –contestó el venerable Mael –. Sometidos a las leyes de la naturaleza, los animales y las plantas siempre son inocentes, no poseen un alma que salvar, mientras el hombre...

–Estáis en lo cierto –dijo el hermano Regimental–. ¡Son otros cantares! Pero no enviéis al joven Samuel a la conquista del dragón: el dragón se lo devoraría. Hace ya cinco años que Samuel no está en condiciones de asombrar con su inocencia a los monstruos. El año del cometa puso el demonio en su camino, para seducirle, a una lechera que se recogía las faldas al cruzar un arroyo. Samuel fue tentado y venció la tentación; pero el diablo, que no reposa, le ofrendó en sueños la imagen de aquella moza, y la visión consiguió lo que no pudo obtener la realidad: hizo pecar a este novicio, que, al despertarse, inundó con sus lágrimas su lecho profanado. ¡Ay! El arrepentimiento no restituye la inocencia.

Al escuchar este relato, Samuel se preguntó cómo pudo ser conocido su secreto, ignorante de que se valía el diablo de la figura del hermano Regimental para turbar el corazón de los monjes de Alca.

El anciano Mael meditaba y se preguntaba con angustia:

—¿Quién nos liberará de los dientes del dragón? ¿Quién nos protegerá de su aliento? ¿Quién nos salvará de su mirada?

Mientras tanto, los pobladores de Alca iban envalentonándose. Los labradores de Dombes y los boyeros de Belmont juraban ser más poderosos contra un animal feroz que una frágil doncella y decían, mientras se golpeaban la parte carnosa del brazo: "¡Que venga el dragón!" Muchos hombres y mujeres lo habían visto, pero no llegaban a ponerse de acuerdo sobre su forma y su color, aun cuando todos negaban que fuese tan grande como se creía, porque su talla no era mayor que la de un hombre. Se organizó la defensa. Desde el crespúsculo ponían centinelas en la entrada de los pueblos, dispuestos a dar el grito de alarma. Grupos numerosos, munidos de horquillas y de hoces, guardaban por la noche las praderas donde se recogían los animales. En el pueblo de Anis, algunos labradores sorprendieron al dragón cuando saltaba la tapia de Morio. Armados de mazas, de hoces y de horquillas le corrieron de cerca. Uno de los perseguidores creyó haberle pinchado con su horquilla, pero por desgracia resbaló y cayó en un charco. Los otros le alcanzarían seguramente si no se hubieran distraído en recoger los conejos y las gallinas que el dragón, al escapar, soltaba.

Dichos labriegos declararon a los ancianos de la ciudad que el monstruo les pareció de forma y de proporciones bastante humanas, aparte de la cabeza y de la cola, que juzgaron en verdad horribles.

Capítulo X

También referente al dragón de Alca

Aquella noche, Kraken se retiró a su cueva más tarde que de costumbre. Se quitó de la cabeza su casco de foca, terminado en dos cuernos de buey, cuya visera estaba dotada de garfios formidables. Tiró sobre la mesa sus guantes, rematados por garras horribles: cada uña era un pico de gaviota. Se desabrochó el cinturón prolongado en una cola verde con repliegues zigzagueantes. Después ordenó a Elo, su paje, que le quitase las botas, y como el niño no consiguiese hacerlo con la rapidez deseada, lo arrojó de un puntapié al otro lado de la caverna.

Sin mirar a la bella Orberosa, que hilaba un copo de lana, se sentó próximo a la chimenea, donde había un cordero puesto en el asador, y murmuró:

—¡Malditos pingüinos! Va siendo un oficio muy perro el de dragón.

—¿Qué dice mi señor? —preguntó la bella Orberosa.

—Ya no les inspiro temor —prosiguió Kraken—. Antes todos huían cuando yo me aproximaba, siempre traía en el saco gallinas y conejos, cazaba en los campos cerdos y carneros, vacas y bueyes. Ahora esos rústicos ya saben defenderse y velan. Recientemente en el pueblo de Anis, perseguido por los labradores munidos de mazas, hoces y horquillas, me vi obligado a arrojar los conejos y las gallinas que llevaba y a recoger mi cola en el brazo para huir con libertad. ¿Es propio de un dragón de Capadocia huir cual ratero con la cola baja el brazo? Cargado de crestas, de cuernos, de garfios, de uñas, de escamas, apenas pude escapar a un salvaje que me clavó la punta de su horquilla en la nalga izquierda.

Calló un momento, entregado a meditaciones amargas y continuó:

—¡Qué idiotas son los pingüinos! Ya estoy agotado de arrojar llamas a las narices de tantos imbéciles. ¿Me oyes, Orberosa?

Luego de hablar de esa forma, el héroe levantó entre sus manos el horrible casco y lo contemplaba silencioso. Después dijo:

—Este casco lo construí en forma de cabeza de pez con pieles de foca. Para que fuera más terrorífico le agregué cuernos de buey, le añadí una quijada de jabalí, le colgué una cola de caballo pintada de rojo. ¡Ningún poblador de la isla podía observarlo sin temblar y huir! He sembrado el pavor entre los pingüinos. ¿Quién aconsejó al pueblo insolente para que abandonara su cobardía natural, osase mirar sin temor estas fauces horribles y persiguiera esta cabellera espantosa?

Echó a rodar el casco por el suelo, y continuó:

—¡Ya no me sirves para nada, casco engañador, y te juro, por todos los demonios del infierno, que jamás volverás a verte sobre mi cabeza!

Al proferir este juramento pisaba y aplastaba su casco, sus guantes, sus botas y su cola de repliegues zigzagueantes.

—Kraken —dijo la bella Orberosa—, ¿permitís a vuestra esclava un artificio para salvar vuestra gloria y vuestros bienes? No despreciéis la ayuda de una mujer. Lo necesitáis, porque los hombres son todos unos imbéciles.

—Mujer —.preguntó Kraken —, ¿cuáles son tus propósitos?

Entonces la bella Orberosa enteró a su esposo de que unos monjes recorrían los pueblos y enseñaban a los pobladores el modo más adecuado de combatir al dragón. Según las instrucciones monacales, la bestia sería derrotada por una virgen. Si una doncella envolviese con el cordón de su cintura el cuello del dragón, le conduciría fácilmente aprisionado, cual perrito.

—¿Quién te ha dicho que los monjes enseñan semejantes cosas? —preguntó Kraken.

—Amigo mío —le replicó Orberosa—, no interrumpáis reflexiones graves con un interrogante superficial. Los monjes lo aseguraron: "Si se encuentra en Alca una virgen muy pura ¡que se levante!" Yo he decidido, Kraken, responder a la convocatoria. Tengo en mente buscar al anciano Mael y decirle: "Soy la doncella destinada por el Cielo para humillar al dragón".

Al escuchar tales palabras, Kraken adujo:

—¿Cómo has de ser tú esa doncella tan pura? ¿Y cuál es la causa por la que te propones humillarme, Orberosa? ¿Te has vuelto loca? Te advierto que no me dejaré vencer por ti.

—Antes de enojarte, ¿no podrías tratar de comprenderme? —suspiró la bella Orberosa, con desprecio hondo y suave.

Después expuso de forma tranquila sus sutiles objetivos.

El héroe la escuchaba, pensativo, y cuando ella terminó de hablar, dijo:

—Orberosa, tu astucia es refinada, y si tus metas se realizan de acuerdo a tus previsiones, yo sacaré mucho provecho. Pero ¿cómo serás tú la virgen escogida por el Cielo?

—No te preocupes, Kraken, y vámonos a dormir.

Al día siguiente, en la cueva aromatizada por el olor de la grasa, Kraken trenzaba un armazón amorfo de mimbre y lo recubría con pieles erizadas de forma espantosa y escamosas. A uno de los extremos del armazón, la bella Orberosa cosió el casco terrible y la visera que llevaba Kraken en sus aniquiladoras excursiones, y al otro extremo sujetó la cola de repliegues zigzagueantes que arrastró el héroe. Cuando aquel trabajo estuvo terminado, enseñaron a Elo y a los otros cinco muchachos a meterse en el artefacto y hacerlo avanzar, a la vez que tocaban la trompa y quemaban estopas para que emergieran rugidos, llamas y humo por las fauces del dragón.

Capítulo XI

Prosiguen las vicisitudes del dragón de Alca

Orberosa, ataviada con un sayal corto y con una cuerda a la cintura, se fue al monasterio y preguntó por el bienaventurado Mael. Como estaba prohibido a las mujeres entrar en el claustro, el viejo salió a su encuentro con el bastón pastoral en la diestra y la mano izquierda apoyada en el hombro del hermano Samuel, el más joven de sus discípulos.

Preguntó:

—Mujer, ¿quién eres?

—La virgen Orberosa.

Al escuchar la respuesta, el monje Mael elevó hacia el cielo sus brazos temblorosos.

—¿Entiendes lo que dices, mujer? Es un hecho indiscutible que Orberosa fue devorada por el dragón, y ahora se me presenta, y la veo y la escucho. ¿Tal vez, hija mía, en las entrañas de la bestia supiste armarte con el signo de la Cruz en pos de defenderte y salir incólume? Es lo que me resulta más verosímil.

—No te has equivocado, padre mío – le respondió Orberosa—; sucedió tal cual lo imaginas. En cuanto emergí de las entrañas de la bestia busqué protección en una ermita de la playa de las Sombras. Moraba en la soledad, consagrada al rezo y a la meditación entre inauditas abstinencias, cuando una voz del Cielo me hizo saber que sólo una virgen posee el poder de humillar al dragón, y que yo era la virgen predestinada.

—Enséñame una señal que pruebe lo que has dicho —insinuó el anciano.

—¿No es suficiente el ser yo misma? —contestó Orberosa.

—Reconozco el poder santo de las que imprimen a su carne un sello de virtud —dijo el apóstol de los pingüinos— Pero ¿eres, realmente, tal como dices?

—Ya veréis los resultados —afirmó Orberosa.

El monje Regimental se acercó e intervino en el asunto:

—Será la prueba mejor. El rey Salomón ha dicho: "Hay tres cosas difíciles de conocer y una cuarta imposible. Son las tres: la huella de la serpiente sobre la roca, del pájaro en el aire, del navío en el agua; y es la cuarta, la huella del hombre en la mujer". Estimo impertinentes a esas matronas que intentan corregir en tales materias al más sabio de los reyes. Si me atendierais, padre mío, no las consultaríais en cuanto se refiere a Orberosa, porque luego de escuchar sus opiniones no habéis de quedar mejor enterado. La virginidad es tan difícil de comprobar como de conservar. Plinio enseña en su *Historia* que todos los signos aparentes son imaginarios o inseguros. La que lleva sobre sí las catorce señales del vicio puede ser completamente pura a los ojos de los ángeles, y, por el contrario, la que registrada por las matronas con el dedo y con la vista, pliegue por pliegue, resulta intacta, debe acaso tan honrosas apariencias a los artificios de una refinada perversidad. En cuanto a la pureza de la virgen Orberosa, pondría yo las manos en el fuego.

Hablaba de esa manera porque era el mismo demonio; pero el anciano Mael no lo sabía y preguntó a Orberosa:

—Hija mía, ¿de qué forma pensáis vencer a una bestia tan feroz como la que os había devorado?

La virgen respondió:

—Mañana, al salir el sol, ¡ah Mael!, convocarás al pueblo sobre la colina, frente al páramo desierto que se extiende hasta la playa de las Sombras, y tratarás de que ningún pingüino se aproxime a más de quinientos pasos de las piedras, porque expiraría emponzoñado por el aliento del monstruo. El dragón saldrá de su cueva, rodearé su cuello con el cordón de mi cintura y lo conduciré atado cual dócil perro.

—¿No querrás que te acompañe un hombre valeroso y devoto para que sea él quien dé muerte al dragón? —respondió Mael.

—Tú lo has dicho, venerable anciano: entregaré el monstruo a Kraken, el cual le degollará con su espada refulgente. Has de saber que el noble Kraken, a quien han creído muerto, aparecerá nuevamente entre los pingüinos en pos de matar al dragón, y del vientre de la bestia emergerán los niños que fueron devorados.

—Lo que me anuncias, ¡oh virgen! —clamó el apóstol—, me parece prodigioso y sobrenatural.

—En efecto lo es —respondió la virgen Orberosa—, y también por aviso del Cielo tuve noticia de que para retribuir el beneficio que recibe del caballero Kraken, el pueblo pingüino le abonará un tributo anual de trescientos pollos, doce corderos, dos bueyes, tres cerdos, cincuenta sacos de trigo, y las frutas y verduras de cada estación. Asimismo, los niños que salgan del vientre de la bestia serán entregados al caballero Kraken en pos de servirle y obedecerle en todo. Si el pueblo pingüino omitiera satisfacer su tributo, se presentaría en la isla otro dragón más terrible que el primero. Y será como lo he dicho.

Capítulo XII

Termina lo referente al dragón de Alca

Una multitud de pingüinos, convocada por el anciano Mael, pasó la noche en la playa de las Sombras, pero sin avanzar más allá de la línea que el santo varón había trazado para que a nadie intoxicara el hálito del monstruo.

La oscuridad de la noche todavía no se había disipado sobre la Tierra cuando, anunciado por un rugido ronco, apareció entre las piedras de la playa la figura difusa y maravillosa del dragón. Se arrastraba como una serpiente, y su cuerpo zigzagueante parecía poseer quince pies de longitud. Al verlo retrocedieron las gentes aterrorizadas, y en seguida, todos los ojos se volvieron hacia la virgen Orberosa, que, a la primera luz del amanecer, se destacó vestida de blanco sobre el horizonte rosáceo. Con valeroso y simple andar se encaminó hacia la bestia, la cual daba rugidos aterradores y abría sus llameantes fauces. Los pingüinos emitieron un inmenso alarido de horror y de piedad al ver que la virgen desataba el cordón de su cintura para rodear el cuello del dragón y conducirlo atado como un dócil perrito. Luego se alzaron atronadoras las aclamaciones de la muchedumbre.

Había recorrido ya parte del campo cuando apareció Kraken, que esgrimía una espada resplandeciente. Como el pueblo le creía muerto, al verlo dejó escapar una exclamación de sorpresa y de gozo. El héroe se lanzó hacia la bestia, la derribó y le abrió el vientre con la espada, de donde salieron, en camisa, con la melena rizada y las manos cruzadas, el niño Elo y los otros pequeños que había devorado el monstruo. De inmediato se postraron a los pies de la virgen Orberosa, que, al tiempo que los acariciaba, les decía al oído:

—Recorreréis los pueblos y diréis: "Somos las pobres criaturas devoradas por el dragón, y salimos en camisa de su vientre". Los habitantes os darán con abundancia todo lo que podáis querer. Pero si hablarais de otro modo, sólo recibiríais sopapos y bofetadas. ¡Andad!

Varios pingüinos, al ver al dragón reventado, desearon hacerlo trizas: unos, por espíritu de odio y de venganza, y otros, para apropiarse de la piedra mágica llamada dracontita que se forma en la cabeza de los dragones. Las madres de los niños resucitados se apresuraron para besar a sus criaturas. Pero el santo barón Mael los detuvo a todos y les advirtió que no eran bastante puros para aproximarse al dragón, sin morir.

El niño Elo y los otros pequeños no tardaron en acercarse al pueblo, y decían:

—Somos las pobres criaturas devoradas por el dragón, y salimos en camisa de su vientre.

Cuantos les escucharon, exclamaron:

—¡Criaturas benditas!, ya os proporcionaremos con abundancia todo lo que pudierais desear.

La multitud se retiró alegremente. De los grupos se alzaban himnos y cánticos. Para conmemorar aquella jornada en que la Providencia liberó al pueblo de un azote cruel fueron instituidas procesiones, en las cuales figuraba un dragón encadenado. Gracias al tributo acordado, Kraken llegó a ser el más rico y poderoso de los pingüinos. Como insignia de su victoria, y en pos de inspirar un saludable terror portaba sobre la cabeza una cresta de dragón, y tenía por costumbre decir:

—Ahora que el monstruo ha muerto el dragón soy yo.

Orberosa encadenó, durante largo tiempo, con sus brazos generosos a los boyeros y pastores, y cuando ya no era agradable ni joven, se consagró al Señor.

Objeto de la devoción pública, fue admitida luego de su muerte en el canon de los santos y señalada como la celestial patrona de la Pingüinia. Kraken dejó un hijo, que llevó como su padre, la cresta del dragón, y al que llamaron por este motivo Draco.

Draco fundó la primera dinastía de los pingüinos.

LIBRO III

LA EDAD MEDIA
Y EL RENACIMIENTO

Capítulo I

Brian el piadoso y la reina Glamorgana

El rey de Alca, descendiente de Draco, hijo de Kraken, portaba sobre la cabeza una horrible cresta de dragón, sagrada divisa que le hacía ser reverenciado y temido por los pueblos. No cesaba de guerrear con sus vasallos y súbditos ni con los príncipes de las islas y de los continentes vecinos. De los monarcas más antiguos solo se conserva el nombre, y no sabemos pronunciarlo ni escribirlo. El primer dracónida cuya historia se conoce, fue Brian el Piadoso, estimado por su astucia y su esfuerzo en la guerra y en la caza.

Era muy cristiano, amante de los estudios y protector de los hombres consagrados a la vida monástica. En la sala de su palacio, donde bajo las vigas ahumadas colgaban testas y cuernos de animales feroces, ofrecía festines y convidaba a todos los trovadores de Alca y de las islas vecinas que cantaban los triunfos de los héroes. Justiciero y generoso, pero imbuido de un ardiente amor de gloria, le era imposible ocultar su envidia, y condenó a muerte a cuantos le aventajaron en el arte de trovar. Expulsados los monjes de Ybern por los paganos que desolaban la Bretaña, el rey Brian mandó construir para ellos un monasterio de madera cercano a su palacio. Todos los días iba con su esposa, la reina Glamorgana, a la capilla del monasterio, asistían a las ceremonias y cantaban himnos al Señor.

Entre los monjes hallábase uno llamado Oddoul, famoso en la flor de la juventud por su ciencia y sus virtudes. El demonio, decidido a perderle, frecuentemente ponía en su camino una pecadora tentación. Tomando varias formas, le mostró, de forma sucesiva, un brioso corcel, una virgen hermosa y una copa de hidromiel. Después, agitando unos dados dentro de un cubilete, le dijo:

–Si quieres, jugaré contigo la soberanía del mundo contra un cabello de tu cabeza.

Pero el hombre del Señor, escudado por el signo de la Cruz, rechazó al enemigo. Seguro ya de que jamás lograría seducirle, imaginó el demonio un ingenioso artificio para perderle. Se aproximó a la reina, que dormía en su lecho una noche estival, le presentó la imagen del juvenil monje, a quien ella veía en el monasterio de madera, e insufló un encanto maléfico en aquella imagen.

De pronto se infiltró el amor, cual sutil veneno, en las venas de Glamorgana, consumida por el deseo de realizar con Oddoul sus ansias amorosas. Halló repetidas excusas para conducirle a su presencia y le propuso que instruyera a sus hijos en la lectura y el canto. Le dijo:

–Cuidaré de su educación y presenciaré vuestras lecciones para instruirme, de modo que daréis enseñanza simultáneamente a los hijos y a la madre.

Pero el juvenil monje resistíase. En pos de excusarse alegaba unas veces su poca ciencia y otras su condición, que le prohibía el trato de las mujeres. Sus negativas agigantaron los deseos de Glamorgana. Un día que desmayaba en su lecho, porque su mal devino intolerable, mandó llamar a Oddoul. Compareció el monje, obediente, pero ni pasó la puerta, ni elevó los ojos del suelo, con lo que las ansias y el dolor de la reina aumentaron.

–Mira –le dijo–: carezco de fuerzas; una sombra cubre mis ojos; mi cuerpo está helado y encendido a la vez.

Y como él no jadeara ni se moviera, la señora le llamó, suplicante:

–¡Acércate, acércate a mí!

Extendió sus brazos, alargados por el deseo, y trató de tomarle y atraerle.

Pero el monje reprochó aquella indecencia y escapó.

Entonces, dominada por la ira y temerosa de que Oddoul publicase las ansias que inspiraba y no satisfacía, se resolvió a comprometerle para que le condenasen.

Con voz lastimera, que retumbaba en todo el palacio, pidió socorro, como si realmente se encontrara en grave peligro. Al acercarse las doncellas vieron escapar al monje y observaron que la reina se cubría apresuradamente con las ropas de su lecho. Todas a su vez proclamaron a gritos el crimen, y cuando, atraído por aquel bullicio, entró el rey Brian, la reina Glamorgana le mostró su melena en desorden, sus ojos esmerilados por las lágrimas y su pecho, que, desesperada, en la furia de su amor, se había desgarrado ella misma con las uñas.

—Señor y esposo mío –clamó–, mirad las huellas de los ultrajes que acabo de sufrir. Impulsado por un infame deseo Oddoul se aproximó a mi lecho y quiso vencer con violencia mi repugnancia y mi pudor.

Al escuchar aquellas quejas y al ver aquella sangre, furioso, el rey ordenó a sus guardias que se apoderasen del monje y que le quemaran vivo frente al palacio para que lo viese la reina.

Enterado de la triste aventura, el abad de Ybern visitó al rey y le dijo:

—Rey Brian, notad en este ejemplo la diferencia entre una mujer cristiana y otra pagana. La romana Lucrecia fue la más virtuosa de las princesas idólatras, pero careció de las energías para defenderse contra los ataques de un joven afeminado, y, avergonzada de su debilidad, se entregó a la desesperación, mientras que la reina Glamorgana pudo resistir de forma victoriosa a los ataques de un criminal forzudo, furibundo y poseído por el más terrible de los demonios.

Mientras, Oddoul aguardaba en un calabozo de palacio el momento de ser quemado vivo. Pero Dios no permitió que la inocencia fuese castigada. Le envió un ángel, que, bajo la forma de una doncella de la reina llamada Gudruna, le sacó del calabozo y le guió al aposento en que habitaba la doncella cuya figura le sirvió de disfraz.

El ángel dijo al joven Oddoul:

—Te amo porque te arriesgas a todo.

El joven Oddoul creyó que hablaba con la propia Gudruna, y adujo, sin levantar los ojos:

—Sólo con la ayuda del Señor pude resistir las intenciones de la reina y provocar la cólera de tan poderosa mujer.

El ángel preguntó:

—¿No tuviste los propósitos de que la reina te acusa?

—No los tuve. Nada hice —respondió el monje con la mano puesta sobre el corazón.

—¿No hiciste nada?

—No hice nada, y la sola idea de un acto semejante me causa horror.

—Entonces —dijo el ángel—, ¿por qué viniste aquí, mentecato?

Y abrió la puerta en pos de facilitarle al monje la salida. Oddoul se sintió impelido con violencia hacia afuera, y apenas había llegado a la calle, una mano vació un orinal sobre su cabeza.

Oddoul meditaba: "Tus caminos son misteriosos, Señor, y tus propósitos, impenetrables".

Capítulo II

Draco el grande. Traslado de las reliquies de Santa Orberosa

La sucesión directa de Brian el Piadoso se extinguió hacia el año 900 en la persona de Collica, llamado Nariz Corta. Un primo de este príncipe, Bosco el Magnánimo, le sucedió. Atento a robustecer el trono y asesinar a todos sus parientes, fue origen de una dinastía duradera de poderosos monarcas. Uno de ellos, Draco el Grande, se hizo famoso por sus guerras. Le vencieron más frecuentemente que a los otros; pero en esta persistencia de la derrota se reconoce a los capitanes heroicos. En veinte años calcinó más de veinte mil cabañas, haciendas caseríos, poblados, villas, ciudades y universidades. Devastaba con la misma indiferencia las tierras enemigas y sus propios dominios, y solía decir para explicar su conducta:

—La guerra sin incendio es como la carne sin mostaza: algo insípido.

Su justicia era inflexible. Cuando los campesinos a quienes hacía prisioneros no podían pagar el rescate, los ahorcaba, y si alguna infeliz mujer osaba implorarle favor para su marido insolvente, la arrastraba, sujeta por la cabellera a la cola de su caballo. Vivía cual soldado, sin flojera, y nos complacemos en reconocer que sus costumbres eran puras. No solo mantuvo en su reino la gloria hereditaria, sino que hasta en sus mayores derrotas enalteció el honor del pueblo pingüino.

Draco el Grande hizo trasladar a Alca las reliquias de Santa Orberosa.

El cuerpo de la bienaventurada había sido enterrado en una caverna de la playa de las Sombras. Los primeros peregrinos que la visitaron fueron los mozos y las mozas de los pueblos vecinos. Iban con preferencia, por parejas, a la puesta de sol, como si los piadosos deseos buscaran para satisfacerse la sombra y la soledad. Dedicaban a la santa un culto fervoroso y velado; no gustaban de publicar las emociones que experimentaban en su recogimiento; pero los delataban algunas veces frases de amor y suspiros angustiosos entremezclados con el santo nombre de Orberosa. Unos decían que allí se olvidaron del mundo, y otros, que al salir de la caverna se hallaban siempre satisfechos. Las mozas, en sus confidencias íntimas recordaban los goces que habían experimentado.

Tales fueron los milagros que realizó la virgen de Alca en los albores de su gloriosa eternidad, y que tenían la vaga dulzura de los amaneceres. De forma rápida, el misterio de la gruta se extendió por los pueblos cercanos cual perfume sutil. Fue para las almas puras una causa de alegría y edificación, y los hombres corrompidos en vano intentaron alejar a los fieles, con mentiras y calumnias, de los manantiales de gracia que corrían sobre la tumba de la santa. La Iglesia hizo lo posible para que aquellos fervores del Cielo no quedasen reservados a un corto número de criaturas y se extendieran por toda la cristiandad pingüina. Unos monjes se instalaron en la caverna, construyeron un monasterio, una capilla y un albergue. Comenzaron a afluir peregrinos. Como fortalecida por su larga residencia en el Cielo, la bienaventurada Orberosa obró milagros cada vez mayores en favor de los que iban a colocar una ofrenda sobre su tumba. Hizo concebir esperanzas a las mujeres que no podían engendrar, envió ensueños a los viejos celosos en pos de tranquilizarles sobre la fidelidad de sus esposas, puesta en duda de forma injusta, y mantuvo alejadas de la comarca las pestes, las epidemias, las hambres, las tormentas y los dragones de Capadocia.

Pero durante los disturbios que asolaron el país en el reinado de Collica y de sus sucesores, la tumba de Santa Orberosa fue despojada de sus riquezas, el monasterio fue incendiado y los monjes desperdigados. El camino, durante largo tiempo comprimido por peregrinaciones devotas, desapareció bajo los juncos, la maleza y los cardos azules de los arenales. Hacía ya un siglo que sólo visitaban la tumba milagrosa las comadrejas y los murciélagos, cuando la santa se apareció a un campesino de los alrededores, llamado Momordic.

—Soy la virgen Orberosa —le dijo—, y quiero que restablezcas mi santuario. Advierte a los pobladores de las inmediaciones que si dejan mi memoria en olvido y mi tumba sin ofrendas, un nuevo dragón desolará la Pingüinia.

Clérigos muy sabios hicieron informaciones acerca de tal aparición y la juzgaron verdadera, no demoníaca, sino celestial.

El monasterio fue nuevamente erigido y los peregrinos acudieron con abundancia. La virgen Orberosa hizo milagros cada vez mayores. Curaba enfermedades perniciosas, como la cojera, la hidropesía, la parálisis y el mal de San Vito. Los monjes guardianes de la tumba gozaban de una opulencia envidiable, cuando la santa se apareció al rey Draco el Grande, le ordenó que la reconociese como patrona celestial del reino y que llevara sus restos preciosos a la catedral de Alca.

Las reliquias de aquella virgen fueron transportadas con gran pompa a la iglesia metropolitana y depositadas en el centro del coro, dentro de una urna de oro con esmaltes y gemas preciosas. El Cabildo asentó los milagros en que intervino la bienaventurada Orberosa. Draco el Grande, que no dejaba un momento de proteger y exaltar la fe cristiana, al morir de forma piadosa legó muchos de sus bienes a la Iglesia.

Capítulo III

La reina Crucha

Desórdenes espantosos sucedieron a la muerte de Draco el Grande. Los herederos de este príncipe han sido acusados frecuentemente por su debilidad, y es cierto que ninguno siguió ni de lejos el ejemplo de su valeroso predecesor. Su hijo Chum, que era rengo, no cuidó de acrecentar el territorio pingüino. Bolo, hijo de Chum, murió asesinado por la guardia de palacio en el momento de ascender al trono, a los nueve años de edad. Le sucedió su hermano Gun, que sólo tenía siete años, y se dejó guiar por su madre, la reina Crucha.

Crucha era bella, instruida, inteligente; pero no sabía resistir a las pasiones.

He aquí de qué forma se expresa en su crónica el venerable Talpa, en lo que se refiere a esta ilustre monarca:

"La reina Crucha, por la belleza de su semblante y la perfección de su figura, podrá compararse, quizás con ventaja, a Semíramis de Babilonia, a Pentesilea, reina de las Amazonas, y a Salomé, hija de Herodías. Pero en su cuerpo mostró varias singularidades que pueden suponerse encantadoras o desapacibles, según las contradictorias opiniones de los hombres y los juicios del mundo. Poseía en la frente dos cuernitos, que siempre ocultó bajo su abundante melena dorada. Tenía un ojo azul y otro negro; el cuello, inclinado hacia la izquierda, como Alejandro de Macedonia; seis dedos en la mano derecha y una cabecita de mono debajo del ombligo.

"Su apostura, era majestuosa, y su trato, amable. Magnífica y espléndida en sus generosidades, no siempre conseguía someter la razón al deseo.

"Al ver en sus caballerizas a un joven palafrenero de belleza singular, se sintió súbitamente poseída por ansias amorosas y le confió el mando de sus ejércitos. Lo que se debe elogiar sin reservas en esta reina famosa es la profusión de dones que hizo a las iglesias, monasterios y capillas del reino y, en especial, a la santa casa de Beargarden, donde, por la gracia del Señor, profesé a los catorce años de edad. Ha encargado tantas misas por el reposo de su alma, que todos los sacerdotes de la Iglesia pingüina se han transformado, por así decirlo, en un cirio encendido a los ojos del Cielo en pos de atraer la misericordia divina sobre la augusta Crucha".

Estos renglones, y algunos otros de que me he valido para hacer más rico mi texto, bastan para juzgar sobre el valor histórico y literario de las *Gestas Pingüinorum*. Desgraciadamente, dicha crónica se interrumpe de manera brusca en el tercer año de Draco el Simple, sucesor de Gun el Débil. Llegado a éste punto de mi historia, lamento la ausencia de un guía tan amable y seguro.

Durante las dos centurias siguientes, los pingüinos vivieron en una sanguinaria anarquía. Se olvidaron todas las artes. Entre la ignorancia general, a la sombra del claustro, los monjes se entregaban al estudio, copiaban con infatigable celo las Santas Escrituras, y en pos de suplir la escasez de pergaminos, raspaban los manuscritos antiguos, sobre los cuales transcribían la palabra divina. De esta forma se vieron florecer las Biblias en la tierra pingüina como las rosas en el rosal.

Un monje de la orden de San Benito, Ermold el pingüino, consiguió borrar cuatro mil manuscritos griegos y latinos y copió en ellos cuatro mil veces el Evangelio de San Juan. De esa manera destruyeron en gran parte las obras maestras de la poesía y de la elocuencia antigua.

Lo cual no es obstáculo para que los historiadores reconozcan, con extraña unanimidad, que los conventos pingüinos fueron el refugio de las letras durante la Edad Media.

Las guerras seculares de los pingüinos y de los marsuinos ocupan el final de esta etapa. Es muy dificultoso distinguir la verdad sobre tales guerras, no por falta de narraciones, sino por su abundancia excesiva. Los cronistas marsuinos contradicen de forma absoluta a los cronistas pingüinos, y como si eso fuera poco, los pingüinos se contradicen entre sí, de igual manera que los marsuinos. Logré hallar dos cronistas de acuerdo, pero uno había copiado al otro. Sólo es indudable que las matanzas, las violaciones, los incendios y los saqueos se sucedían ininterrumpidamente.

Bajo el desdichado príncipe Bosco IX, el reino estuvo a dos dedos de su ruina. Al saberse que la flota marsuina, formada por seiscientas naves, se encaminaba al puerto de Alca, el obispo dispuso que se formara una solemne procesión. El Cabildo, los magistrados, los miembros del Parlamento y los profesores universitarios fueron a la catedral para sacar en andas la urna que encerraba las reliquias de Santa Orberosa, y la pasearon por toda la ciudad seguidos del pueblo entero, que cantaba himnos.

La santa patrona de la Pingüinia no fue invocada en vano, pero los marsuinos atacaron la ciudad por tierra y por mar, la tomaron por asalto, y a lo largo de tres días y tres noches mataron, robaron, violaron e incendiaron con la indiferencia que ocasiona y lleva en sí la costumbre. Es en verdad admirable que durante aquella edad de hierro la fe se mantuviera intacta entre los pingüinos. La magnificencia de las santas verdades deslumbraba entonces a las almas, todavía no corruptas por el sofisma. Esto explica la unidad de creencias. Una práctica persistente de la Iglesia contribuyó, sin duda, a mantener esta dichosa comunión de los fieles, y consistía en quemar sin escrúpulo a todo pingüino que no pensara tal como lo hacía el resto.

Capítulo IV

Las letras: Johannes Talpa

Durante la minoría del rey Gun, Johannes Talpa, monje de Beargarden, compuso en el monasterio donde había profesado a los once años y de donde no salió nunca ni un solo día de su existencia, sus célebres crónicas latinas en doce libros: *De gestis Pingüinorum*. El monasterio de Beargarden yergue sus altos muros en la cúspide de un pico inaccesible. Sólo se descubren alrededor las azuladas cimas de los montes que atraviesan las nubes.

Cuando comenzó a redactar sus *Gestas Pingüinorum*, Johannes Talpa ya era viejo, y tuvo el cuidado de advertirlo en su obra: "Mi cabeza perdió hace tiempo el adorno de sus rubios bucles –dice– y mi cráneo semeja los espejos de metal, convexos, consultados de manera afanosa por las damas pingüinas. Mi cuerpo, corto por naturaleza, se redujo y se encorvó con el paso de los años. Mi barba blanca da calor a mi pecho".

Con una encantadora sencillez, Talpa nos refiere algunas circunstancias de su existencia y algunos rasgos de su carácter: "Descendiente de una familia noble y destinado desde la niñez al estado eclesiástico, me instruyeron en la gramática y en la música. Aprendí a leer bajo la disciplina de un maestro llamado Amicus, y que muy bien pudo llamarse "Inimicus". Era yo algo deficiente en el conocimiento de las letras, y él me azotaba de modo tal que bien pudiera decirse que imprimió el alfabeto a correazos sobre mis nalgas".

Después confiesa Talpa sus inclinaciones naturales a la voluptuosidad. Ved unas frases muy expresivas: "En mis años mozos, el ardor de mis sentidos era tal, que a la sombra de los bosques en ocasiones me pareció hervir en una cacerola más bien que respirar el aire fresco. Huía de las mujeres, ¡en vano!, porque resultaba suficiente la forma de una campanilla o de una botella para traérmelas a la mente". Mientras redactaba su crónica, una guerra terrible, a la vez extranjera y civil, asolaba a tierra pingüina. Los soldados de Crucha se fortificaron en el monasterio de Beargarden para defenderlo contra los bárbaros marsuinos. A fin de hacerlo inconquistable, abrieron aspilleras en los muros, y levantaron la techumbre de plomo de la iglesia en pos de fundir balas de honda. Encendían por la noche, en los patios y en los claustros, grandes hogueras, en las cuales asaban bueyes enteros enfilados en viejos troncos de pino de la montaña; y reunidos alrededor entre el humo cargado de olores de resina y de grasa agotaban toneles de vino y de cerveza. Sus cantos, sus blasfemias y el estruendo de sus peleas no permitían escuchar los toques matinales de las campanas. Por fin, los marsuinos, luego de franquear los desfiladeros, pusieron sitio al monasterio. Eran guerreros del Norte, vestidos y armados de cobre. Sobre las piedras escarpadas apoyaban escaleras de mil quinientos pies de altura, que en la tormentosa oscuridad se hacían trizas bajo el peso de los cuerpos y de las almas, y despedían racimos de hombres en los precipicios. Turbaba el silencio un horroroso quejido, y después principiaba el asalto. Los pingüinos arrojaban torrentes de pez derretida sobre los asaltadores, que, calcinados, ardían cual antorchas. Sesenta veces los furiosos marsuinos intentaron escalar y sesenta veces fueron rechazados. Hacía diez meses que tenían el monasterio estrechamente cercado, y el día de la Epifanía un pastor del valle les develó un sendero oculto por el cual pudieron encaramarse. Entraron en los subterráneos de la abadía, extendié- ronse por los claustros, las cocinas, la iglesia, las salas capitulares, los lavaderos, las celdas, los refectorios, los dormitorios; incendia- ron, mataron y violaron, sin tener en cuenta la edad ni en el sexo. Los pingüinos bajaron de pronto y corrieron a empuñar las armas. Ciegos de cólera y espanto se herían los unos a los otros, mientras los marsuinos se golpeaban con sus hachas al disputarse de manera furiosa los cálices, los incensarios, los candeleros, las dalmáticas, los relicarios, las cruces de oro y de pedrería.

Había impregnado el aire un acre olor de carne asada. Los gritos de muerte y los lamentos retumbaban entre las flamas. Por los ale- ros del monasterio, miles de monjes apurados, como un rastro de hormigas, se precipitaban al valle. Y, mientras tanto, Johannes Tal- pa escribía su crónica. Los soldados de Crucha, en retirada, obstruyeron con moles de piedra todas las salidas del monasterio en pos de encerrar a los marsuinos en el recinto calcinado; y para aplastar al enemigo bajo los desprendimientos de las columnas y se servían de los muros, como de un ariete, de algún tronco viejo de encina. Las maderas se desprendían estrepitosamente y los arcos sublimes de las naves se desplomaban al choque de las vigas gigantescas balanceadas por seiscientos hombres a la vez. Pronto, de la rica y populosa abadía, quedó solamente, la celda de Johannes Talpa, sujeta por un maravilloso azar a los restos de un caballete humeante. Y el viejo cronista proseguía escribe que te escribe.

El ensimismamiento de naturaleza tan extraordinaria pudiera parecer excesivo en una analista consagrado a catalogar sucesos de su época, pero por muy distraído y desligado que se encuentre uno de lo que pasa a su alrededor, se siente la influencia. Consulté el manuscrito original de Johannes Talpa en la Biblioteca Nacional, donde se archivó. Es un pergamino de seiscientas veintiocho hojas de escritura muy intrincada, unas letras, en vez de continuar en línea recta, escapan en todas direcciones, empujándose y cayendo las unas sobre las otras, de forma desordenada, o, por decir mejor, en un horroroso tumulto. Son tan deformes, que la mayor parte de las veces no sólo es difícil reconocerlas, sino que se confunden con rasgos inútiles y numerosos. Esas páginas, inestimables sin duda, se resienten de la confusión en medio de la cual fueron trazadas. Su lectura es dificultosa, pero el estilo del religioso de Beargarden no conserva rastro de emoción alguna. El tono de sus *Gestas Pingüinorum* jamás deja de ser sencillo. La narración es veloz, y tan escueta que raya en la sequedad. Las reflexiones son escasas y, por lo general, juiciosas.

Capítulo V

Las artes: los primitivos de la pintura pingüina

Los críticos pingüinos afirman de manera insistente que el arte pingüino se distinguió desde su nacimiento por una originalidad enérgica y deliciosa, y que sería infructuoso buscar en otras naciones las cualidades de gracia y reflexión características de sus obras primeras. Los marsuinos pretenden que sus artistas fueron constantemente los iniciadores y los maestros de los pingüinos. No es fácil establecer un juicio certero, porque los pingüinos, antes de admirar a sus pintores primitivos, destruyeron todas sus obras.

No debe afligirnos en demasía semejante pérdida. Sin embargo, la deploro vivamente, pues venero las antigüedades pingüinas y me complace profesar un culto a los primitivos.

Son deliciosos. No digo que todos se parezcan, porque no me gusta exagerar, pero poseen rasgos en común que se hallan repetidos en todas las escuelas. Me refiero a fórmulas que nunca dejan de lado y a la meticulosidad de su ejecución. Lo que saben, lo saben bien. Afortunadamente podemos formarnos una idea de los primitivos pingüinos por los primitivos italianos, flamencos, alemanes, y por los primitivos franceses, que son superiores a todos porque, a juicio del señor Gruyer, poseen más lógica, y esta es una cualidad básicamente francesa. Aun cuando se lo negaran de manera obstinada, habría que reconocer a Francia el privilegio de coleccionar ya sus primitivos, en tiempos en que las otras naciones no los tenían aún. La Exposición de los primitivos franceses en el pabellón de Marsán, en 1804, contenía varios cuadritos contemporáneos de los últimos Valois y de Enrique IV.

Hice numerosos viajes para ver cuadros de Van Eyck, de Memling, de Rogier van der Wyden, del maestro de *La muerte de Ma-*

ría, de Ambrosio Lorenzetti. Empero, no terminé mi iniciación en Brujas, ni en Colonia, ni en Siena, ni en Perugia: fue en la pequeña ciudad de Arezzo donde me convertí en adepto consciente de la pintura ingenua. Hace de esto diez años, y tal vez más. En aquel tiempo de pobreza y sencillez, los Museos de los Municipios, oficialmente cerrados, abríanse a todas horas para los forasteros. Por media lira, una vieja me enseñó una noche, a la luz de la vela, el sórdido Museo de Arezzo, en el cual descubrí una pintura de Margaritone, un San Francisco, cuya piadosa tristeza me arrancó lágrimas. Quedé conmovido profundamente: Margaritone de Arezzo fue para mí desde aquel día el primitivo más estimado.

Las obras de este maestro me animan a conjeturar cómo serían las de los primitivos pingüinos. En este concepto no se juzgará fuera de lugar que le preste aquí bastante atención, ya que no en el detalle de sus obras, por lo menos en su aspecto más general y, si me atrevo a decirlo, más representativo.

Contamos con cinco o seis cuadros que llevan su nombre. Su obra capital, conservada en la National Gallery, de Londres, representa a la Virgen María sentada en su trono con el Niño Jesús entre los brazos. Lo que más sorprende cuando se observa esta figura son sus proporciones. El cuerpo, desde el cuello a los pies, sostiene dos veces la longitud de la cabeza, de manera que resulta rechoncho. Esta obra no es menos notable por el color que por el dibujo. El famoso Margaritone poseía solamente un acotado número de colores y los usaba en toda su pureza, sin graduar jamás los tonos. De esa forma resultan sus composiciones más llamativas que armoniosas. Las mejillas de la Virgen y las del Niño son de un puro bermellón que el viejo maestro pica sobre cada rostro en dos circunferencias que parecen trazadas a compás.

Un sabio crítico del siglo XVIII, el abate Lauzi, trata con desdén las obras de Margaritone. "Son verdaderos mamarrachos –dijo–. En aquella época desafortunada no sabían dibujar ni pintar". De esa manera opinaban entonces los inteligentes. Pero Margaritone y sus contemporáneos pronto serían vengados de tan cruel desprecio.

Había nacido en el siglo XIX en los poblados bíblicos y en las señoriales residencias de la Inglaterra puritana una multitud de minúsculos Samuel y minúsculos San Juan rizados cual corderitos, los cuales, convertidos de 1840 a 1850 en sabios con gafas, instituyeron el culto de los primitivos.

El eminente teorizador del prerrafaelismo, Sir James Tuckett, no duda en ubicar la Madona de la Nationall Gallery entre las obras maestras del arte cristiano. "Por haber dado a la cabeza de la Virgen – dice James Tuckett– un tercio del tamaño total de la figura, el antiguo maestro fija la atención del espectador sobre las partes más sublimes del cuerpo humano, especialmente sobre los ojos, calificados de órganos espirituales. En esta pintura el colorido conspira con el dibujo para generar una impresión ideal y mística. El bermellón de las mejillas no recuerda el aspecto natural de la piel; parece más bien que el viejo maestro aplica sobre los rostros de la Virgen y del Niño las rosas del Paraíso".

Vemos brillar en esta crítica un reflejo de la obra. El espiritual esteta de Edimburgo, Mac Silly, ha manifestado de una forma aún más penetrante y más contundente la impresión que generó en su espíritu esa joya de la pintura primitiva.

"La Madona de Margaritone –dice el reverendo Mac Silly– realiza el fin trascendente del arte. Inspira a sus espectadores sentimientos candorosos, inocentes y puros. Y eso es tan verdad que, a los sesenta y seis años, luego de observarla con gozo durante más de tres horas, me creía transformado en una tierna criatura. Mientras en mi coche, a mi regreso, atravesaba el Trafalgar Square, agitaba yo el estuche de mis gafas cual si fuera un sonajero, reía y silabeaba. Y cuando la muchacha que servía la mesa me puso delante la sopa, con una ingenuidad de los primeros años me llevé la cuchara a la oreja.

"En tales efectos –añade Mac Silly– se reconoce la excelencia de una obra de arte". Margaritone, según referencias de Vasari, murió a los setenta y siete años, "y lamentaba no vivir lo suficiente para ser testigo del nacimiento de un arte nuevo y admirar la gloria de nuevos artistas". Estos renglones, que traduzco de manera literal, inspiraron a Sir James Tuckett las páginas más deliciosas de su estudio. Forman parte del *Breviario de los Estetas*, y todos los prerrafaelistas las saben de memoria. Deseo copiarlas para que sean el ornamento más precioso de mi libro. Todo el mundo reconoce que no se ha escrito nada tan sublime desde los profetas de Israel.

La visión de Margaritone

"Margaritone, cargado de años y de sufrimientos, visitaba un día el estudio de un joven pintor establecido recientemente en la ciudad. Fijó su atención una madona que, pese a ser rígida y severa, en virtud de la exactitud de sus proporciones y de una diabólica mezcla de sombra y de luz, poseía relieve y expresión de vida.

"Aquella contemplación reveló al inocente y sublime obrero de Arezzo el porvenir de la pintura, y clamó espantado, llevándose las manos a la frente:

"–¡Cuánta desventura me hace presentir esta imagen! Adivino en ella el final del arte cristiano, que pinta las almas e inspira un deseo celestial ardiente. Los pintores futuros no se circunscribirán, como éste, a recordar sobre una pared o sobre una tabla la maldita materia de que nuestro cuerpo está formado; la celebrarán y la glorificarán; revestirán sus figuras con las apariencias dañinas de la carne, y esas figuras parecerán personas reales, se adivinarán sus cuerpos, las vestiduras evidenciarán sus formas. Santa Magdalena poseerá senos, Santa Marta vientre, Santa Bárbara muslos, Santa Inés nalgas, San Sebastián revelará su gracia adolescente y San Jorge desplegará bajo su arnés las riquezas musculares de una robusta virilidad. Los apóstoles, los confesores, los doctores y hasta el mismo Dios Padre, serán representados por hombres como nosotros. Los ángeles afectarán una belleza equívoca, ambigua, misteriosa, que perturbará los corazones. ¿Qué deseos celestiales podrán inspirar esas obras? Ninguno, pero aprenderemos a saborear en ellas las formas de la existencia terrestre. ¿Hasta dónde llegarán los pintores con sus indiscretos atrevimientos? Llegarán a pintarnos mujeres y hombres desnudos como los ídolos romanos. Habrá un arte profano y otro sagrado, pero el arte sagrado será tan profano como el otro.

"–¡Atrás, demonios! –gritó el viejo maestro.

"Porque descubría en una visión profética a los justos y a los santos desnudos cual atletas melancólicos; descubría los Apolos tocando el violín sobre la cumbre floreciente entre las musas vestidas con ligeras túnicas; descubría las Venus recostadas a la sombra de los mirtos y las Dánaes ofreciendo a la lluvia de oro su carne apetecible; descubría los Jesús en los pórticos entre los patricios, las rubias damas, los músicos, los pajes, los negros, los perros y las cotorras; descubría en una confusión inentendible de miembros humanos, de alas extendidas y de velos flotantes, las Natividades desordenadas, las Santas Familias fastuosas, las Crucifixiones enérgicas, descubría la Santa Catalina, Santa Bárbara, Santa Inés, que humillaban a los patricios con la elegancia y grandeza de sus terciopelos, de sus brocados, de sus perlas y con los esplendores de sus senos; descubría las auroras que derramaban sus rosas y la multitud de Dianas y de ninfas sorprendidas a la sombra de los árboles junto al río...

"Y el gran Margaritone pereció sofocado por el horrible pronóstico del Renacimiento y de la escuela boloñesa".

Capítulo VI

Marbode

Contamos con un precioso monumento de la literatura pingüina en el siglo XVI: el relato de un periplo a los infiernos, imaginado por el monje Marbode, de la Orden de San Benito, a quien inspiraba el poeta Virgilio un fervoroso entusiasmo. Dicho relato, escrito en correcto latín, ha sido publicada por Clos de Lunes y lo ofrecemos traducido por primera vez. Creo hacer a mis compatriotas un buen servicio al posibilitarles la lectura de estas páginas, aunque seguramente no constituyen una excepción en la literatura latina de la Edad Media. Existen varias ficciones que pueden comparársele, y citaremos el *Viaje de San Bredán*, *La visión de Alberico*, *El Purgatorio de San Patricio*, descripciones imaginarias de las moradas eternas, como la *Divina Comedia*, de Dante Alighieri.

Entre las obras compuestas con semejante asunto, el relato de Marbode fue de las más tardías; pero, sin duda, no es la menos estimable.

Marbode baja a los infiernos

"En el año 1543 de la Encarnación del Hijo de Dios, pocos días antes de que los enemigos de la Cruz penetraran en la ciudad de Helena y del gran Constantino, me fue permitido a mí, el hermano Marbode, indigno monje, observar y escuchar lo que nadie observó ni escuchó nunca. Hice de todo ello un exacto relato en pos de que la memoria de lo que sé no muera y termine conmigo, pues la existencia del hombre no es durable.

"El primer día de mayo de dicho año, a la hora de las vísperas, en la abadía de Corrigán, sentado en una roca del claustro próxima a la fuente coronada de escaramujos, leía, tal cual es mi costumbre, un canto del poeta venerado entre todos (Virgilio), que ha descrito las labores campestres y la vida pastoril. Extendía la tarde su manto de púrpura sobre los arcos del claustro y murmuraba yo en voz emocionada los versos que nos dicen cómo Dido, la fenicia, pasea bajo los mirtos del infierno su herida aún reciente.

"En aquel momento, el hermano Hilario pasó junto a mí, seguido por el hermano Jacinto, el portero.

"Ilustrado en las edades bárbaras anteriores a la resurrección de las musas, el hermano Hilario no se inició en la sabiduría de los antiguos; pero la poesía del Mantuano, cual sutil antorcha, penetró en su inteligencia en pos de iluminarla.

"–Hermano Marbode –me dijo–, ¿esos versos que suspiráis con el pecho palpitante y los ojos encendidos, pertenecen a la famosa *Eneida*, de la cual ni de día ni de noche apartáis apenas los ojos?

"Le respondí que leía el pasaje de Virgilio donde el hijo de Anquises descubre a Dido, semejante a la luna entre la floresta.

"Hermano Marbode –me contestó–, seguro estoy de que Virgilio expresa en cualquiera ocasión prudentes máximas y profundos pensamientos, pero los santos que modula en la flauta siracusana presentan un sentido tan bello y una doctrina tan elevada, que nos dejan deslumbrados.

"–Cuidado, padre –terció el hermano Jacinto con voz alterada– Virgilio fue un hechicero que realizó prodigios con ayuda de los demonios. Así es como le fue posible horadar una montaña próxima a Nápoles y fabricar un caballo de bronce que poseía la virtud de sanar a todos los caballos enfermos. Era brujo, y aún se conserva en una ciudad italiana el espejo donde reflejaba las apariciones de los muertos. Una cortesana de Nápoles le invitó a llegar hasta ella en el cesto utilizado para subir los suministros, y le tuvo la noche entera suspendido en el aire.

"Como si no hubiera oído esa perorata:

"–Virgilio es un profeta –replicó el hermano Hilario–, un profeta que dejó muy atrás a las sibilas, a la hija de Príamo y al gran adivinador de cosas futuras, Platón de Atenas. En el cuarto de sus cantos siracusanos encontraréis anunciado el nacimiento de Nuestro Señor Jesucristo, en un lenguaje que más parece del Cielo que de la Tierra. En mi época de estudiante, cuando yo leía por vez primera *Jam Redit et Virgo*, me hallé sumergido en un encanto delicioso; pero después experimenté un vivo dolor al imaginar que, privado para siempre de la presencia de Dios, el autor de aquel profético canto, el más hermoso que salió de labios humanos, se debilitaba entre los gentiles en las eternas tinieblas. Este cruel pensamiento no me abandonó: me importunaba en mis estudios, en mis rezos, en mis meditaciones, en mis penitencias. Reflexionando que Virgilio se encontraba alejado para siempre de la presencia de Dios, y que tal vez hasta sufría en el infierno la suerte de los réprobos, ya no pude vivir tranquilo, y varias veces al día, con los brazos extendidos hacia el cielo, suplicante, exclamaba.

"–¡Reveladme, Señor, la suerte que reservasteis a quien supo cantar en la Tierra como cantan los ángeles en el Cielo!

"Mis angustias cesaron algunos años después, cuando leí en un antiguo libro que, al ir a Nápoles el apóstol San Pablo, santificó con sus lágrimas la tumba del príncipe de los poetas. Esto me hizo suponer que Virgilio, como el emperador Trajano, accedió al Paraíso por haber tenido en el error un presentimiento de la verdad. No hay obligación de creerlo, pero me tranquiliza suponer que así sea.

"El viejo Hilario me dio las buenas noches y se alejó con el hermano Jacinto.

"Me entregué nuevamente al delicioso estudio de mi poeta. Mientras, con el libro en la mano, meditaba de qué forma aquellos a quienes el amor hizo morir de un mal cruel continúan ocultos caminos en el intrincado bosque de mirtos. El clamor trémulo de las estrellas se mezcló con las rosas silvestres deshojadas en el cristal de la fuente. De repente, los reflejos, los perfumes y la paz del cielo me anonadaron. Un monstruoso viento helado, envuelto en oscuridad tormentosa, me arrebató entre sus mugidos y me lanzó como una hebra de paja por encima de los campos, de las ciudades, de los ríos, de las montañas a través de las nubes tronadoras, a lo largo de una noche formada por una extensa serie de noches y de días. Y cuando al fin, rendida su obstinada fiereza, el huracán se apaciguó, vime lejos del país natal, en el fondo de un valle, rodeado de cipreses. Entonces una mujer de belleza austera, que arrastraba largos velos, apoyó su mano izquierda en mi hombro, y señalando con la derecha una encina de macizo follaje me dijo: "–¡Mirad!

"Al punto recordé a la sibila que guarda el sagrado bosque del Averno y noté que formaba parte de aquel árbol frondoso la rama de oro agradable a la bella Proserpina.

"Me incorporé y exclamé:

"—Así, ¡oh profética virgen!, adivinas mi deseo y lo satisfaces, muestras a mis ojos el árbol donde luce la rama fulgurante, sin la cual nadie pudiera penetrar vivo en la mansión de los muertos. Y es indudable que yo anhelaba con fervor aproximarme a la sombra de Virgilio.

"Arranqué del antiguo tronco la rama de oro y me arrojé sin temor al humeante abismo que lleva a las orillas fangosas del Estigio, donde revolotean las sombras como hojarasca seca, y al ver la rama de Proserpina, Caronte me recibió en su barca, que gimió bajo mi peso, y abordé la orilla de los muertos anunciado por los ladridos silenciosos del triple Cerbero. Hice intención de arrojarle la sombra de una piedra, y el monstruo vano desapareció. Entre los juncos gimoteaban los niños, cuyos ojos se abrían y se cerraban a un tiempo en la tenue luz diurna. En el fondo de una cueva oscura, Minos juzgaba a los hombres. Penetré en el bosque de mirtos donde vagaban de forma lánguida las víctimas del Amor: Fedra, Pocris, la triste Erifilea, Evadné, Pasifae, Laodamia, Cenis y Dido, la fenicia. Después pasé a través de los polvorientos campos reservados a los guerreros ilustres. Más allá se abrían dos caminos: el de la izquierda lleva a la morada de los impíos. Me encaminé por el de la derecha, que lleva al Elíseo y a otras mansiones de Plutón. Suspendí la rama sagrada a la puerta de la diosa y llegué a los campos amenos sumergidos en purpurina luz. Las sombras de los poetas y de los filósofos departían con gravedad. Las Gracias y las Musas formaban sobre la hierba coros alados. Acompañándose con su lira rústica, el anciano Homero cantaba. Sus ojos, cerrados, carecían de luz, pero de su boca brotaban imágenes con divinos resplandores. Vi a Solón, a Demócrito y a Pitágoras, que presenciaban en el prado los juegos de los mozos, y, a través del follaje de un antiguo laurel, observé a Hesíodo y a Orfeo, al melancólico Eurípides y a la varonil Safo. Reconocí, al pasar, sentados en la orilla de un fresco arroyo, al poeta Horacio, a Vario, a Galo y a Lycorida. Un poco más allá, Virgilio, apoyado en el tronco de una carrasca oscura, pensativo, contemplaba los bosques. De buena estatura y delgado cuerpo, todavía conservaba su tez curtida, su rústico aspecto, su exterior desaliño, las incultas apariencias que sirvieron de disfraz a su genio. Le saludé con devoción, pero no supe hablar en mucho rato.

"Finalmente, cuando la voz pudo salir de mi garganta oprimida:

"¡Oh tú, Virgilio, tan apreciado por las musas ausonianas, honor del hombre latino! —exclamé— Por ti he experimentado la belleza. Por ti he frecuentado la mesa de los dioses y el lecho de las diosas. Recibe alabanzas de tu adorador más humilde.

"—Levántate, forastero —me replicó el poeta divino— Reconozco en ti un humano viviente por la sombra que tu cuerpo dibuja sobre la hierba en un atardecer eterno. No eres el primer hombre que visitó estos lugares antes de morir, aun cuando entre nosotros y los que gozan de la vida el trato no resulta fácil. Suspende los elogios: no son de mi agrado. El confuso clamoreo de la gloria siempre ofendió mis oídos. Por esa razón huí de Roma, donde me conocían los desocupados y los curiosos, y trabajé en la soledad de mi querida Parténope. Además, para saborear tus alabanzas me sería preciso asegurarme antes de si los hombres de tu siglo comprenden mis versos. ¿Quién eres?

"—Me llamo Marbode, soy del reino de Alca, hice profesión de fe religiosa en la abadía de Corrigán, leo tus versos día y noche, y sólo por acercarme a ti descendí a los infiernos. Me impacienta el deseo de conocer tu destino. En la tierra, los doctos caen en contradicciones: unos juzgan probable que, por haber vivido bajo la influencia de los demonios, ardas en inextinguibles llamas; otros, más cautelosos, reservan su opinión, porque suponen inseguro y engañoso cuanto se dice de los difuntos; varios, no en verdad los más hábiles, sostienen que por haber ennoblecido el tono de las musas sicilianas anunciando que una nueva progenitura bajaría de los cielos fuiste admitido, como el emperador Trajano, a gozar de la beatitud eterna en el Paraíso cristiano.

"—Ya ves que no es cierto —respondió la sombra, sonriente.

"—Vine a encontrarte, ¡oh Virgilio, entre los héroes y los sabios, en estos Campos Elíseos que antes describiste! ¿De modo que nadie ha venido a verte de parte de Aquel que reina en las alturas?

"Luego de un prolongado silencio dijo:

"–Nada deseo ocultarte. Me envió un mensajero, un hombre sencillo, para comunicarme que me esperaba, que, aun cuando yo no estuviera iniciado en sus misterios, en atención a mis cantos proféticos, me reservaba un sitio entre los de la secta nueva. Pero no consideré conveniente aceptarlo, y continúo en esta mansión. No comparto con los griegos los entusiasmos que les inspiran los Campos Elíseos, no disfruto las dichas que hacen perder a Proserpina el recuerdo de su madre, ni creo con firmeza las descripciones que mi Eneida contiene. Instruido por los filósofos y los físicos, adquirí un presentimiento exacto de la verdad. La existencia en los infiernos queda muy apagada: no se experimenta placer ni pena. Se vive como si no se viviese. Los difuntos disfrutan sólo de la existencia que les concede la memoria de los vivos. Prefiero seguir así.

"–Pero ¿qué razones alegaste, Virgilio, en pos de justificar tu extraña negativa?

"–Las di excelentes. Dije al enviado de Dios que yo no era merecedor del honor que me reservaba y que suponían a mis versos un sentido del que carecen. En mi égloga cuarta no abjuré las creencias de mis abuelos. Solamente los ignorantes judíos pudieron interpretar en favor de un Dios bárbaro un canto que celebra el renacimiento de la Edad de Oro, vaticinado por los oráculos sibilinos. Alegué a modo de disculpa que yo no podía ocupar un lugar con el cual me favorecían por error y al cual no tuve derecho alguno. Recordé, asimismo, mi humor y mis gustos, que disuenan de las costumbres de los cielos nuevos.

"No soy un ser insociable –dije al mensajero–. En la vida hice gala de un carácter apacible y abierto, y aunque la sencillez extrema de mis costumbres me señalara como sospechoso de avaricia, jamás tuve nada solamente para mí; mi biblioteca estuvo abierta a todos y ajusté mi conducta a esta hermosa frase de Eurípides: "Todo ha de ser común entre amigos". Los elogios, que al tratarse de mí consideré inoportunos, me resultaban gratos en alabanza de Vario o de Macro. En el fondo, soy basto y agreste, me satisface la compañía de los animales. Puse tanto empeño en observarlos y los cuidé con tan detallista solicitud, que adquirí fama, y no inmotivada, de ser un veterinario excelente. Me han dicho que las gentes de vuestra secta se otorgan un alma inmortal, que les niegan a los animales. Es una contradicción que me hace dudar de su razón. Tengo amor a los rebaños y también, casi excesivo, a los pastores. Esto no debe pareceros razonable. Hay una máxima a la cual he procurado ajustar mis actos: "Nada con exceso". Más que mi salud débil, mi filosofía me condujo a utilizar de las cosas con medida. Profeso la sobriedad. Una lechuga y algunas aceitunas con un sorbo de vino me bastaban para mantenerme. Frecuenté moderadamente los lechos de las mujeres placenteras y no me detuvieron más de lo conveniente las danzas al son del crótalo, de una joven siria. Pero si contuve mis deseos, fue para satisfacción y por buena disciplina. Temer los placeres y escapar de la voluptuosidad me hubiera parecido el ultraje más abyecto que puede hacerse a la Naturaleza. Me aseguran que, durante su existencia, los elegidos de Dios se abstienen de alimentarse bien, huyen del contacto con mujeres y se imponen de forma voluntaria sufrimientos inútiles. Me disgustaría tropezarme con esos criminales, cuyo frenesí me genera horror. No se debe confiar en que un poeta se ajuste de manera muy estricta a una doctrina física y moral. Soy romano, y los romanos no saben guiar de forma sutil, como los griegos, las especulaciones profundas, y si adoptan una filosofía, es principalmente en pos de sacar ventajas prácticas. Sirón, que disfrutaba entre nosotros de gran renombre, al enseñarme el sistema de Epicuro me liberó de terrores vanos y me apartó de las crueldades que la religión enseña a los hombres ignorantes. Aprendí de Zenón a resistir con firmeza los males inevitables; admití las ideas de Pitágoras sobre las almas de los hombres y de los animales, cuando les atribuye a todos un origen divino, lo cual nos lleva a contemplarnos sin orgullo y sin vergüenza. Los alejandrinos me enseñaron que la tierra, al principio blanda y maleable, se afirmó a medida que Nereo se retiraba para reducirse a sus húmedas moradas; cómo insensiblemente se formaron las cosas; de qué manera, desprendidas de las nubes desechas, las lluvias alimentaron los silenciosos bosques, por qué progresos, en fin, raros animales se hicieron presentes entre las montañas innominadas. No me sería posible acostumbrarme a vuestra cosmogonía, más conveniente para un guía de camellos de los desiertos de Siria que para un discípulo de Aristarco de Samos. Cómo habitaría yo en la mansión de vuestra beatitud, donde no poseo amigos, ni ascendientes, ni maestros, ni deidades, sin serme posible ver al hijo augusto de Rhea, ni tampoco a Venus, de sonrisa dulce; ni a Pan, ni a las jóvenes Dríades, ni a los Silvanos y al viejo Sileno pintarrajeados por Eglé con la púrpura de las moras?' Con estas razones imploré al hombre sencillo que me disculpara ante el sucesor de Júpiter. "–¿Y desde entonces, ¡oh venerable sombra!, no recibiste nuevos mensajes?

"–Ninguno.

"–Para consolarse de tu ausencia tienen tres poetas: Commodiano, Prudencio y Fortunato, nacidos los tres en tenebrosos días, ignorantes de la prosodia y de la gramática. ¿Y no recibiste jamás, ¡oh Mantuano!, alguna otra noticia del Dios cuya oferta rechazaste?

"–Ninguna guarda mi memoria.

"–¿No me dijiste que otros vivientes se presentaron a ti antes que yo en estos lugares?

"–Ahora lo recuerdo. Hará cosa de siglo y medio (es difícil a las sombras contar, los días y los años) fui turbado en mi profunda paz por una visita extraña. Cuando vagabundeaba entre los lívidos follajes, a la orilla del Estigio, vi elevarse ante mí una forma humana, más opaca y oscura que la de los pobladores de estas orillas; reconocí a un viviente. Era de estatura elevada, delgado, con la nariz aguileña, la barba estrecha y las mejillas descarnadas; sus ojos negros relucían llameantes; un capuchón rojo apretado por una corona de laurel cubría su cabeza; sus huesos se clavaban en la túnica larga, estrecha y oscura que le vestía. Me saludó con una cortesía reveladora de un orgullo ingobernable y me dirigió la palabra en un lenguaje más incorrecto y oscuro todavía que el de los galos que el divino Julio incorporó a sus legiones. Terminé por comprender que había nacido cerca de Fiésole, en una colonia etrusca fundada por Sila a orillas del Arno, que obtuvo dos honores municipales, pero que, al estallar sangrientas disputas entre el Senado, los caballeros y el pueblo, se arrojó en ellas con impetuoso corazón, y, derrotado, expulsado, arrastraba por el mundo un largo destierro. Me pintó la Italia desgarrada por más revueltas y guerras que en los tiempos de mi juventud y anhelante por el advenimiento de un nuevo Augusto. Me hicieron daño sus desgracias, que me recordaban las que yo había sufrido. Le agitaba sin cesar un alma arriesgada, y su pensamiento concebía grandes empresas; pero su rudeza y su ignorancia me probaron, ¡ay!, la victoria de la barbarie. Desconocía la literatura, la ciencia y hasta la lengua de los helenos; no tenía tampoco, acerca del origen del mundo y de la naturaleza de los dioses, ninguna tradición antigua. Recitaba con gravedad fábulas que en la Roma de mi tiempo hubieran hecho reír a los niños. El vulgo cree con facilidad en monstruos y, sobre todo los etruscos, poblaron los infiernos de repugnantes demonios. Basta saber que las imaginaciones calenturientas de su infancia no los han abandonado en tantos siglos, para explicarse la continuación y el avance de la ignorancia y de la miseria; pero que uno de sus magistrados, cuyo espíritu sobresale de la medida común, comparta las ilusiones populares y se espante de esos repulsivos demonios que en tiempos de Porsena pintaban los pobladores de ese país sobre los muros de sus tumbas, es cosa que debe llenar de tristeza al sabio. Aquel etrusco me recitó versos compuestos por él en un dialecto nuevo que llamaba lengua vulgar, y cuyo sentido no pude entender. Escucharle me produjo más sorpresa que encanto, pues marcaba el ritmo y repetía, a intervalos regulares, tres o cuatro veces el mismo son. Este artificio me pareció poco ingenioso, aun cuando no corresponde a los muertos pronunciarse acerca de las novedades. No debo reprochar a ese colono de Sila, nacido en una era poco afortunada, sus versos inarmónicos y peores, a ser posible, que los de Bavio y Maevio. Tengo contra él quejas más graves. ¡El hecho es monstruoso y apenas creíble! Ese hombre, al volver a la tierra, divulgó acerca de mí mentiras odiosas: sostuvo, en varios lugares de sus poemas bárbaros, que yo le serví de guía en el doloroso infierno que jamás he conocido, y aseguró de forma insolente que yo trataba de falsos y embusteros a las divinidades de Roma y que tenía por verdadero Dios al sucesor actual de Júpiter. Amigo mío, cuando al retornar a la dulce luz del día recobres tu patria, desmiente esas abominables afirmaciones; di a tu pueblo que el cantor del piadoso Eneas no exaltó nunca al Dios de los judíos. Me aseguran que su poder declina y que se reconoce por signos ciertos el advenimiento de su ocaso. Este suceso me alegraría, si fuese posible alegrarse en estas moradas, donde no se sienten ya temores ni deseos.

"Se despidió con una ligera cortesía y se alejó. Observé su sombra, que se deslizaba sobre los asfodelos sin encorvar los tallos; la vi desaparecer a medida que se alejaba; la vi desvanecerse antes de llegar al bosque de laureles. Entonces entendí el sentido de estas palabras: Los muertos gozan solo de la existencia que les otorga la memoria de los vivos. Y me encaminé, pesaroso, a través del mustio prado, hasta la Puerta de Cuerno.

"Afirmo que todo lo que acabo de escribir es verídico".

Capítulo VII

Signos de la luna

Cuando la Pingüinia aún permanecía sumida en la ignorancia y en la barbarie, Gilles Loisellier, monje franciscano conocido por sus escritos firmados con el nombre de Aegidio Aucupe, estudiaba con ardor infatigable las ciencias y las letras, y dedicaba sus noches a las matemáticas y a la música, las dos hermanas adorables, como él las llamaba, hijas armoniosas del Número y de la Imaginación. Era versado en medicina y astrología y sospechoso de practicar la magia. Parece seguro que operaba metamorfosis y descubría cosas ocultas.

Los monjes de su monasterio, al hallar en su celda libros griegos que no comprendían, los creyeron formularios de magia y denunciaron como brujo a su sapientísimo hermano. Aegidio Aucupe escapó, y en la isla de Irlanda vivió treinta años en constantes estudios. Iba de monasterio en monasterio a la búsqueda de manuscritos griegos o latinos, de los cuales sacaba copias. Estudiaba también Física y Alquimia. Llegó a adquirir una ciencia universal y descubrió secretos acerca de los animales, las plantas y las rocas. Un día le sorprendieron encerrado con una mujer de hermosura asombrosa que cantaba al son de un laúd, y que resultó ser una máquina por él ingeniosamente construida.

Atravesó varias veces el mar de Irlanda para desembarcar en el país de Gales, donde visitaba las bibliotecas de los monasterios. En uno de sus periplos, de noche, desde el puente del navío advirtió que debajo de las aguas nadaban emparejados dos esturiones. Poseía muy buen oído y conocía el idioma de los peces. Oyó que uno de los esturiones dijo al otro: —El hombre que observábamos en la luna y que portaba sobre la espalda un haz de leña, cayó al mar.

Y el otro esturión replicó:

—Ahora se verá en el disco de plata la imagen de dos enamorados que se besan en la boca.

Algunos años después, de regreso a su país, Aegidio Aucupe halló restauradas las letras antiguas y honradas las ciencias, las costumbres se habían suavizado, los hombres no incordiaban con sus ultrajes a las ninfas de las fuentes, de los bosques y de las montañas; emplazaban en los jardines las imágenes de las Musas y de las Gracias decentes, y devolvían a la diosa de los labios de ambrosía, voluptuosidad de los hombres y de los dioses, la antigua estima. Se reconciliaban con la Naturaleza, sonreían a los vanos terrores y elevaban los ojos al firmamento sin temor de leer, como en otras ocasiones, señales de cólera y amenazas de condenación.

Aquel espectáculo recordó a Aegidio Aucupe lo que habían anunciado los dos esturiones del mar de Erin.

LIBRO IV

LOS TIEMPOS MODERNOS: TRINCO

La Rouquina

Aegidio Aucupe, el Erasmo de los pingüinos, no se había engañado: su época era la del libre examen. Pero aquel hombre ilustre tomaba por suavidad en las costumbres las elegancias de los humanistas y no sospechaba las consecuencias del despertar de la inteligencia entre los pingüinos. Introdujo la reforma religiosa. Los católicos asesinaron a los reformistas y los reformistas asesinaron a los católicos; esos fueron los progresos primeros del libre pensamiento. Los católicos resultaron vencedores en Pingüinia; pero el afán de examen, a su pesar, había penetrado en ellos, asociaban la razón a la creencia y pretendían despojar a la religión de las prácticas supersticiosas que la deshonraron, como desprendieron luego de las catedrales las barras de los zapateros, revendedores y calceteros que se adosaban a sus muros. La palabra "leyenda", que indicó al comienzo lo que los fieles debían leer, implicó después la idea de piadosas fábulas y cuentos pueriles.

Los santos y las santas se resintieron con semejantes novedades. Un joven canónigo muy sabio, muy austero y muy severo, llamado Princeteau, señaló a muchos de ellos como indignos de ser venerados, y recibió por este motivo el mote de "desahuciador de santos". No creía que la oración de Santa Margarita, aplicada como cataplasma sobre el vientre de las parturientas, aliviara los dolores del parto.

La venerable patrona de la Pingüinia tampoco se libró de su examen severo. He aquí lo que dijo de ella en sus Antigüedades de Alca:

"Nada tan dudoso como la historia y hasta la existencia de Santa Orberosa. Un viejo tratadista anónimo, fraile, sin duda, refiere que una mujer llamada Orberosa fue gozada por el demonio en una cueva, donde mucho tiempo después los mozos y las mozas del pueblo jugaban aún a diablos y bellas Orberosas. Añade que aquella mujer fue la concubina de un dragón espantoso que asolaba la comarca. Esto no es muy creíble; pero la historia de Orberosa, tal como ha sido relatada después, no es más digna de fe.

"La primera vida de esta santa la escribió el abate Simplicissimo trescientos años después de los supuestos sucesos que refiere el autor, crédulo en exceso y desprovisto de crítica alguna".

Hasta contra el origen sobrenatural del pueblo pingüino embistió la duda. El historiador Ovidio Capiton llegó al punto de negar el milagro de su origen. Véase de qué manera empieza sus Anales de la Pingüinia:

"Unas tinieblas densas envuelven esta historia, y no es exagerado suponerla un tramado de fábulas pueriles y de cuentos populares. Los pingüinos pretenden ser descendientes de unas aves bautizadas por San Mael, y que Dios trocó en hombres por la intercesión del glorioso apóstol. Aseguran que, ubicada en un principio su isla en el Océano Glacial, flotante como Delos, llegó a los mares bendecidos por el omnipotente, donde hoy es la reina. Conjeturo que este mito recuerda las antiguas migraciones de los pingüinos."

En el siglo siguiente, que fue el de los filósofos, el escepticismo se refinó. Bastará, en pos de probarlo, este pasaje famoso del Ensayo moral:

"Llegados no sé desde dónde (porque sus orígenes no son muy claros), invadidos de manera sucesiva y conquistados por cuatro o cinco pueblos, del Mediodía, del Poniente, del Levante, del Septentrión; cruzados, mestizos, amalgamados, los pingüinos ensalzan la pureza de su raza, y es razonable, porque, al fin, ellos han conformado una raza pura. La amalgama de todas las humanidades, roja, negra, blanca y amarilla, de cabezas redondas y cabezas alargadas, han formado a lo largo de los siglos una familia bastante homogénea, que se reconoce por ciertos caracteres debidos a la comunión de la vida y de las costumbres.

"El supuesto de formar parte de la más hermosa raza del mundo y constituir la más hermosa familia les inspiró un orgullo noble, un indomable aliento y el odio al género humano.

"La historia de un pueblo es una serie de miserias, de crímenes y de locuras. Esto se confirma en la nación pingüina como en todas las naciones, y por esto su historia resulta admirable desde el principio al fin". Los dos siglos clásicos de los pingüinos están estudiados de sobra para que yo insista; pero lo que no se ha precisado suficiente, a mi juicio, es de qué forma los teólogos racionalistas, como el canónigo Princeteau, generaron los incrédulos del siglo siguiente. Se valieron los primeros de su razón para destruir todo aquello que no consideraban esencial en sus creencias y dejaron intactos solamente los artículos de la fe; pero sus herederos intelectuales, enseñados por ellos a hacer uso de la ciencia y de la razón, acometieron contra lo que de las creencias había permanecido. La teología razonable engendró la filosofía natural. Por otra parte (y séame permitido pasar de los pingüinos de antes al Soberano Pontífice que ahora gobierna la Iglesia universal), jamás será bastante admirada la sabiduría de Pío X, que ha condenado los estudios de exégesis como contrarios a la verdad revelada, funestos para la buena doctrina teológica y letales para la fe. No faltan sacerdotes que afirmen contra el Papa los derechos de la ciencia, doctores perniciosos y maestros pestilentes; pero si algún cristiano los aprueba, de seguro será un cuco o un topo.

Al finalizar el siglo de los filósofos, el antiguo régimen de la Pingüinia fue destruido por completo. Condenaron a muerte al rey, abolieron los privilegios de la nobleza, proclamaron la república entre alzamientos y bajo la impresión de una espantosa guerra. La asamblea que gobernaba en aquel momento la Pingüinia ordenó que todos los objetos de metal contenidos en las iglesias fueran fundidos. Los patriotas violaron las tumbas de los monarcas. Cuéntase que en su féretro profanado apareció Draco el Grande, negro como el ébano y tan majestuoso que los violadores escaparon presos del terror.

De acuerdo a otros testigos, aquellos hombres groseros le colocaron una pipa en la boca y le ofrecieron, a modo de burla, un vaso de vino.

El día 17 del mes de la Flor, la urna de las reliquias de Santa Orberosa (desde cinco siglos antes ofrecida en la iglesia de San Mael a la veneración del pueblo) fue trasladada a la Casa de la Villa y sometida al estudio de los peritos designados para tal fin. Era de cobre dorado en forma de arquilla, cubierta de esmaltes y ornada con falsas gemas. La previsión del Cabildo había quitado los rubíes, los zafiros, las esmeraldas y las bolas de cristal de roca, y había colocado en su lugar vidrios tallados. Contenía solamente un poco de polvo y el ropaje, que fueron lanzados a una hoguera encendida en la plaza de la Greve en pos de consumir las reliquias de los santos. El pueblo bailaba alrededor y entonaba himnos patrióticos.

Desde la puerta de su barracón, adosado a la Casa de la Villa, Rouquín y la Rouquina observaban aquel círculo de insensatos. Rouquín esquilaba perros, castraba gatos y frecuentaba las tabernas. La Rouquina era buscona y alcahueta, pero no carecía de sentido.

—Ya lo ves, Rouquín —dijo a su hombre—: cometen un sacrilegio. Se arrepentirán.

—No sabes lo que dices, mujer —respondió Rouquín—. Se volverán filósofos, y cuando uno se vuelve filósofo, ya es para siempre.

—Te digo, Rouquín, que al cabo se arrepentirán de lo que hacen. Maltratan a los santos porque no les han favorecido mucho; pero tampoco en adelante les caerán en la boca las codornices asadas; seguirán tan pobres como eran, y cuando estén hastiados de miseria, volverán a ser devotos. Llegará un tiempo, quizás no lejano, en que los pingüinos honrarán otra vez a su bendita patrona. Escucha, Rouquín: sería conveniente guardar para entonces en nuestra casa, y dentro de un puchero, un poco de ceniza, huesos y andrajos. Diremos que son reliquias de Santa Orberosa y que las rescatamos de las flamas con peligro de nuestra vida. Mucho me equivoco si no han de producir honra y provecho. Esta noble acción podrá servirnos en nuestros últimos días para que nos conceda el señor cura la venta de cirios y el alquiler de reclinatorios en la capilla de Santa Orberosa.

Aquella misma noche, la Rouquina retiró un poco de ceniza de su hogar, así como algunos huesos roídos. Los metió en un puchero y los guardó en el armario.

Capítulo II

Trinco

La nación soberana había despojado a la nobleza y al clero de sus bienes en pos de venderlos a precio vil a los burgueses y a los campesinos. Los burgueses y los campesinos juzgaron que la revolución era buena para comprar tierras y mala para conservarlas.

Los legisladores de la República dictaron espeluznantes leyes en defensa de la propiedad y decretaron pena de muerte contra quien propusiera el reparto de los bienes, todo lo cual no sirvió de nada a la grandeza de la República.

Los labradores, devenidos propietarios, entendieron que la revolución, al enriquecerlos, puso en peligro las haciendas, porque no les permitía vivir con tranquilidad, y desearon el advenimiento de un régimen más respetuoso para los bienes de los particulares y mejor garantido en pos de fortalecer las nuevas instituciones.

No tuvieron que impacientarse mucho. La República, como Agripina, portaba su verdugo en el vientre.

Obligada a sostener guerras considerables, engendró los ejércitos que debían salvarla y destruirla. Sus legisladores pensaban contener a los generales con el terror de los suplicios; pero si en ocasiones decapitaron soldados vencidos, no podían cortar las cabezas de los vencedores, que se vanagloriaban de su fortuna.

En el fervor de la victoria, los pingüinos regenerados entregáronse a un dragón más terrible que el de su fabuloso pasado, el cual, como una cigüeña entre ranas, durante catorce años los devoró con su insaciable pico.

Medio siglo después de reinar el nuevo dragón, un joven maharajad de Malasia, llamado Djambi, deseoso de realizar un viaje instructivo como el del escita Anacarsis, visitó la Pingüinia, y de su estancia en ella hizo un interesante relato, cuya primera página copio:

Viaje del joven Djambi a Pingüinia

"Luego de noventa días de navegación arribé al puerto extenso y solitario de los pingüinos filómacos y a través de las campiñas incultas me trasladé a la capital en ruinas.

"Contenida por murallas, sembrada de cuarteles y arsenales, ofrecía un aspecto marcial y desolado. En las calles, hombres enclenques y contrahechos arrastraban con orgullo viejos uniformes y armas oxidadas.

"–¿A qué vinisteis? –me increpó de forma ruda, junto a las puertas de la ciudad, un militar, cuyos retorcidos bigotes amenazaban al cielo.

"–Señor –le repliqué–, vengo como un sencillo curioso a conocer esta isla.

"–Esto no es una isla –replicó el soldado.

"–¡Cómo! –exclamé– ¿La isla de los pingüinos no es isla?

"–No, señor; es una ínsula. En otro tiempo la denominaban isla; pero desde hace un siglo lleva por decreto el nombre de ínsula. Es la única ínsula del Universo todo. ¿Tenéis pasaporte?

"–Vedlo.

"–Id a legalizarlo en el Ministerio de Relaciones Extranjeras.

"Un guía cojo que me acompañaba se detuvo en una plaza espaciosa.

"–Nuestra ínsula –dijo– ha sido la cuna como no podéis ignorarlo, del genio más grande del Universo: Trinco. Observad su estatura frente a nosotros. Este obelisco, emplazado a nuestra diestra, conmemora el nacimiento de Trinco. La columna que se eleva a vuestra izquierda posee en su remate un busto de Trinco ceñido con diadema. Desde aquí descubriréis el Arco Triunfal dedicado a la gloria de Trinco y de su familia.

"–¿Qué extraordinaria cosa hizo ese Trinco? – pregunté.

"–¡La guerra!

"–La guerra no es una cosa extraordinaria. Los malayos vivimos en guerra perpetua.

"–No lo dudo; pero Trinco es el héroe más famoso de todos los países y de todos los tiempos. Jamás hubo conquistador alguno que pueda comparársele. Al llegar a nuestro puerto habréis visto, al Este, una isla volcánica en forma de cono, de extensión reducida, pero famosa por sus vinos: Ampelófora, y al Oeste, otra isla mayor, que ofrece al cielo una hilera larga de picos, por lo que la denominaron. Quijada del Perro Abundan en minas de cobre. Las poseíamos antes del advenimiento de Trinco, y eran el límite de nuestro imperio. Trinco extendió la dominación pingüina sobre el archipiélago de las Turquesas y el continente Verde; sometió la triste Marsuinia, clavó su bandera en los hielos del Polo y en los abrasadores arenales del desierto de África; hizo levas en la totalidad de los países por él conquistados, y al desfilar sus ejércitos, detrás de nuestros zapadores filómacos, de nuestros granaderos insulares, de nuestros húsares, de nuestros dragones, de nuestros artilleros, se veían los soldados amarillos, semejantes, con sus armaduras coloradas, a cangrejos en pie sobre sus colas; soldados verdes con plumas de cotorra sobre la cabeza, pintarrajeados por el tatuaje con figuras solares y genésicas, sobre cuyo lomo crujía un carcax de flechas envenenadas; soldados negros totalmente desnudos y sin otras armas que sus dientes y sus uñas; soldados pigmeos montados en grullas; soldados gorilas apoyados en un garrote y guiados por el viejo de su especie, que exhibía sobre su torso velludo la cruz de la Legión de Honor. Y a todos arrastró, bajo los estandartes de Trinco, Un ardiente y patriótico entusiasmo que los llevaba de victoria en victoria. Durante tres décadas de guerra, Trinco ha conquistado la mitad del mundo conocido.

"–¿De modo que sois dueños de la mitad del mundo?

"–Trinco nos lo ha conquistado y nosotros lo hemos perdido. Grandioso en sus derrotas como en sus victorias, ha devuelto cuanto había conquistado. Hasta se perdieron las dos islillas que poseíamos antes: Ampelófora y Quijada del Perro. Dejó la Pingüinia empobrecida y despoblada. La juventud y la virilidad de la ínsula se extinguieron en las guerras. A su muerte quedaban solamente en nuestra patria los jorobados y los cojos, de los cuales descendemos. Pero nos legó la gloria.

"–Os la hizo pagar muy cara.

–"La gloria jamás es cara –replicó el guía".

Capítulo III

Viaje del doctor Obnubile

Luego de una serie de acontecimientos inauditos, cuyo recuerdo fue borrado en gran parte por la injuria del tiempo y por el desafortunado estilo de los historiadores, los pingüinos llegaron al acuerdo de gobernarse por sí mismos. Eligieron una dieta o asamblea y la invistieron con el privilegio de nombrar al jefe del Estado. Elegido entre los vulgares, no coronaba su frente con la extraordinaria cresta del monstruo ni ejercía sobre el pueblo autoridad absoluta, y se hallaba sometido, como todos los ciudadanos, a las leyes de la nación. No recibía el título de rey, no ornamentaba su nombre con un número ordinal, y se llamaba Paturlo, Janvión, Trufaldin, Coquenpot o Farfullero a secas. Estos magistrados no sostenían guerras, tal vez por no tener uniforme militar. El nuevo Estado recibió el nombre de Cosa Pública o República. Sus partidarios eran llamados republicanistas o republicanos.

Pero la democracia pingüina no gobernaba por sí sola: obedecía a una oligarquía bancaria que imponía la opinión a los periódicos, manejaba a los diputados, a los ministros y al presidente: disponía en absoluto del tesoro de la República y conducía la política exterior del país. Los imperios y los reinos armaban escuadras y ejércitos grandiosos. Obligada, para su seguridad, a imitarlos, la Pingüinia sucumbía bajo el peso de su organismo belicoso, y todo el mundo deploraba, o fingía hacerlo, tan dura obligación. Empero, los ricos y negociantes la aceptaban por patrimonio y porque veían en el soldado y el marino a los defensores de sus haciendas; los industriales poderosos favorecían la fabricación de cañones y de navíos con entusiasmo nacional y en pos de obtener contratas. Los ciudadanos de clase media y que ejercían profesiones liberales, unos se resignaban sin disgusto porque suponían inevitable y definitivo aquello, y otros esperaban con impaciencia el fin y pensaban imponer a las potencias el desarme simultáneo. El ilustre profesor Obnubile era de los últimos.

—La guerra —decía— es un signo de barbarie que el avance de la civilización hará desaparecer. Las democracias fuertes son pacíficas, y su espíritu se impondrá a los autócratas.

El profesor Obnubile, encerrado en su laboratorio, donde pasó sesenta años de existencia solitaria y estudiosa, se resolvió a observar de forma práctica el alma de los pueblos, y para comenzar su análisis por la mayor de las democracias, se embarcó con rumbo a la Nueva Atlántida.

Luego de quince días de navegación su barco penetró de noche en el puerto de Titamport, donde anclaban millares de navíos. Un puente de hierro tendido a bastante altura sobre las aguas, fulgurante con un sinnúmero de luces, unía dos muelles, tan distantes uno de otro que el profesor Obnubile se creyó transportado a los mares de Saturno, y no dudó que aquel puente era el maravilloso anillo que ciñe al planeta del Viejo. Sobre tan inmenso transbordador circulaban más de la cuarta parte de las riquezas del mundo. Ya en tierra, el sabio pingüino se instaló en un hotel de cuarenta y ocho pisos, donde servían autómatas; después abordó el tren que conduce a Gigantópolis, capital de la Nueva Atlántida. Había en aquel tren restaurantes, salas de juego, circos atléticos, una oficina de informes comerciales y de cotizaciones mercantiles, una capilla evangélica y la imprenta de un diario que el doctor no pudo leer porque no conocía el idioma de los nuevos atlantes. El tren atravesaba, en las orillas de anchurosos ríos, ciudades manufactureras que oscurecían el cielo con el humo de sus hornos, urbes negras a la luz del astro rey, metrópolis rojizas en la oscuridad de la noche, sempiternamente clamorosas de día y de noche.

"Este —reflexionaba el doctor— es un pueblo entregado a la industria y al negocio, por lo cual no se preocupa de la guerra. Estoy seguro de que rige a los nuevos atlantes una política de paz, ya que todos los economistas admiten ya como un axioma que la paz exterior y la paz interior resultan indispensables para el progreso del comercio y de la industria".

Mientras recorría Gigantópolis confirmaba esta opinión. Las personas transitaban por las calles con tal apuro que derribaban cuanto se oponía a su paso. Obnubile, luego de rodar varias veces por el piso, aprendió a ir con ímpetu, y cuando llevaba ya una hora de carrera, al tropezar con un atlante lo volteó. En una plaza inmensa pudo admirar el pórtico de un palacio de estilo clásico, cuyas columnas corintias elevaban a sesenta metros sobre el pedestal sus capiteles de acanto arborescente. Le fue preciso detenerse y levantar mucho la cabeza para contemplarlo. Entonces un personaje de aspecto humilde se le aproximó y le dijo en idioma pingüino:

—Reconozco en vuestro traje a un ciudadano de la Pingüinia. Domino vuestro idioma y soy intérprete jurado. Este palacio es el del Parlamento. Ahora deliberan los diputados. ¿Deseáis presenciar la sesión?

Acomodado en una tribuna, el doctor miró con curiosidad a la multitud de legisladores que se recostaban en butacas de junco y apoyaban los pies, de manera indolente, en el pupitre.

El presidente se incorporó para murmurar, más que pronunciar, entre la indiferencia general, las siguientes fórmulas, traducidas por el intérprete al doctor.

"Finalizada a satisfacción de los Estados la guerra que sosteníamos con los mogoles para conseguir la franquicia de sus mercados, propongo que se remitan las cuentas de gastos a la Comisión.

"¿Hay oposición?...

"La proposición queda aceptada.

"Finalizada a satisfacción de los Estados la guerra que sosteníamos para obtener la franquicia de los mercados en la Tercera Zelandia, propongo que se remitan las cuentas de gastos a la Comisión...

"¿Hay oposición?...

"La proposición queda aceptada".

—¿Lo habré escuchado bien? —preguntó el profesor Obnubile—. ¿Será verdad? Vosotros, un pueblo industrial, ¿sostenéis tantas guerras?

—Naturalmente —le respondió el intérprete— Son guerras industriales. Los pueblos que no poseen comercio ni industria no están obligados a sostener guerras; pero un pueblo de negocios exige una política de conquistas. El número de nuestras guerras se incrementa diariamente de acuerdo a la producción. En cuanto alguna industria no sabe dónde colocar sus productos, una guerra le abre nuevos mercados. Este año sostuvimos la guerra carbonífera, la guerra del cobre y la guerra del algodón. En la Tercera Zelandia exterminamos a dos tercios de sus pobladores, en pos de obligar a los restantes a que nos comprasen paraguas y calcetines.

Un hombre gordo y robusto que se encontraba en el centro de la Asamblea ascendió a la tribuna:

—Reclamo —dijo— una guerra contra el Gobierno de la República de la Esmeralda, que disputa de forma insolente a nuestros cerdos la hegemonía de los jamones y los embutidos sobre todos los mercados del planeta.

—¿Quién es ese legislador? —preguntó el sabio Obnubile.

—Un tratante en cerdos.

—¿No existe oposición? —dijo el presidente—. Pongo la proposición a votación. La guerra contra la República de la Esmeralda fue votada por una mayoría abrumadora.

—¡Cómo! —dijo el doctor Obnubile a su intérprete— ¿Aquí votan una guerra con tanta celeridad y con tanta indiferencia?

—¡Oh! Es una guerra intrascendente, que tendrá un costo de solo ocho millones de dólares.

—¿Y cuántos hombres?

—Entre todo, gastos y bajas, ocho millones de dólares.

Entonces el doctor Obnubile tomó su cabeza entre las manos y meditó:

"Dado que la riqueza y la civilización generan motivos de guerra como la pobreza y la barbarie, y puesto que la locura y la maldad de los hombres resultan incorregibles, se puede realizar una acción meritoria. Un hombre prudente amontonará suficiente dinamita para hacer estallar el planeta, y cuando se desperdiguen sus fragmentos por el espacio se habrá conseguido en el Universo una mejora imperceptible, se habrá dado una satisfacción a la conciencia universal, que indudablemente no existe".

LIBRO V

LOS TIEMPOS MODERNOS: CHATILLÓN

Los reverendos padres Agaric y Cornamuse

No hay régimen que carezca de enemigos. La República o la Cosa Pública los tuvo en un comienzo entre los nobles desposeídos de sus antiguos privilegios, los cuales volvían esperanzados los ojos hacia el último dracónida, el príncipe Crucho, interesante por los atractivos de la juventud y las tristezas de su destierro. Tuvo luego enemigos entre los comerciantes humildes, que, por motivos económicos inevitables, ya no ganaban lo suficiente para vivir, y culpaban de ello a la República, de la cual se desilusionaban más y más día a día.

Los banqueros judíos y los cristianos, con su descaro y su codicia, eran el flagelo del país, que despojaban y envilecían, y el escándalo de un régimen que no se preocupaban de afirmar ni derribar, seguros de hacer sus operaciones desembarazadamente bajo todos los gobiernos; pero simpatizaban con la fórmula de poder absoluto como la mejor dispuesta contra los socialistas, sus adversarios frágiles, pero apasionados, y a la vez que emulaban las costumbres de los aristócratas, copiaban asimismo sus sentimientos políticos y religiosos. Muy especialmente sus mujeres, vanas y frívolas adoraban al príncipe y soñaban con los festejos de la Corte. La República no dejaba de tener partidarios y defensores. Si no le era permitido creer en la fidelidad de los funcionarios, era posible contar con la abnegación de los obreros manuales, cuyas miserias no remedió, y que, para defenderla en los días de peligro, salían en multitud de sus prisiones y desfilaban de manera atropellada, pálidos, ennegrecidos, siniestros. Morirían todos por ella si fuese necesario, porque pusieron en ella su esperanza.

Cuando era presidente de la República Teodoro Formose, vivía en un apacible arrabal de la Villa de Alca un monje llamado Agaric, maestro de niños y casamentero. Enseñaba en su escuela la piedad, la esgrima y la equitación a los muchachos de ilustres familias (ilustres por su nacimiento, pero desposeídos de sus bienes como de sus privilegios), y en cuanto alcanzaban la edad, los casaba con muchachas de la casta opulenta y "despreciable" de los banqueros. Alto, delgado, cetrino, Agaric paseaba constantemente, con el breviario en la mano, por los corredores de la escuela y los caminos del jardín, pensativo, con la frente agobiada por sus preocupaciones. No limitaba sus aspiraciones a inculcar a sus discípulos doctrinas incomprensibles y preceptos mecánicos y a proporcionarles luego mujeres legítimas y adineradas: poseía intuiciones políticas y preparaba la realización de un gigantesco plan. El pensamiento de su pensamiento, la obra de su obra, consistía en derribar la República. No le empujaba un interés personal; pero creía al gobierno democrático enemigo de la sociedad religiosa, a la que se entregó en cuerpo y alma. Y todos los frailes, sus hermanos, pensaban del mismo modo. La República vivía en lucha constante con la congregación de los frailes y la asamblea de los fieles. Sin duda, era una empresa difícil y peligrosa conspirar para el aniquilamiento del nuevo régimen; pero Agaric estaba dispuesto, si fuera necesario, a instrumentar una conspiración temible.

Entonces los clérigos conducían las castas superiores de los pingüinos, y este fraile ejerció sobre la aristocracia de Alca un influjo muy hondo.

La juventud educada por él solamente aguardaba el momento de lanzarse contra el poder popular. Los hijos de señoriales familias no ejercían las artes ni se dedicaban al negocio: eran casi todos militares al servicio de la República. La servían, pero no la estimaban, y lamentaban que no saliese a relucir la cresta del dragón. Las judías hermosas compartieron aquellas cavilaciones en pos de igualarse a las nobles cristianas.

Un día de julio, al cruzar una calle del arrabal que finaliza en polvorientos caminos, Agaric percibió quejidos que emergían de un pozo de agua corrompido, abandonado por los hortelanos, y un zapatero de la vecindad le refirió que, al pasar un hombre mal vestido que gritaba "¡Viva la Cosa Pública!", varios oficiales de caballería lo cogieron y lo echaron al pozo, cuyas aguas le cubrían hasta las orejas.

Agaric concedió con facilidad a un hecho particular una significación general: de la desgracia de aquel infeliz dedujo una formidable fermentación de toda la casta aristocrática y militar, y se convenció de que había llegado el ansiado momento.

A la mañana siguiente fue a visitar en lo más enmarañado del bosque de Conils al buen padre Cornamuse, y le encontró en un rincón de su laboratorio atareado en destilar un licor. Era un hombrecillo rechoncho, de tez rojiza, con el cráneo calvo y brilloso. Sus ojos, como los de los conejitos de la India, tenían las pupilas de rubí. Saludó de forma amable a su visitante y le ofreció un vasito de licor de Santa Orberosa, fabricado por él, cuya venta le proporcionaba cuantiosos ingresos. Agaric lo rechazó con un gesto suave. Luego, plantado sobre sus largas piernas y apretando contra el vientre su flexible sombrero, quedó silencioso.

–Hacedme la merced de tomar asiento –le dijo Cornamuse.

Agaric se acomodó en una banqueta coja y continuó en silencio.

Entonces el fraile de Conils dijo:

–Dadme noticias de vuestros discípulos. ¿Cómo siguen esas criaturas?

–Estoy muy satisfecho –respondió el magister–. Lo más importante es insuflarles buenos principios. Hay que tener buenos pensamientos antes de pensar; de lo contrario, todo se pierde con facilidad. Hallo a mi alrededor muchos consuelos, pero vivimos en una época triste.

–¡Ay! –respondió Cornamuse.

–Atravesamos tiempos difíciles...

–¡Días de prueba!

–De todas maneras, Cornamuse, podríamos estar peor.

–Es posible.

–El pueblo se cansa de la República porque le arruina y no hace nada por él. Día a día se generan nuevos escándalos. La República se ahoga en sus propios crímenes. Ya está perdida.

—Dios lo quiera.

—Cornamuse, ¿qué pensáis del príncipe Crucho?

—Es un buen muchacho, digno retoño de un augusto tallo. Entristece verle sufrir en plena juventud las amarguras del destierro. Para el desterrado la primavera carece de flores y el otoño, de frutos. El príncipe Crucho sabe pensar a derechas: respeta a los clérigos, practica nuestra religión, consume con abundancia mis productos.

—Cornamuse, en muchos hogares, ricos y pobres, ya desean su regreso. Creedme: ¡volverá!

—No quisiera morirme sin tener antes oportunidad de tender mi manteo para alfombra de sus pasos.

Al verle tan bien dispuesto, Agaric le dio cuenta del estado de la opinión, tal como él se la imaginaba. Le retrató a los nobles enfurecidos contra el régimen popular; el ejército, decidido a no tolerar nuevos ultrajes; los funcionarios, dispuestos a la traición; el pueblo, descontento; el motín, rugiente ya, y los enemigos de los monjes, amparados del poder, arrojados a los pozos de Alca. Para finalizar afirmó que había llegado el momento de lanzarse.

—Podemos salvar al pueblo pingüino —exclamó—; podemos liberarlo de sus tiranos, liberarlo de sí mismo, restituir la cresta del dragón, restablecer el antiguo régimen, el buen régimen, para honor de la fe y exaltación de la Iglesia. Podemos lograrlo si queremos. En nuestras manos están las grandes fortunas y ejercemos secretas influencias. Por nuestros periódicos cruciferos y fulminadores nos comunicamos con todos los sacerdotes de las ciudades y de los poblados, y les infundimos el entusiasmo que nos mueve, la fe que nos devora. Ellos la comunicarán a sus penitentes y a sus fieles. Cuento con los generales más prestigiosos del ejército. Estoy en inteligencia con la masa popular. Dirijo, sin que lo noten, a los paragüeros, a los taberneros, a los tenderos de novedades, a los vendedores de periódicos, a las señoritas galantes y a los agentes de policía. Contamos con más elementos de los precisos. ¿Qué nos detiene? ¡Al combate!

—¿Y qué pensáis hacer? —preguntó Cornamuse.

—Preparar una extensa conjura: hundir la República, restablecer la Monarquía, sentar a Crucho en el trono de los Dracónidas.

Cornamuse, luego de relamerse como si degustara su pensamiento, dijo con unción:

–Por cierto, restaurar el trono de los Dracónidas es deseable. Sí, ¡es eminentemente deseable!, y, por mi parte, lo apetezco de todo corazón. En cuanto a la República, ya sabéis lo que pienso. ¿No sería mejor dejarla a su suerte, abandonarla para que muera de sus vicios constitucionales? Sin duda, es noble y generoso lo que proponéis, mi estimado Agaric. Sería de buen efecto salvar a nuestra desdichada patria y restablecer su primitivo esplendor. Pero reflexionad: somos cristianos antes que pingüinos, y debemos cuidar mucho de no comprometer la religión en empresas políticas.

Agaric contestó nuevamente:

–Nada temáis. Tenemos en la mano todos los hilos de la conspiración, pero tan ocultos, que nadie nos verá.

–Como las moscas en un vaso de leche –murmuró el fraile de Conils. Fijó en su compadre sus penetrantes pupilas de rubí y prosiguió:

–Cautela, amigo mío. Acaso la República es más fuerte de lo que aparenta, y también sería posible que nosotros la fortaleciéramos y la sacáramos de la perezosa inmovilidad en que reposa. Su maldad es grande. Si la atacamos, se defenderá. Promulga hoy leyes perniciosas, pero que apenas llegan a dañarnos; cuando nos tema, las promulgará terribles contra nosotros. No nos comprometamos ligeramente en semejante aventura. Pensáis que la ocasión es favorable; yo no lo creo, y os lo demostraré. El actual régimen no es todavía conocido por todos, y casi pudiéramos decir que nadie lo conoce. Se proclama la Cosa Pública, la Cosa Común. El populacho crédulo es demócrata y republicano ¡Paciencia! Ese mismo populacho exigirá un día que la Cosa Pública sea en verdad del pueblo. Creo inútil decir hasta qué punto esas pretensiones me parecen atrevidas, desatinadas y contrarias a la política deducida de las Escrituras; pero el pueblo las mostrará, las impondrá y dará fin al régimen actual. Ese momento no puede tardar mucho. Entonces habrá llegado la ocasión que buscabais. ¡Aguardemos! ¿Qué nos apremia? Nuestra existencia no peligra. La República no se nos hizo absolutamente intolerable. Falta de respeto y de sumisión, no rinde a los sacerdotes los honores que les debe, pero nos permite vivir, y tal es la excelente condición de nuestro estado, que para nosotros vivir es prosperar. La Cosa Pública se muestra adversa, pero las mujeres nos reverencian. El presidente Formose no asiste a la celebración de nuestros ministerios, pero he visto a su mujer y a sus hijas a mis pies. Además, compran mis botellas al por mayor. No tengo mejores clientes ni siquiera entre los aristócratas. Confesémoslo: no hay en todo el mundo un país más conveniente para sacerdotes y frailes que la Pingüinia. ¿Dónde venderíamos en tan grandes cantidades y a tan alto precio nuestra cera virgen, nuestro incienso macho, nuestros rosarios, nuestros escapularios, nuestras aguas benditas y nuestro licor de Santa Orberosa? ¿Qué otro pueblo pagaría, como los pingüinos, cien escudos de oro por una seña de nuestra mano, un sonido de nuestra garganta, un movimiento de nuestros labios? Por mí sé decir que en esta suave, leal y dócil Pingüinia gano con la esencia de un frasco de serpol mil veces más de lo que ganaría desgañitándome en pos de predicar la absolución de los pecados en las florecientes naciones de Europa y América.

Terminado su discurso, el religioso de Conils se incorporó y condujo a su huésped a un gran cobertizo, donde cientos de huérfanos ataviados de azul empaquetaban botellas, clavaban cajas, pegaban etiquetas. Ensordecía el machaqueo de los martillos entremezclado con los gruñidos roncos de las vagonetas sobre los rieles.

—Aquí se hacen los envíos —dijo Cornamuse—. He obtenido del Gobierno un ramal de ferrocarril que cruza el bosque y una estación en mi propia puerta. Lleno diariamente tres vagones de mi producto. Ya veis que la República no ha matado las creencias.

Agaric hizo un último esfuerzo para comprometer al sabio destilador en su conspiración; le mostró un triunfo inmediato, seguro, brillante.

—¿No queréis intervenir? —añadió—. ¿No que queréis librar a vuestro rey del destierro?

—El destierro es dulce para los hombres de buena voluntad —contestó el religioso de Conils—. Si me atendierais, mi estimado

Agaric, renunciaríais por el momento a vuestro proyecto. Yo no me ilusiono y tampoco ignoro lo que pasará: sea o no sea de la partida, si la perdéis, pagaré como vos.

El padre Agaric se despidió de su amigo y retornó satisfecho a su escuela. "Cornamuse –pensaba–, como no puede evitar la confabulación, dará dinero para que triunfe".

Agaric no se engañaba. Efectivamente, la solidaridad de los frailes y de los sacerdotes los unía y ligaba de tal manera, que los actos de uno comprometían al resto. Esto era lo más favorable, y también lo más peligroso, en aquel asunto.

Capítulo II

El príncipe Crucho

Agaric resolvió visitar de inmediato al príncipe Crucho, que le honraba con su confianza. Al anochecer salió de la escuela por el portillo, disfrazado de tratante de bueyes, y tomó pasaje en el San Mael. Al día siguiente desembarcó en Marsuinia. En aquella tierra hospitalaria y en el castillo de Chitterlings comía Crucho el pan amargo del destierro. Agaric lo halló en la calle, en un automóvil con dos señoritas y a una velocidad de ciento treinta kilómetros por hora. El fraile agitó su paraguas rojo y el príncipe paró la máquina.

—¿Sois vos, Agaric? ¡Acompañadnos! Éramos tres y seremos cuatro. Con apretarse un poco es suficiente. Una de estas criaturas puede sentarse sobre vuestras rodillas.

El piadoso Agaric no protestó.

—¿Qué noticias hay, padre mío? —inquirió el joven príncipe.

—Gordas y buenas —respondió Agaric—. ¿Puedo hablar?

—Podéis hablar. No tengo nada oculto para estas dos amigas.

—Monseñor, la Pingüinia os reclama. No seréis sordo a su llamamiento. Agaric retrató el estado de los ánimos y expuso el plan de una extensa conjura.

—A una orden mía, todos vuestros partidarios se alzarán al unísono. Con la cruz en la mano y la sotana recogida, nuestros venerables sacerdotes conducirán las multitudes armadas hacia el palacio de Formose. Sembraremos el terror y la muerte entre vuestros enemigos. En premio de nuestros esfuerzos tan solo os pedimos, monseñor, que intentéis aprovecharlos. Os rogamos que ocupéis un trono que os hemos preparado.

El príncipe respondió:

—Entraré en la capital sobre un caballo verde.

Agaric levantó acta de aquella viril respuesta. Aun cuando tenía contra su costumbre, a una muchacha sobre sus rodillas, conjuró al príncipe con serenidad sublime en pos de que se mantuviera fiel a sus deberes reales.

—Monseñor —dijo con los ojos húmedos—, algún día recordaréis que fuisteis arrancado al destierro y restablecido en el trono de vuestros antecesores por la mano de vuestros frailes, que pusieron sobre vuestra augusta frente la cresta del dragón. Rey Crucho, procurad que vuestra gloria iguale a la de vuestro abuelo Draco el Grande.

El joven príncipe, conmovido, se arrojó sobre su restaurador para darle un abrazo, pero no pudo conseguirlo sin chocar con las dos señoritas; de tal modo iban apretados en aquel coche histórico.

—Padre mío —le dijo—, quisiera que toda la Pingüinia fuera testigo de este abrazo.

—Sería un espectáculo consolador —adujo Agaric.

Mientras tanto, el automóvil atravesaba, como un torbellino, los caseríos y los pueblos, y aplastaba con sus insaciables neumáticos gallinas, ocas, pavos, gatos, perros, cerdos, niños, labradores y campesinos.

Y el piadoso Agaric meditaba sus designios. Su voz, que tropezaba en la espalda de la señorita al salir de sus labios, expresó esta idea:

—Nos hará falta dinero, mucho dinero.

—Procuráoslo como podáis —replicó el príncipe.

Se abrió la verja del jardín para dejar paso al formidable automóvil.

La cena fue lujosa. Hubo brindis a la cresta del dragón. Nadie ignora que un vaso cerrado es signo de soberanía. El príncipe Crucho y la princesa Gudruna, su esposa, bebieron en vasos con tapa. El príncipe hizo llenar varias veces el suyo con vinos blancos y tintos de las cosechas pingüinas.

Crucho había recibido una instrucción en verdad principesca. Sobresalía en la locomoción automóvil pero no ignoraba la historia. Se le consideraba experto en las antigüedades e ilustraciones de su familia, y, efectivamente, a los postres dio una notable prueba de sus conocimientos en ese punto.

Se hablaba de los singulares rasgos que caracterizaron a varias mujeres célebres.

—Es cierto de manera indudable —dijo el príncipe— que la reina Crucha, con cuyo nombre me bautizaron, tenía una cabecita de mono bajo el ombligo.

Agaric sostuvo en aquella velada una conferencia decisiva con tres viejos consejeros del príncipe. Resolvieron solicitar fondos al suegro de Crucho, que ansiaba tener un yerno rey; a varias damas judías, deseosas de entrar en la nobleza, y, por fin, al príncipe regente de los marsuinos, que había ofrecido su concurso a los Dracónidas, confiado en que la restauración de Crucho desgastaría el poder de los pingüinos, enemigos hereditarios de su pueblo.

Los tres viejos consejeros se adjudicaron los tres primeros oficios de la Corte y autorizaron al fraile para que distribuyera los otros cargos de modo beneficioso a los intereses del príncipe.

—Hay que recompensar las abnegaciones —afirmaron los tres viejos consejeros.

—Y las traiciones —dijo Agaric.

—Es muy justo —contestó uno de los consejeros, el marqués de las Siete Llagas.

Danzaron. Luego del baile, la princesa Gudruna desgarró su vestido verde en pos de hacer escarapelas, y cosió con su propia mano una sobre el pecho del fraile, quien derramó lágrimas de ternura y de agradecimiento.

El señor Plume, caballerizo del príncipe, salió aquella misma noche en busca de un caballo verde.

Capítulo III

El conciliábulo

De regreso de la capital de Pingüinia, el reverendo padre Agaric comunicó sus proyectos al príncipe Adelestán de los Boscenos, cuya identidad draconiana resultaba notoria. Pertenecía el príncipe a la nobleza más elevada. Los Torticol de los Boscenos descendían de Brian el Piadoso, y bajo el reinado de los Dracónidas habían desempeñado los cargos más importantes del reino. En 1179, Felipe Torticol, almirante de la Pingüinia, valiente, leal y generoso, más vengativo, entregó el puerto de La Grice y la flota pingüina a los enemigos del reino al sospechar que la reina Crucha, de la cual era amante, le engañaba con un mozo de cuadra. Fue aquella reina ilustre quien agració a los Boscenos con la bacinilla de plata que hoy ostentan en su escudo. En cuanto a su divisa, no es anterior al siglo XVI. He aquí el origen: una noche de fiesta, confundido entre los cortesanos que se apretaban en el jardín del rey para ver unos fuegos artificiales, el duque Juan de los Boscenos se acercó a la duquesa de Skull e introdujo la mano bajo el vestido de la dama, la cual no se mostró quejosa. Al pasar el rey los sorprendió en aquella posición y se limitó a decir: "Aprovechad la ocasión". Estas tres palabras constituyeron la divisa de los Boscenos.

En el príncipe Adelestán no degeneraban las virtudes de sus antepasados; conservaba una inalterable fidelidad a la sangre de los Dracónidas, y tan solo deseaba la restauración del príncipe Crucho, presagio, a su entender, de la de su hacienda arruinada. Por esto le fueron seductoras las pretensiones del padre Agaric. Se asoció de forma inmediata a los proyectos del fraile y se apuró a relacionarle con los más ardientes y leales realistas de su intimidad: el conde Clena, el señor de la Trumelle, el vizconde Oliva y Bigourd. Se reunieron una noche en la casa de campo del duque de Ampoule —dos leguas al este de Alca— para analizar los proyectos y recursos.

El señor de la Trumelle se evidenció partidario de la acción legal.

—Mantengámonos dentro de la legalidad —dijo en sustancia— Somos hombres de orden y debemos perseguir con una infatigable propaganda la ejecución de nuestras aspiraciones. Hemos de conquistar la opinión del país. Nuestra causa saldrá victoriosa debido a que es justa.

El príncipe de los Boscenos opinó de forma distinta, y supuso que las causas justas necesitan el apoyo de la fuerza para triunfar, tanto o más que las causas injustas.

—En la presente situación —dijo calmadamente— se imponen tres medios de acción: contratar a los matarifes, corromper a los ministros o secuestrar al presidente Formose.

—Secuestrar al presidente Formose sería una inconsecuencia —replicó el señor de la Trumelle —. El presidente piensa como nosotros.

El hecho de que un dracófilo propusiera secuestrar al presidente Formose y de que otro dracófilo le presentase como un aliado, explica la actitud y los sentimientos del jefe de la Cosa Pública. Formose se mostraba favorable a los realistas, cuyos gustos admiraba y emulaba, y si bien es cierto que sonreía cuando le hablaban de la cresta del dragón, no era de forma despectiva, sino porque le hubiera gustado lucirla sobre su cabeza. El poder soberano le complacía, no a causa de que se sintiera capaz de ejercerlo, sino por su forma exterior. Según la frase afortunada de un cronista pingüino, el presidente era "un pavo real". El príncipe de los Boscenos mantuvo su propósito de invadir, a mano armada, el palacio de Formose y la Cámara de Diputados. El conde Clena fue aún más enérgico:

—Para empezar—dijo—, estrangulemos, destripemos, aniquilemos a los republicanos, a todos los paniaguados del Gobierno, y luego ya veremos lo que se hace. El señor de la Trumelle era moderado. Los moderados se oponen siempre, moderadamente, a la violencia. Reconoció que la política del conde Clena se inspiraba en un sentimiento noble, reconoció su generosidad, objetó tímidamente que acaso no se ajustaba del todo a los principios monárquicos, y como podía ser peligrosa se ofreció a discutirla.

—Propongo —agregó— que redactemos un manifiesto dirigido a las clases proletarias. Que sepan lo que somos. Por lo que a mí se refiere, os aseguro que nada me atemoriza.

Bigourd tomó la palabra.

—Señores, los pingüinos están descontentos del régimen nuevo, porque disfrutan de él, y es propio de los hombres quejarse de su condición; pero al mismo tiempo los pingüinos tienen miedo de cambiar de régimen, porque las novedades intimidan. No conocieron la cresta del dragón, y aun cuando aparentan anhelarla no hay que hacerles caso: pronto se entendería que habían hablado de forma irreflexiva. No nos ilusionemos acerca de su afecto hacia nosotros. No nos quieren. Odian la aristocracia por dos razones opuestas: por envidia y por un generoso sentimiento de igualdad. La opinión pública no nos combate, porque nos desconoce; pero al enterarse de lo que pretendemos no deseará seguirnos. Si confesamos que nuestro único objetivo es destruir el régimen democrático y restaurar la cresta del dragón, ¿cuáles serán nuestros partidarios? Los matarifes y los humildes tenderos de Alca. Siquiera esos tenderos, ¿nos acompañarán hasta el fin? Viven descontentos, pero son republicanos en el fondo de su corazón. Únicamente les interesa vender a buen precio sus mercancías averiadas. Si les hablásemos con lealtad, los asustaríamos. Para que nos encuentren simpáticos y nos sigan es necesario convencerlos, no de que queremos derribar la República, sino al contrario, restaurarla, purificarla, embellecerla, ornamentarla, decorarla, perfumarla, ofrecérsela magnífica y encantadora. Por esta razón no debemos presentarnos de forma descubierta. Saben ya que no somos favorables al régimen actual. Nos valdremos de un amigo de la República; mejor aún, de algunos de sus mantenedores. Lo dificultoso es elegirlo. Yo preferiría el más popular, el más republicano. Lo conquistaríamos con adulaciones, con obsequios y, sobre todo, con promesas. Las promesas cuestan menos que los obsequios y adquieren más valor. Jamás se nos considera tan generosos como cuando pagamos con esperanzas. No es necesario que nuestro personaje sea muy inteligente, y quizás sería conveniente que no lo fuera en absoluto. Los imbéciles tienen para las bellaquerías una gracia inimitable. Creedme, caballeros: nadie mejor que un republicano de los más caracterizados pudiera derribar la República. La cautela no excluye la energía. Si me necesitáis, me encontraréis a todas horas dispuesto a serviros.

Este discurso no dejó de producir impresión entre la concurrencia. Al piadoso Agaric le emocionó de forma profunda. A todos preocupaba la victoria del monarca, pero más los honores y beneficios que pudiera proporcionar. Se organizó un Gobierno secreto, del cual fueron nombrados miembros efectivos todos los personajes presentes. El duque de Ampoule, el hacendista más destacado del partido, se encargó del ramo de ingresos y de centralizar en él los fondos para la propaganda.

En el momento de clausurar la sesión oyeron una rústica voz que canturreaba: Boscenos es un marrano, con el que harán salchichones, embuchados y morcillas para que coman los pobres.

Era una canción conocida en los arrabales de Alca desde siglos atrás. Al príncipe de los Boscenos le fastidiaba oírla, y al cruzar la plaza observó que su detractor estaba sobre la iglesia ocupado en reponer unas pizarras. Le rogó con cortesía que cantase otra cosa.

—Yo canto lo que me da la gana —respondió el hombre.

—Amigo mío, para serme agradable...

—No me preocupa ser agradable.

El príncipe de los Boscenos poseía el carácter tranquilo, aunque en ocasiones irascible, y una fuerza descomunal.

—¡Bribón! Si no bajas, voy a subir para propinarte un puntapié —gritó con voz aterradora. Y como el pizarrero, trepado en el caballete, no hizo caso, el príncipe subió de forma apresurada la escalera de la torre, se abalanzó a su detractor y le propinó un puñetazo que le hizo rodar por el alero con una mandíbula rota. Siete u ocho carpinteros que trabajaban en la bóveda, atraídos por los gimoteos del pizarrero, asomaron la cabeza por los tragaluces, y al ver al príncipe sobre el caballete corrieron hacia él por una escalera tendida sobre las pizarras; le alcanzaron en la torre y, a puñetazos, le hicieron rodar por la escalera de caracol.

Capítulo IV

La Vizcondesa Oliva

Los pingüinos poseían el primer ejército del mundo. Los marsuinos también, y en el mismo caso se encontraban todo los pueblos de Europa, lo cual no sorprenderá en cuanto se reflexione por qué todos los ejércitos son los primeros del mundo. El segundo ejército del mundo, si existiera, se hallaría en una evidente inferioridad, con la derrota asegurada, y en tales condiciones habría que licenciarlo.

Todos los ejércitos, antes de la contienda, esperan resultar vencedores. Luego, cada cual es de por sí "el primero del mundo". Esto lo comprendió en Francia el ilustre coronel Marchand cuando, interrogado por los periodistas sobre la guerra ruso–japonesa, antes del paso de Yalú, no dudó en calificar al ejército ruso como el primero del mundo y al ejército japonés como el primero del mundo. Es de notar que por haber padecido las más terribles derrotas un ejército no pierde su opinión, y, por consiguiente, no deja de ser el primero del mundo.

Porque si bien los pueblos atribuyen sus victorias a la inteligencia de sus generales y al valor de sus soldados, siempre asignan sus derrotas a una inexplicable fatalidad. Por el contrario, las escuadras se clasifican por el número de sus barcos: hay una primera, una segunda, una tercera, y así de manera sucesiva, y de esa forma no existe ninguna incertidumbre sobre las guerras navales. Los pingüinos eran dueños del primer ejército y de la segunda escuadra del mundo. Mandaba la escuadra el famoso Chatillón, su almirante. Chatillón no provenía de la nobleza. Hijo del pueblo, era estimado por el pueblo, que se gloriaba de ver cubierto de honores a un hombre de humilde nacimiento. Chatillón era hermoso, arrogante, feliz; vivía sin preocupaciones intelectuales; nada empañaba la diafanidad de sus ojos. El reverendo padre Agaric, rendido ante las razones de Bigourd, entendió que solamente uno de los mantenedores del régimen actual podría destruirlo, y se fijó, por supuesto, en el almirante Chatillón. Fue a solicitarle una importante cantidad de dinero a su amigo el reverendo padre Cornamuse, quien suspiró al dárselo. Con aquel dinero pagó a seiscientos matarifes de Alca para que corrieran detrás del caballo de Chatillón y gritaran "¡Viva el almirante!". En lo sucesivo no le fue posible a Chatillón salir a la calle sin verse aclamado.

La vizcondesa Oliva pidió al almirante una entrevista secreta, y fue recibida en un aposento ornamentado con anclas, armas de fuego y granadas.

Ella compareció ataviada de forma discreta con un traje gris azul sencillo. Un sombrero de rosas coronaba su bonita cabeza rubia. A través del velo brillaban sus ojos cual zafiros. No había entre las aristócratas mujer más elegante que aquélla, de origen judaico. Como era bien formada y alta, su cuerpo se acomodaba de manera maravillosa a la moda.

—Almirante –dijo con voz melindrosa–, no oculto mi emoción... Es natural... Ante un héroe...

—Sois muy amable. Decidme, señora vizcondesa, a qué debo el honor de tan agradable visita.

—Hace mucho tiempo que yo deseaba veros y hablaros... Aproveché la oportunidad que se me ofrecía. Traigo una misión...

—¡Sentaos!

—¡Qué tranquilo ambiente respiráis aquí!

—Muy tranquilo. Se escuchan cantar los pajaritos...

—Los pajaritos cantan... Tomad asiento. Y le ofreció una butaca.

Se sentó la vizcondesa en una silla, de espaldas a la luz, y dijo:

—Traigo una misión importante... Una misión...

—Explicaos.

—¿No visteis jamás al príncipe Crucho?

—¡Jamás!

Ella suspiró:

—¡Es lástima! El príncipe tiene por vuestra persona mucha estima. Le agradaría conoceros, y posee vuestro retrato sobre su escritorio, junto al de su madre, la princesa. ¡Pena que no lo conozcáis! Crucho es un príncipe delicioso, y ¡tan agradecido a cuanto se hace en su favor! ¡Será un gran rey! Porque será rey, sin duda alguna. Vendrá... mucho antes de lo que suponen... Esto es lo que debo deciros. La misión que me trae se reduce a conseguir de vos...

El almirante se incorporó.

—Perdonadme, señora; pero no me es posible escucharos. Disfruto de la estima, de la confianza de la República. No vendo a la República. ¿Qué provecho me reportaría? Ya estoy cargado de honores y dignidades.

—Permitidme que os diga, mi estimado almirante, que los honores y las dignidades que os adornan distan mucho de corresponder a vuestros méritos. Vuestros servicios no están suficientemente recompensados, porque debieran crear para vos el cargo de generalísimo de los ejércitos de mar y de tierra. La República es desagradecida.

—Señora, todos los Gobiernos resultan desagradecidos.

—Sí; pero en la República contáis con enemigos envidiosos de vuestra superioridad. Odian a los militares, el predominio de la Marina y del Ejército los humilla; os temen.

—Es posible.

—Son unos miserables que oprimen al país. ¿No sería grato para vos redimir la Pingüinia?

—¿Cómo?

—Sencillamente, barriendo a esa gentuza que nos gobierna.

—Señora, ¿qué me proponéis?

—Alguien lo hará, seguramente. No faltará un hombre dispuesto a dar al traste con todos los ministros, diputados y senadores y a proclamar al príncipe Crucho.

—Me figuro quién es. ¡Bribón!

—Podéis anticiparos. El príncipe os prefiere, y sabrá corresponder a vuestros servicios dándoos la espada de condestable y una dotación magnífica. Ahora os traigo una prenda reveladora de la real simpatía... Y sacó de su pecho una escarapela verde.

—¿Qué es ello? —preguntó el almirante.

—La insignia de Crucho.

—No la mostréis aquí, guardadla.

—Otro la espera... ¡No! Ha de lucir sobre vuestro glorioso pecho. Chatillón la rechazó de forma suave; pero la judía le había parecido muy hermosa, muy deseable, y confirmó su opinión cuando aquellos brazos desnudos y aquellas rosadas y suaves manos le rozaron. Se sometió, y la vizcondesa le colocó la cinta en el ojal con lentitud y dulzura. Después hizo una reverencia para despedirse del "condestable".

—Fui ambicioso —dijo el marino— y tal vez aún lo sea; pero al veros, he deseado tan solo una cabaña y un corazón. Ella le sumergió en la luminosidad de su mirada encantadora.

—Todo es posible... ¿Qué hacéis, almirante?

—Busco el corazón.

Al salir de aquel aposento, la vizcondesa participó de inmediato al padre Agaric el resultado de su visita.

—No le dejéis enfriar, señora —dijo el monje austero.

Capítulo V

El príncipe de los Boscenos

Aquella noche, los periódicos subvencionados por los dracófilos se deshacían en elogios hacia Chatillón y cubrían de vergüenza y de humillación a los ministros de la República. En las calles de Alca voceaban los vendedores el retrato de Chatillón. Los *santi barati* vendían bustos en yeso de Chatillón a la entrada de los puentes. Chatillón daba cada tarde un paseo, jinete en un caballo blanco, por la Pradera de la Reina, adonde acudía el selecto público. Los dracófilos destacaban al paso del almirante una multitud de pingüinos menesterosos, y los hacían cantar: "Chatillón es el hombre del día". Los burgueses de Alca experimentaron admiración profunda por el almirante. Las señoras del comercio murmuraban: "Es hermoso". Las mujeres elegantes detenían sus autos para enviarle, al pasar, besos y sonrisas, en medio de las aclamaciones del pueblo enardecido.

Al entrar un día en un estanco, dos pingüinos que colocaban su correspondencia en el buzón lo reconocieron, y exclamaron: "¡Viva el almirante! ¡Muera la República!" Se detuvieron todos los transeúntes. Chatillón encendió su cigarro ante la muchedumbre agolpada a su alrededor, que lo vitoreó y agitó los sombreros en el aire. Sus partidarios se incrementaban, se multiplicaban de día en día. La ciudad entera, cual séquito interminable y apiñado lo seguía, lo acompañaba, le cantaba himnos y le rendía homenajes.

Tenía el almirante un antiguo compañero de armas, con una lucida foja de servicios: el vicealmirante Volcanmoule. Francote como el oro y leal cual espada, Volcanmoule, que alardeaba de salvaje independencia, frecuentaba el trato de los partidarios de Crucho y de los ministros de la República, y les espetaba muchas verdades a todos. De esa forma, había cometido algunas indiscreciones enfadosas que todos le disculpaban, porque las atribuían a su rudeza de soldado ajeno a las intrigas. Iba por la mañana al despacho de Chatillón y le trataba con la brusca cordialidad de un compañero de armas.

—¡Ya eres popular! —le dijo—. Venden tu cara en cabezas de pipa y en botellas de licor. Todos los borrachos de Alca eructan tu nombre por las calles... "¡Chatillón, héroe de los pingüinos!" "¡Chatillón, defensor de la gloria y del poder pingüinos!"... ¡Y quién lo dijera! ¡Quién lo creyera!

Reía con risa estruendosa, y luego de un silencio cambiaba de registro

—Bromas aparte, ¿no te ha sorprendido lo que te pasa?

—En absoluto —respondió Chatillón.

Y el leal Volcanmoule, al irse, dio un portazo.

Chatillón había alquilado un pequeño entresuelo interior para recibir a la vizcondesa Oliva, en el número 18 de la calle de Juan Talpa. Veíanse a diario. La amaba con locura. En su existencia marcial y neptuniana gozó a multitud de mujeres rojas, negras, amarillas o blancas, algunas de ellas hermosísimas; pero hasta conocer a la vizcondesa no supo lo que vale una mujer. Cuando le llamaba "su amigo, su dulce amigo", sentíase transportado a los cielos, y le parecía que las estrellas le coronaban.

Acudía siempre la vizcondesa con algún retraso, dejaba su bolsa en el sofá, y decía de manera humilde:

—Con tu permiso, me sentaré sobre tus rodillas.

En su conversación seguía las inspiraciones del piadoso Agaric, y entre besos y suspiros le pedía la separación de un oficial o el mando para otro.

Y exclamaba oportunamente:

—¡Qué juvenil y brioso eres, amigo mío!

Chatillón no dejaba jamás de complacerla. Su carácter no poseía doblez, porque quería ceñir la espada de condestable y recibir una rica dotación, porque le halagaba jugar con dos barajas, porque alentó la vaga idea de redimir la Pingüinia y porque se había enamorado.

Aquella deliciosa hembra le obligó a desguarnecer de tropas el puerto de La Crique, donde debía desembarcar Crucho. Así evitaban impedimentos a la entrada del príncipe en Pingüinia.

El piadoso Agaric organizaba reuniones públicas en pos de que no decreciera la agitación. Los dracófilos celebraban cada día dos o tres en cada uno de los treinta y seis distritos de Alca y, con preferencia, en los barrios populares. Se proponían conquistar a las gentes humildes, que son las más numerosas. El 4 de mayo hubo una importante reunión en el antiguo mercado de granos, en el centro de un barrio populoso, pródigo en mujeres sentadas con tranquilidad a las puertas y en niños que juegan en las calles. Se habían congregado allí, en opinión de los republicanos, dos mil personas, y seis mil, a juzgar por lo que decían los dracófilos. Se encontraba entre los concurrentes lo más selecto de la sociedad pingüina: el príncipe y la princesa de los Boscenos, el conde de Clena, el señor de la Trumelle, Bigourd y algunas opulentas damas israelitas. El generalísimo de los ejércitos nacionales se hizo presente de uniforme y fue aclamado. Constituyeron trabajosamente la mesa. Un obrero que discurría de modo adecuado, llamado Rauchin, secretario de los sindicatos amarillos, ocupó la presidencia entre el conde de Clena y el carnicero Michaul. En varios y elocuentes discursos el régimen libremente implantado en Pingüinia recibió duros ultrajes. Contra el presidente Formose nada se dijo. Tampoco se trató de Crucho ni de los curas.

La discusión era libre. Un defensor del Estado moderno, republicano, de profesión manual, ascendió a la tribuna.

—Señores —dijo el presidente Rauchin—, hemos anunciado una discusión libre y respetaremos todas las tendencias de los oradores. En esto, como en todo, nuestra honradez es mayor que la de nuestros contrarios. Concedo la palabra a un enemigo. ¡Sabe Dios lo que vamos a escuchar! Os agradeceré que dominéis lo más posible vuestro desprecio, vuestra repugnancia y vuestra indignación.

—Señores —dijo el orador.

Y sin darle tiempo a que pronunciase la segunda palabra, lo derribaron, lo pisotearon y arrojaron fuera de la sala su desfigurado cuerpo.

Rugían aún los iracundos cuando el conde de Clena, ascendió a la tribuna. Al clamor indignado sucedieron las aclamaciones entusiastas, y cuando el silencio se restableció, el orador dijo:

—Camaradas, vamos a ver si tenéis aún sangre en las venas. Se trata de acogotar, destripar y exterminar a los republicanos.

Este discurso desencadenó una tormenta de estruendosos aplausos, y en el viejo cobertizo agitado surgió un polvillo desprendido de los muros sórdidos y de las vigas carcomidas, que envolvía a los concurrentes en acres y oscuras nubes.

Se votó la orden del día, en la que se despreció al Gobierno y se aclamó a Chatillón. Salieron todos entonando el libertador himno: "Nuestra esperanza es Chatillón".

El viejo mercado sólo tenía salida por una larga calle lodosa y formada por cocheras de ómnibus y almacenes de carbón. La noche era oscura y caía una llovizna glacial. La Policía, que cerraba el paso al final de la calle, obligaba a los dracófilos a disolver la manifestación en pequeños grupos, de acuerdo a la consigna de su jefe, decidido a quebrantar el esfuerzo de una multitud delirante.

Los dracófilos, detenidos en la calle, cantaban: "Nuestra esperanza es Chatillón"; pero impacientados finalmente por aquella morosidad, cuya causa desconocían, empezaron a empujar a los de delante. Aquel movimiento repercutió de un extremo a otro en la masa humana e impulsó a los policías, que no sentían odio alguno contra los dracófilos; pero es natural resistir la agresión y oponer la violencia a la violencia. Los hombres vigorosos tienen propensión a servirse de su vigor. Por esta razón, los policías recibieron a puntapiés a los dracófilos, y el retroceso generó sacudidas bruscas. Las amenazas y los insultos se mezclaron a los cánticos. —¡Asesinos, asesinos! "Nuestra esperanza es Chatillón"... ¡Asesinos, asesinos!... Y en la calle sórdida: "¡No empujar!", gritaban los prudentes. Entre éstos, erguíase tranquilo, inquebrantable, risueño, el príncipe de los Boscenos, que dominaba con su gigantesca estatura la multitud apretada, y entre miembros magullados y costillas hundidas sobresalían sus anchos hombros y su pecho robusto. Esperaba con tranquilidad indulgente. Parte de aquella multitud se había filtrado entre los policías, y en torno del príncipe; los codos se clavaban en los pechos con menos violencia, y los pulmones comenzaban a respirar.

—Ya veréis cómo saldremos al fin, con paciencia —dijo el hercúleo gigante. Sacó un cigarro de su petaca, se lo llevó a la boca y lo encendió. A la repentina claridad del fósforo descubrió a su esposa, la princesa Ana, desfallecida entre los brazos del conde de Clena. Elevó el bastón y lo dejó caer varias veces sobre ambos y sobre las personas que los rodeaban. Costó mucho esfuerzo contenerle; pero fue imposible alejarlo de su adversario. Y mientras la princesa, desmayada, pasaba de brazo en brazo, a través de la muchedumbre, conmovida y curiosa, hasta llegar a su coche, los dos hombres luchaban con furia. El príncipe de los Boscenos extravió el sombrero, sus anteojos, su cigarro, su corbata, su cartera repleta de cartas íntimas y de correspondencia monárquica; perdió hasta las medallas milagrosas que le había obsequiado el bondadoso padre Cornamuse; pero propinó en el vientre de su rival un golpe tan horroroso, que el desdichado se coló entre los hierros de una reja y atravesó con la cabeza la mampara de cristales de un almacén de carbones.

Atraídos por el ruido de la pelea y los clamores de los presentes, los policías acudieron a sujetar al príncipe, que opuso una resistencia furiosa. Dejó a tres pataleando en el suelo, hizo huir a siete con la mandíbula rota, el labio hendido, la nariz ensangrentada, el cráneo abierto, la oreja desprendida, la clavícula dislocada, las costillas deshechas; pero finalmente cayó y lo condujeron, ensangrentado y con el traje hecho jirones, a la comisaría más cercana, donde pasó la noche triscando y gritando. Grupos de manifestantes recorrieron la ciudad hasta la salida del sol. Cantaban: "Nuestra esperanza es Chatillón", y rompían cristales en las casas habitadas por los ministros de la Cosa Pública.

Capítulo VI

La caída del Almirante

Aquella noche marcó el punto máximo del movimiento dracófilo. No nesitaban de su victoria los monárquicos. El príncipe Crucho recibió abundantes felicitaciones telegráficas. Las damas le bordaron banderas y zapatillas. El señor Plume había hallado el caballo verde. El piadoso Agaric compartía la común esperanza, y trabajaba sin reposo en pos de reunir partidarios al pretendiente.

—Debemos ahondar hasta las capas más profundas.

Guiado por este objetivo, se acercó a tres Sindicatos obreros. Los artesanos ya no vivían, como en la época de los Dracónidas, bajo el régimen de las corporaciones. Eran libres, pero sin tener el jornal asegurado. Luego de mantenerse aislados unos de otros, sin ayuda y sin apoyo, se habían constituido en Sindicatos. Como los sindicados no tenían costumbre de abonar su cuota, al principio las cajas estuvieron vacías. Había Sindicatos de treinta mil miembros, los había de mil, de quinientos y de doscientos. Algunos contaban sólo con dos o tres adheridos, y como no se publicaban las listas, no era fácil diferenciar los grandes Sindicatos de los pequeños.

Luego de complicadas y oscuras gestiones, el piadoso Agaric se puso en contacto, en una sala del Moulin de la Galette, con los camaradas Dagoberto, Tronco y Balafilla, secretarios de tres Sindicatos, el primero de los cuales tenía catorce miembros, el segundo venticuatro y el tercero uno solo. Agaric desplegó en aquella entrevista una habilidad extrema.

—Señores —les dijo—, en muchos conceptos no profesamos vosotros y yo las mismas ideas políticas y sociales, pero en algo podríamos entendernos ante el enemigo común, el Gobierno, que os explota y se burla de vosotros. Si nos ayudarais a derribarlo, además de proporcionaros medios para conseguirlo, os quedaríamos agradecidos.

—Entendido. ¡Venga el dinero! —dijo Dagoberto.

El reverendo padre dejó sobre la mesa un pequeño saco que le había proporcionado, con lágrimas en los ojos, el destilador de Conils.

—¡Enterados! —dijeron los otros dos—. ¡Chóquela!

Y de esa forma quedó sellado aquel solemne pacto. En cuanto el fraile se alejó, satisfecho de haber atraído a su causa las masas profundas, Dagoberto, Balafilla y Tronco llamaron con un silbido a sus mujeres, Amelia, Reina y Matilde, que esperaban la señal de plantón en la calle, y los seis danzaron y cantaron en torno del saco: "Aunque nos cubras bien el riñón, no ayudaremos a Chatillón, fraile frailuco, fraile frailón".

A lo largo de la noche pasearon de tasca en tasca el nuevo cantar. Sin duda gustó, porque los agentes de la Policía secreta observaron que de día en día eran más los obreros que cantaban en los arrabales: "Aunque nos cubras bien el riñón, no ayudaremos a Chatillón, fraile frailuco, fraile frailón".

El movimiento dracófilo no se había expandido a las provincias. El piadoso Agaric buscaba la causa sin poder hallarla, cuando el viejo Cornamuse se la reveló:

—He adquirido la prueba —suspiró el monje de Conils— de que el tesorero de los dracófilos, el duque de Ampoule, adquirió fincas en Marsuinia con los fondos reunidos para la propaganda.

Faltaba dinero para todo. El príncipe de los Boscenos, que había extraviado su cartera, veíase obligado a utilizar de recursos que repugnaban a su impetuoso carácter. La vizcondesa Oliva se hacía pagar bien. Cornamuse aconsejó que se redujeran las mensualidades de la señora.

—Es muy útil —insinuó el piadoso Agaric.

—No lo dudo —replicó Cornamuse—, pero nos arruina y compromete la causa. Un cisma desgarraba el dracofilismo. La desavenencia imperaba entre los consejeros. Unos deseaban que se adoptara la política de Bigourd y del piadoso Agaric, y se fingiera el objetivo de reformar la República. Otros, cansados por tan prolongado disimulo, resolvían proclamar la cresta del dragón y juraban vencer con esta enseña.

Estos alegaban la conveniencia de las situaciones claras y la imposibilidad de fingir durante largo tiempo. Por cierto, el público empezaba a ver la oculta tendencia de los sediciosos y entendía que los partidarios del almirante se proponían destruir hasta los cimientos de la Cosa Pública.

Se dijo que el príncipe desembarcaría en el puerto de La Crique para entrar en Alca sobre un caballo verde. Estos rumores exaltaron a los frailes fanáticos, alegraron a los aristócratas pobres, complacieron a las mujeres de los judíos opulentos y embargaron de esperanza el corazón de los tenderos humildes; pero muy pocos entre ellos se mostraban dispuestos a pagar los beneficios imaginados con una catástrofe social y con el quebranto del crédito público. Eran menos numerosos aún los que hubieran arriesgado en el asunto su dinero, su tranquilidad, su libertad o tan solo una hora de sus placeres. Por el contrario, los obreros se encontraban dispuestos, como siempre, a ceder un día de jornal a la República. En los arrabales se formaba una resistencia sorda.

—El pueblo está con nosotros —decía el piadoso Agaric. Pero a la salida del trabajo, los hombres, las mujeres y los niños aullaban: ¡Muera Chatillón! fraile frailuco, fraile frailón.

En cuanto al Gobierno, todavía mostraba la fragilidad, la indecisión, la indiferencia, la desidia, comunes a todos los Gobiernos y que solamente abandonan en pos de entregarse de forma ciega a la violencia. Tres frases lo definían: "El Gobierno no sabía nada". "El Gobierno no quería nada". "El Gobierno no podía nada". Hundido en su palacio presidencial, Formose se complacía en mostrarse ciego, mudo, sordo, enorme, invisible y encastillado en su orgullo. El vizconde Oliva aconsejaba que se hiciera un postrer llamamiento de fondos, y que se tanteara la rebelión mientras todavía hervía el espíritu público. Un Comité ejecutivo, nombrado por sí mismo, tomó la decisión de disolver la Cámara de Diputados y estudió los medios y los recursos. Se fijó una fecha: el 28 de julio. El sol brillaba espléndido. Frente al palacio legislativo las mujeres pasaban con sus cestas. Los vendedores ambulantes pregonaban los melocotones, las peras y las uvas, y los caballos de los alquilones, con el hocico introducido en el morral, trituraban el pienso. Nadie esperaba nada, no porque la intentona fuera un secreto, sino porque la noticia resultaba inverosímil. Nadie creía posible una revolución, de donde se deduce que nadie la anhelaba. A las dos empezaron a entrar diputados, pocos, inadvertidos, por el postigo del palacio. A las tres se formaron algunos grupos de hombres desalineados. A las tres y media, compactas multitudes desembocaron por las calles adyacentes y se desperdigaron por la plaza le la Revolución, que pronto estuvo totalmente invadida por un océano de blandos sombreros. Y la masa de manifestantes, acrecida sin cesar por los curiosos, cruzó el puente amenazadora cual oleaje tempestuoso. Voces, rugidos, cánticos, turbaron la calma del ambiente sereno. "¡Viva Chatillón! ¡Mueran los diputados! ¡Abajo la República!" El batallón sagrado de los dracófilos, conducido por el príncipe de los Boscenos, entonaba el cántico augusto: "¡Loor a Crucho, siempre valiente, desde la cuna sabio y prudente!"

El absoluto silencio en que yacía el edificio y la ausencia de guardias, a un tiempo animaba y contenía a la multitud. De repente, una voz formidable gritó:

—¡Al asalto!

Y se vio la gigantesca forma del príncipe de los Boscenos erguida sobre el muro que servía de zócalo a la verja formada por lanzas y alcachofas de hierro. Detrás de él avanzaron sus amigos, y el pueblo los siguió. Unos trataron de abrir boquetes en el muro, y otros, que pusieron empeño en arrancar las alcachofas y las lanzas, lo lograron en algunos puntos. Varios invasores cabalgaban ya sobre el caballete del muro desmantelado. El príncipe de los Boscenos agitaba una inmensa bandera verde. De pronto la multitud vaciló y prorrumpió en dolorosas exclamaciones. La guardia de policía y los coraceros de la República salieron a la vez por todas las puertas del palacio y formaron columna al pie del muro, que fue abandonado al instante. Pasado un interminable momento de angustia, se escucharon crujir las armas, y la guardia de policía, con bayoneta calada, cargó contra los sediciosos. Minutos después, sobre la plaza abandonada, cubierta de bastones y sombreros, reinó un siniestro silencio. Otras dos veces los dracófilos intentaron atacar, y las dos veces fueron rechazados. El motín estaba derrotado. Pero el príncipe de los Boscenos, en pie sobre el muro que rodea el palacio, sostenía la bandera y volteaba uno tras otro a cuantos pretendían aproximársele. Por fin perdió el equilibrio, se derrumbó sobre una alcachofa de hierro y quedó enganchado, sin abandonar el estandarte de los Dracónidas.

Al día siguiente de aquella jornada, los ministros de la República y los miembros del Parlamento resolvieron dictar enérgicas medidas. En vano el presidente Formose pretendió eludir responsabilidades: el Gobierno propuso la destitución del almirante como faccioso, enemigo del bien público, traidor, etc., etc. La noticia satisfizo a los compañeros de armas de Chatillón, envidiosos de su fortuna, que pocas horas antes aún le adulaban. Entre la burguesía el héroe conservaba su popularidad, y en los bulevares se escuchaba con frecuencia el himno libertador. Los ministros, preocupados, quisieron acusar a Chatillón ante el Tribunal Supremo, pero no sabían nada, no tenían pruebas, y permanecían en esa total ignorancia peculiar de los hombres. Sentíanse incapaces de formular contra Chatillón cargos importantes. Sólo aportaron a la acusación embustes ridículos de sus espías. La parte que había tomado en la confabulación y sus relaciones con el príncipe Crucho eran el secreto de treinta mil dracófilos. Los ministros y los diputados tenían sospechas, casi certidumbres, pero les faltaban comprobantes. El fiscal del Tribunal Supremo dijo al ministro de Justicia: "Con muy poco entablaría yo un proceso político, pero no tengo nada, y esto no es bastante". El asunto no prosperó. Los enemigos de la República se regocijaron.

El 18 de septiembre, por la mañana, circuló en Alca la noticia de que Chatillón había escapado. La sorpresa y la inquietud se apoderaron de todos. Dudaban, porque no lo entendían. Ocurrió de la siguiente manera: Un día que se encontraba, como por casualidad, en el despacho de Barbotán, ministro de Interior, el valiente vicealmirante Volcanmoule, dijo con su franqueza de costumbre:

—Señor Barbotán, vuestros colegas no me parecen muy avisados. Ese imbécil de Chatillón les infunde un temor de todos los demonios. El ministro, en señal negativa, hizo oscilar la plegadera que tenía en la mano.

—¿A qué ocultarlo? —replicó Volcanmoule—. No sabéis cómo libraros de Chatillón. No os atrevéis a acusarle ante el Tribunal Supremo porque no estáis seguros de reunir suficientes pruebas. Bigourd le defendería, y Bigourd es un abogado hábil... Hacéis bien, señor Barbotán. Obráis con cordura. Sería un proceso peligroso.

—¡Ay, amigo mío! —dijo el ministro en tono ligero— Si supierais qué poco nos preocupa... Recibo de mis prefectos informes que no dejan lugar al temor más leve. El buen sentido de los pingüinos es suficiente para juzgar las intrigas de un soldado rebelde. ¿Se puede suponer, ni un instante que un gran pueblo, un pueblo inteligente, trabajador, aferrado a las instituciones liberales...?

Volcanmoule interrumpió:

—¡Ah! Si yo estuviese de humor os sacaría de apuros, escamotearía a Chatillón como en un juego de cubiletes. De pronto, no le dejaría parar hasta Marsuinia.

El ministro afinó el oído.

—¡Es tan sencillo! —prosiguió el hombre de mar— En un santiamén os libraría de esa bestia... Pero en estos momentos tengo otras preocupaciones... He perdido una considerable cantidad al bacará. Necesito mucho dinero. El honor es ante todo. ¡Por vida del diablo!

El ministro y el vicealmirante se observaron con fijeza y silenciosamente. Luego, Barbotán dijo autoritario:

—Vicealmirante Volcanmoule, os ordeno que nos libréis de un soldado peligroso. La honra de la Pingüinia os lo exige, y el ministro de Interior os suministrará los recursos que necesitéis en pos de satisfacer vuestras deudas de juego.

Aquella misma noche, apenado y enigmático, Volcanmoule visitó a Chatillón.

—¿Por qué pones una cara tan afligida? — exclamó inquieto el almirante.

Y Volcanmoule dijo con lastimosa entereza:

—Camarada, ¡todo está descubierto! El Ministro ya tiene pruebas.

Chatillón desmayaba y Volcanmoule proseguía:

—Es probable que te prendan si no andas ligero. — Sacó el reloj y dijo—. No puedes perder ni un minuto.

—¿No contaré con el tiempo indispensable para despedirme de la vizcondesa Oliva?

—¡Sería una locura! —dijo Volcanmoule, al tiempo que le presentaba un pasaporte y unas gafas azules—. ¡Valor, amigo!

—¡Lo tendré!

—¡Adiós, camarada!

—¡Te debo la vida!

—Sí. No mereces menos.

Al cuarto de hora, el valeroso almirante escapaba de la ciudad de Alca.

Embarcó de noche en el puerto de La Crique. Un barco velero le llevaba a Marsuinia, pero a ocho millas de la costa fue apresado por un "aviso" que surcaba los mares con los fuegos apagados, amparado por el pabellón de las Islas Negras, cuya reina experimentaba por el gallardo almirante una pasión inacabable y fatal.

Capítulo VII

A modo de conclusión

Nunc est bibenduml. Liberado de sus miedos y satisfecho de haber huido de un gran peligro, el Gobierno resolvió celebrar con fiestas populares el aniversario de la regeneración pingüina y del advenimiento de la República. El presidente Formose, los ministros, los miembros de la Cámara y del Senado se encontraban presentes en la ceremonia. El generalísimo del ejército pingüino se hizo presente con uniforme de gala, y fue aclamado. Precedidas por la bandera negra de la miseria y por la bandera roja de la rebeldía, desfilaron las delegaciones obreras, indómitas y tutelares. El presidente, los ministros, los diputados, los magistrados, los empleados y los jefes del Ejército, en su nombre y en el del pueblo soberano, confirmaron el antiguo juramento de vivir libres o perecer. Era una alternativa que se impusieron de manera resuelta, pero preferían vivir libres. Hubo festejos, discursos y cánticos.

Al retirarse las representaciones del Estado, la multitud de los ciudadanos se dispersó tranquila y morosamente a los gritos: "¡Viva la República! ¡Viva la libertad! ¡Abajo los bonetes!"

Los periódicos sólo dieron cuenta de un lastimoso accidente en aquella jornada. El príncipe de los Boscenos fumaba de forma apacible un cigarro en la Pradera de la Reina cuando desfiló por allí la comitiva oficial. El príncipe se acercó al coche de los ministros y bramó con voz atronadora: "¡Muera la República!" Fue detenido de inmediato por los agentes de Policía, a los cuales opuso la más desesperada resistencia. Derribó algunos a sus pies y sucumbió por fin al número. Magullado, despellejado, amoratado, desfigurado, hasta el punto de no reconocerle su propia esposa, fue arrastrado por las calles, donde la gente cantaba y reía con alborozo, hasta una oscura prisión.

Los magistrados instruyeron con minuciosidad el proceso de Chatillón. Aparecieron en el despacho del almirante cartas reveladoras de los propósitos del reverendo padre Agaric. La opinión pública se desencadenó contra los frailes, y el Parlamento votó acto seguido una docena de leyes que restringían, disminuían, limitaban, precisaban, suprimían, menoscababan y cercenaban sus derechos, inmunidades, franquicias, privilegios y rentas, y les inventaban incapacidades múltiples y dirimentes. El reverendo padre Agaric llevó con entereza el rigor de las leyes –por las cuales quedaba atacado, alcanzado y lastimado de forma personal–, y la espantosa caída del almirante, fruto de sus manejos. Pero en lugar de someterse a la fortuna adversa, la contempló sereno como a una desconocida pasajera, y urdió nuevos planes políticos más osados que los anteriores. Cuando hubo madurado lo suficiente sus proyectos, una mañana se fue al bosque de Conils. Un mirlo silbaba sobre la copa de un árbol; un erizo iba, con lentitud, de un lado al otro del sendero. Y, mientras Agaric avanzaba presuroso a paso largo, repetía confusas frases al compás de sus zancadas. Llegado al umbral del laboratorio, donde un industrioso fraile destiló durante muchos años prósperos el licor dorado de Santa Orberosa, vio el edificio solitario y la puerta cerrada. Se deslizó a lo largo de la tapia y halló en la parte posterior al venerable Cornamuse, que, con los hábitos recogidos, se encaramaba por una escalera apoyada en el muro.

–¿Sois vos, amigo mío? –le preguntó–. ¿Qué hacéis ahí?

–Ya lo veis –le respondió con voz endeble y mirada dolorosa–. ¡Entro en mi casa!

Sus pupilas rojas ya no semejaban el brillo triunfal del rubí; sus reflejos eran opacos y turbios. Su cara había perdido la plenitud de la felicidad. La brillantez de su cráneo ya no era el encanto de los ojos, porque una transpiración tenaz y manchones rojizos alternaban la inestimable perfección de su pulida superficie.

–No entiendo –dijo Agaric.

–Pues no es difícil de entender. Ahí tenéis las consecuencias de vuestra confabulación. Acosado por una multitud de leyes, eludí la mayoría, pero algunas me han herido. Estos hombres vengativos cerraron mi laboratorio y mis almacenes, confiscaron mis botellas, mis alambiques y mis retortas, sellaron mi puerta y para entrar he de hacerlo, como podéis ver, por la ventana. Difícilmente saco en alguna ocasión el jugo de las plantas, en secreto, con aparatos que los más humildes fabricantes de aguardiente despreciarían.

–Sufrís la persecución –dijo Agaric–. A todos nos alcanza.

El fraile de Conils se llevó una mano a su frente afligida.

–De sobra os lo anuncié, y no me atendisteis, hermano Agaric. Bien sabía yo que vuestro propósito era muy arriesgado.

–Nuestra derrota es pasajera –replicó de manera vivaz Agaric–. Depende sólo de causas accidentales y la originan puras contingencias. Chatillón era un imbécil y se ahogó en su propia ineptitud. Escuchadme, hermano Cornamuse: no debemos perder ni un momento para libertar al pueblo pingüino. Hay que liberarle de sus tiranos y de su propia locura. Restauraremos la cresta del dragón, restableceremos el antiguo régimen para honra de la Iglesia y exaltación de la santa fe católica. Chatillón era un auxiliar inconsciente y se nos ha roto entre las manos. Reemplacémosle por un apoyo verdadero y firme. Ya tengo escogido al hombre que destruiría la impía democracia. Es un personaje civil: es Gomoru. Los pingüinos le adoran. Ya traicionó a su partido por un plato de lentejas. ¡Un hombre así nos conviene! Mientras Agaric le decía esto, el fraile de Conils se introducía por la ventana y retiraba la escalera.

–¡Me lo temía! –respondió mientras asomaba la nariz entre los postigos entornados–. No pararéis hasta que nos echen a todos de esta bella, florida y suave tierra pingüina. Buenas noches. Que Dios os guarde.

Agaric, plantado al pie del muro, rogó a su compañero que le escuchara un momento:

–Entended mejor vuestros intereses, Cornamuse. La Pingüinia es nuestra. ¿Qué nos falta para conquistarla? Un esfuerzo, sólo un minúsculo esfuerzo... Un sacrificio pequeño, algún dinero y...

Sin escuchar más, el fraile de Conils retiró la nariz y cerró la ventana.

LIBRO VI

LOS TIEMPOS MODERNOS: EL PROCESO DE LOS OCHENTA MIL FARDOS DE FORRAJE

Capítulo I

El general Greatauk, duque de Skull

Poco después de la fuga del almirante, un judío de familia modesta, llamado Pyrot, deseoso de rozarse con personas aristocráticas y anheloso de servir a la patria, siguió una carrera militar. El ministro de la Guerra, Greatauk, duque de Skull, le tenía animosidad y le reprochaba su perseverancia, su nariz picuda, su vanidad, su aplicación, sus labios gruesos y su disciplina inquebrantable. En cuanto se hacían averiguaciones con el objetivo de descubrir al autor de un desaguisado, Greatauk insinuaba:

—Debe de ser Pyrot.

Un día, el general Panther, jefe del Estado Mayor, enteró a Greatauk de un asunto grave. Habían desaparecido, sin que dejara el robo la menor huella, ochenta mil fardos de forraje. El general Greatauk clamó de inmediato:

—¡Sin duda, Pyrot las ha robado!

Se quedó pensativo unos instantes, y acto seguido agregó:

—Cuanto más lo pienso, más arraiga mi sospecha, mi certeza. No hay duda: Pyrot ha robado esos ochenta mil fardos de forraje. Se ve su mano en este negocio. Las ha vendido muy baratas a nuestros encarnizados enemigos, los marsuinos. ¡Infame traición!

—Es verdad —dijo Panther—. Sólo falta probarlo.

Aquella tarde, al pasar frente al cuartel de caballería, el príncipe de los Boscenos escuchó cantar a unos coraceros que barrían el patio: Boscenos es un cerdo, con el que haremos jamones, embuchados y salchichas para que coman los pobres.

Le pareció contrario a la disciplina que dos reclutas de servicio entonaran una canción, doméstica y revolucionaria a la vez, que los obreros guasones vocearan en los días de motín. Lamentó con aquel motivo la decadencia moral del Ejército, y sonrió con amargura al meditar que su antiguo camarada Greatauk, jefe superior de la milicia, la instruía en vilezas inspiradas por los rencores de un Gobierno antipático. Se prometió restablecer la moralidad en el más breve plazo y dijo para sí: "A ese granuja de Greatauk no le durará mucho el ministerio".

Era el príncipe de los Boscenos el adversario más irreconciliable de la democracia moderna, del pensamiento libre y del régimen que los pingüinos implantaron por su propia voluntad.

Profesaba un odio implacable y leal contra los judíos, y trabajaba en público y en secreto, noche y día, para restaurar la sangre de los Dracónidas. Las complicaciones de sus asuntos particulares, cuya situación empeoraba de hora en hora, enardecían más y más su apasionado monarquismo, y sólo se veía libre de preocupaciones pecuniarias cuando el descendiente de Draco el Grande fuese aclamado en Alca para ocupar el trono de Pingüinia. Arribado a su hotel, sacó el príncipe de su caja de caudales, donde sólo había papeles viejos, un paquete de cartas, correspondencia particular muy secreta que le consiguió años atrás un sirviente desleal, donde se probaba que Greatauk, duque de Skull, había comerciado ilegalmente con las provisiones del Ejército y aceptado de un industrial, cuyo nombre era Maloury, una pequeña retribución acaso más vergonzosa, precisamente, por su insignificancia.

El príncipe volvió a leer aquellas cartas con ávida curiosidad, las guardó nuevamente en la caja de valores y se encaminó hacia el ministerio de la Guerra. Estaba decidido. Al escuchar que el ministro no recibía, empujó a los porteros, derribó a los ordenanzas, pisoteó a los empleados civiles y militares, abrió a puñetazos las puertas y entró en el despacho de Greatauk. —Hablemos breve y claramente —le dijo—. Tú eres un viejo libertino, pero esto no me importa. Quise que le cortaras los vuelos al general Monchin, alma endemoniada de los republicanos, y te negaste a complacerme. Te solicité que dieras un mando al general Clapiers, amigo de los Dracónidas, con el cual me hallo obligado de manera personal, y te negaste a complacerme. Te imploré que relevaras al general Tandem, gobernador militar de Port–Alca, que luego de robarme cincuenta luises en el bacará me encarceló y me hizo comparecer ante el Tribunal Supremo como supuesto cómplice del almirante Chatillón, y te negaste a complacerme. Solicité los suministros de la avena y el salvado, y te negaste a complacerme. Aspiré a representar una misión secreta a Marsuinia, y te negaste a complacerme. No satisfecho con oponer a mis pretensiones una negativa invariable, me has presentado a tus colegas del gobierno como una persona peligrosa a quien conviene vigilar, y por tu culpa me veo siempre hostigado por la Policía. Ya nada te solicito y vengo solo a decirte una palabra: "¡Vete!" Se te conoce demasiado. Además, para reemplazarte impondremos a tu cochina Cosa Pública uno de los nuestros. Ya sabes que no hablo por hablar. Si en un plazo de veinticuatro horas no has presentado la renuncia, publicaré en los periódicos las cartas de tus negocios con Maloury.

Greatauk, reposado y sereno, le dijo:

–Tranquilízate, idiota. Precisamente acabo de planear un asunto importante. Meteremos en presidio un indio. Los Tribunales van a entendérselas con Pyrot, responsable del robo de ochenta mil fardos de forraje.

La furia del príncipe calmose con esta noticia.

–¿Es verdad?

–Es indudable.

–Te felicito, Greatauk. Pero como contigo siempre hay que tomar precauciones, publicaré hoy mismo lo que me dices. Esta misma noche todos los periódicos de Alca darán la noticia del encarcelamiento de Pyrot. Y masculló al tiempo que se alejaba:

–¡Pyrot! Siempre supuse que terminaría mal.

Un momento después, el general Panther se hacía presente en el despacho de Greatauk:

–Señor ministro, acabo de analizar el asunto de los ochenta mil fardos de forraje y no aparece prueba alguna contra Pyrot.

–Pues la Justicia exige una prueba contra el judío – respondió Greatauk. Ordenad el arresto de Pyrot.

Capítulo II

Pyrot

Toda la Pingüinia, horrorizada, se enteró del crimen de Pyrot. De forma simultánea sentíase una suerte de gozo al saberse que aquel hurto traidor, cercano al sacrilegio, había sido cometido por un judío. Para entender este sentimiento, hay que darse cuenta del estado de la opinión pública en lo que se refiere a los judíos más o menos opulentos.

Como ya tuvimos ocasión de decirlo en la presente historia, la casta de especuladores universalmente execrada y soberanamente poderosa, se hallaba conformada por cristianos y por judíos. Estos últimos que formaban parte de ella y contra los cuales dirigía el pueblo sus odios, eran los adinerados: tenían fortunas inmensas y detentaban, al decir de las gentes, más de un tercio del tesoro pingüino.

Aparte de esta casta temible, la multitud de los judíos de condición modesta era también odiosa, pero mucho menos temida. En todo Estado bien regido la riqueza es cosa sagrada y en las democracias es la única cosa sagrada. El Estado pingüino era democrático: tres o cuatro empresas monopolizadoras ejercían un poder mayor y, sobre todo, más efectivo y constante que los ministros de la República, a los cuales manejaban en forma secreta y les obligaban, por intimidación o por corrupción, a favorecerles en perjuicio del Estado, y cuando algún ministro se resistió le inutilizaron con miserables calumnias en la Prensa.

Estos manejos, efectuados mañosamente, se traslucían, empero, lo suficiente para indignar al país; pero los pingüinos burgueses, tanto los acaudalados como los modestos, concebidos y educados en el respeto al dinero y teniendo todos algo que guardar, poco o mucho, sentían con firmeza la solidaridad de los capitales, convencidos de que las fortunas humildes no están en peligro cuando las grandes se encuentran aseguradas. Tal convicción les posibilitaba respetar de igual modo los millones israelitas y los millones cristianos, y como en su espíritu privaba más el interés del lucro que la aversión de raza, no osaron tocar ni un solo cabello de los opulentos judíos execrados. Los demás judíos les resultaban indiferentes, y sólo cuando veían alguno caído lo pisoteaban.

Por esto la nación entera supo con implacable gozo que el traidor era un judío en el cual se podían vengar de todo Israel sin comprometer el crédito público.

Casi nadie dudó de que Pyrot hubiese robado los ochenta mil fardos de forraje. No se puso en duda, por ser en absoluto ignorado este negocio, y la duda necesita motivos, pues no es posible dudar sin causa como lo es creer sin ella. No se dudó, porque querían que Pyrot fuese culpable, y se cree con facilidad lo que se desea. No se dudó, porque la facultad de dudar no es común, sus gérmenes no se desarrollan sin cultura.

Por ser exquisita, extraña, inmoral, filosófica, trascendental, monstruosa, maliciosa, dañina a las personas y a los bienes, contraria a la organización de los Estados y a la prosperidad de los imperios, funesta a la Humanidad, destructora de los dioses, horror del cielo y de la tierra, la duda no arraigaba en la multitud de los pingüinos. Tenían fe en la culpabilidad de Pyrot y esta fe se convirtió pronto en uno de los principales artículos de sus creencias nacionales y en una de las verdades esenciales de su símbolo patriótico.

Pyrot fue juzgado en secreto, y fue condenado.

El general Panther informó de la finalización del proceso al ministro de la Guerra.

—Afortunadamente —dijo—, la certidumbre de los jueces reemplazó la ausencia de pruebas.

—¡Pruebas! —murmuró Greatauk—. ¡Pruebas! ¿Qué prueban las pruebas? No hay más que una prueba segura, irrefutable: la confesión del procesado. ¿Pyrot confesó?

—No, mi general.

—Confesará; debe hacerlo, Panther: es necesario decidirle a que lo haga. Decidle que le conviene. Prometedle que, si confiesa, obtendrá favores, reducción de la pena, indulto. Prometedle que si confiesa se le declarará inocente y hasta que le condecoraremos.

Despertad sus sentimientos honrados. Que confiese por patriotismo, por la bandera, por el orden, por el respeto a la jerarquía, por mandato especial del ministro de la Guerra, ¡militarmente!... Decidme, Panther: ¿es posible que todavía no haya confesado? Porque hay confesiones tácitas: el silencio es una confesión.

—Mi general, Pyrot no se calla. Vocifera como un energúmeno y grita que es inocente.

—Panther, las confesiones de un culpable resultan a veces de la vehemencia de sus negativas. Negar con desesperación es confesar. Pyrot ha confesado. Sólo faltan los testigos de sus confesiones. La Justicia lo exige.

Había en la Pingüinia occidental un puerto de mar llamado La Crique, formado por tres pequeñas ensenadas frecuentadas en otro tiempo por grandes navíos y al presente solitarias y arenosas. Extendíanse por la costa baja lagunas de aguas corruptas que desprendían un insoportable hedor, y la fiebre se cernía sobre las aguas adormecidas. Alzábase allí, a la orilla del mar, una torre cuadrada similar al antiguo "Campanile" de Venecia, en uno de cuyos costados y a una altura considerable, del extremo de una cadena sujeta a una viga transversal pendía un jaulón donde en tiempo de los Dracónidas encerraban los inquisidores de Alca a los sacerdotes heréticos. En aquel jaulón, olvidado durante trescientos años, fue metido Pyrot. Le vigilaban sesenta cabos de vara alojados en la torre, que no le perdían de vista ni un momento y anotaban sus palabras y sus movimientos en un informe minucioso que presentarían al ministro de la Guerra, porque Greatauk, escrupuloso y cauteloso, quería confesiones a todo trance. A pesar de su amplia reputación de imbécil, Greatauk era en realidad un hombre prudente y previsor.

Entretanto, Pyrot, calcinado por el sol, devorado por los mosquitos, empapado por la lluvia, el granizo y la nieve, yerto de frío, sacudido con furia por el huracán, obsesionado por los siniestros graznidos de los cuervos que se posaban sobre su jaulón, escribía su inocencia en jirones de camisa con un palillo de los dientes teñido en sangre. Aquellos trapos se hundían en el mar o eran recogidos por los carceleros. Algunos llegaron hasta el público, pero las protestas de Pyrot no convencían a nadie, porque ya se habían publicado sus confesiones.

Capítulo III

El Conde Maubec
de la Dentdulynx

Las costumbres de los judíos vulgares no siempre eran puras; frecuentemente se dejaban arrastrar por todos los vicios de la civilización cristiana y mantenían sólo de la edad patriarcal el respeto a los lazos de la familia, la adhesión a los intereses de la tribu. Los hermanos, los hermanastros, los tíos, los primos, sobrinos en todos los grados, de Pyrot en número de setecientos, abrumados por el dolor que afligía a uno de los suyos, se enclaustraron en sus casas, se cubrieron de ceniza y, bendiciendo la mano que los castigaba, durante cuarenta días guardaron un ayuno austero. Después se bañaron y resolvieron obtener, persiguiéndola sin reposo ni pausa, a costa de todas las fatigas y a través de todos los peligros, la demostración de una inocencia, de la cual no tenían dudas. ¿Cómo era posible que dudasen? La inocencia de Pyrot se les revelaba como se había revelado su crimen a la pingüinia cristiana; porque estas cosas que se mantienen ocultas revisten un carácter místico y toman la autoridad de las verdades religiosas.

Setecientos pyrotinos comenzaron a trabajar con tanto celo como prudencia, y en secreto efectuaron minuciosas investigaciones. Estaban en todas partes y no se los veía en parte alguna. Hubiérase dicho de ellos que, semejantes al piloto de Ulises, andaban con libertad por las entrañas de la tierra. Ingresaron en las oficinas del ministerio valiéndose de disfraces, sonsacaron a los jueces, a los escribanos y a los testigos del proceso. Entonces apareció la sabiduría de Greatauk: los testigos no sabían nada, los jueces y los escribanos tampoco. Algunos emisarios lograron llegar hasta Pyrot, y le interrogaron con ansias entre los interminables rugidos del mar y el ronco griterío de los cuervos. Todo fue inútil: tampoco el condenado sabía nada. Los setecientos pyrotinos no podían destruir las pruebas de la acusación, porque no podían conocerlas, y no podían conocerlas porque no existían. La culpabilidad de Pyrot era indestructible porque no era nada. Con legítimo orgullo, Greatauk, expresándose como verdadero artista, dijo en cierta ocasión al general Panther: "El proceso es una obra maestra: se hizo de la nada". Los setecientos pyrotinos se desesperaban, temerosos de que no lograrían esclarecer nunca aquel asunto tenebroso, cuando de repente descubrieron por una carta robada que los ochenta mil fardos de forraje jamás habían existido, que un aristócrata de los más eminentes, el conde Maubec, las vendió al Estado y recibió su importe, pero no las pudo entregar porque, descendiente de los más ricos propietarios rurales de la antigua Pingüinia, heredero de los Maubec de la Dentdulynx, propietarios en otro tiempo de cuatro ducados, sesenta condados, seiscientos doce marquesados, baronías y señoríos, no disponía de terrenos ni como la palma de la mano y era imposible que cortara un solo haz de forraje en sus dominios. Que algún propietario rural o algún comerciante le fiara ni una brizna era increíble, porque todo el mundo, con excepción de los ministros del Estado y los funcionarios del Gobierno, consideraba más fácil sacar aceite de una piedra que un céntimo del bolsillo de Maubec.

Los setecientos pyrotinos, luego de una minuciosa investigación acerca de los recursos monetarios del conde Maubec de la Dentdulynx, comprobaron que los ingresos principales de aquel aristócrata provenían de una casa donde señoras generosas daban dos jamones a cambio de una salchicha. Entonces le denunciaron públicamente como culpable de la desaparición de los ochenta mil fardos de forraje, por cuya causa había sido condenado y enjaulado un inocente.

Maubec era de una familia ilustre emparentada con los Dracónidas, y nada es tan estimable para los demócratas como la nobleza de cuna. Maubec había servido en el Ejército, y los pingüinos, desde que todos eran soldados, amaban su Ejército hasta la veneración. Maubec había recibido en el campo de batalla una cruz, que es el símbolo del honor entre los pingüinos, más que la misma fidelidad marital. Toda la Pingüinia se declaró a favor de Maubec, y la voz popular exigió el castigo de los setecientos pyrotinos calumniadores.

Maubec era aristócrata, y desafió a los setecientos pyrotinos a espada, sable, pistola, carabina y bastón.

"Cerdos indecentes —les escribió en una famosa carta—, crucificasteis a mi Dios y ahora queréis mi pellejo. Os prevengo que no seré tan dócil como Cristo, que os cortaré vuestras mil cuatrocientas orejas. Recibid la puntera de mi bota en vuestros setecientos traseros".

El jefe del Gobierno era entonces un campesino llamado Chorrodemiel, hombre de mucha blandura para con los ricos y los poderosos, férreo para con las pobres gentes, pusilánime y desconocedor de cuanto no fuera su conveniencia particular. Por una declaración pública garantizó la virtud y el honor de Maubec y denunció ante los Tribunales a los setecientos pyrotinos, que fueron condenados como difamadores a penas aflictivas, a enormes multas y a los daños y perjuicios que reclamaba su víctima inocente.

Todo hacía suponer que Pyrot no se vería jamás libre del jaulón sobre el cual se posaban los cuervos. Pero los pingüinos insistieron en que se probara la culpabilidad del judío, al ver que de las pruebas alegadas algunas eran inciertas y otras contradictorias. Varios oficiales del Estado Mayor demostraban mucho interés, y otros ausencia de prudencia. Mientras Greatauk guardaba un silencio digno de admiración, el general Panther publicaba cada mañana en los periódicos la culpabilidad del condenado. Mejor hubiera hecho en callarse: no hay demostración de lo evidente. Tantos razonamientos trastornaban las inteligencias. La fe, siempre viva, dejó de ser firme y serena. Cuantas más pruebas daban a la multitud, más pruebas solicitaba.

Pero el peligro de probar demasiado no fuera grande a no haber en Pingüinia, como en todo el mundo, cerebros dispuestos para el libre examen, capaces de aclarar un asunto difícil y proclives a la duda filosófica. No abundaban, no estaban dispuestos a hablar ni el público preparado para escucharlos. Los judíos opulentos, los millonarios israelitas de Alca, decían, cuando se les hablaba de Pyrot: "No lo conocemos", pero se preocupaban por salvarle. Mantenían la prudencia inherente a su fortuna con la esperanza de que otros fuesen menos tímidos. Su deseo tenía que cumplirse.

Capítulo IV

Colombán

Algunas semanas después de la condena de los setecientos pyrotinos, un hombrecito miope, ceñudo, muy barbudo, salió una mañana de su casa con un balde de engrudo, una escalera y un rollo de carteles. Recorría las calles y fijaba en las fachadas carteles donde se leía impreso con letras grandes:

PYROT ES INOCENTE. MAUBEC ES CULPABLE

No era su oficio el de fijador de pasquines. Se llamaba Colombán. Autor de ciento sesenta volúmenes de sociología pingüina, se contaba entre los más laboriosos y los más estimados escritores de Alca. Luego de haberlo reflexionado con minuciosidad, seguro de la inocencia de Pyrot, la publicó de la forma que juzgaba más ruidosa. Puso con calma algunos pasquines en las calles poco transitadas, pero al llegar a los barrios populosos, cada vez que se subía a la escalera los transeúntes, apiñados a su alrededor, mudos de sorpresa y de indignación, le dirigían miradas amenazadoras, que resistía gracias a la calma inherente a su valor y a su miopía. En cuanto volvía la espalda, los porteros y los tenderos arrancaban sus carteles, y continuaba cargado con todos sus artefactos entre la curiosidad y la admiración de los muchachuelos, que, con su cestilla al brazo y su cartera al hombro, no se apresuraban por llegar a la escuela. Fijaba sus carteles con obstinación. A las insinuaciones mudas sucedieron las protestas y los murmullos, pero Colombán no se dignó ver ni escuchar nada. Cuando se paró en la embocadura de la calle de Santa Orberosa para fijar uno de los papeles que llevaba impreso:

PYROT ES INOCENTE. MAUBEC ES CULPABLE

La muchedumbre, amotinada, mostró signos de la más violenta cólera. "¡Traidor!... ¡Ladrón!... ¡Bandido!... ¡Canalla!", le gritaron. Una mujer abrió la ventana y le vació el cajón de la basura sobre la cabeza. Un cochero le arrebató de un latigazo el sombrero, que fue a parar al otro lado de la calle, entre las aclamaciones de la multitud vengadora. Un mozo de carnicería empujó la escalera y le tumbó con su balde de engrudo, su brocha y sus carteles. Los pingüinos, enorgullecidos, al verle rodar por el suelo experimentaron la grandeza de la patria. Colombán se incorporó rebozado en inmundicias, lisiado en un codo y en un pie, calmo y resuelto.

—Imbéciles —murmuró encogiéndose de hombros. Y se puso en cuatro manos para buscar los anteojos, que se le habían perdido al caer. Entonces se vio que su levita estaba desgarrada desde el cuello hasta los faldones y su pantalón abierto en la parte trasera. Eso aumentó la animadversión de la multitud.

En la vereda de enfrente se abría el bien provisto Colmado de Santa Orberosa. Los patriotas tomaron de los escaparates cuanto había y arrojaron contra Colombán naranjas, limones, tarros de dulce, libras de chocolate, botellas de licor, y latas de sardinas y saquitos de judías. Cubierto de sustancias alimenticias, golpeado y desgarrado, rengo y ciego, se decidió a escapar, perseguido por los aprendices de los talleres, los mancebos de las tiendas, los vagabundos, los burgueses, los golfos, cuyo número aumentaba de minuto en minuto. Rugían todos: "¡Al agua! ¡Muera el traidor! ¡Al agua!", y aquella multitud de torpeza humana despeñada por los bulevares se detuvo finalmente en la calle de San Mael. La Policía cumplió con su deber. Por todas las bocacalles llegaban agentes que, con la mano izquierda en la vaina del sable, corrían para ponerse a la cabeza de los perseguidores. Alargaban ya sus enormes brazos hacia Colombán cuando se les escapó de repente, sumergido en una alcantarilla.

Allí pasó la noche sentado en la oscuridad junto a las aguas fangosas. Entre inmundas ratas meditaba sus propósitos. Su generoso corazón rebosaba energía y piedad. Cuando el alba le acarició con sus luces pálidas, se incorporó y dijo: "Preveo que la batalla será dura".

Después redactó un escrito, donde exponía con claridad que

Pyrot no pudo robar al ministerio de la Guerra ochenta mil fardos de forraje que no habían existido, puesto que Maubec las cobró sin llegar a entregarlas. Colombán hizo repartir aquellas hojas por las calles de Alca. El populacho se negó a leerlas y las rompió con cólera. Los tenderos amenazaban con el puño a los repartidores, que escapaban perseguidos por los escobazos de las furias familiares. Se exaltaron más y más, y la efervescencia duró el día entero. Durante la noche grupos de hombres mal encarados y harapientos recorrían las calles y gritaban:

—¡Muera Colombán!

Algunos patriotas arrebataron a los repartidores los paquetes de impresos para incinerarlos en las plazas públicas, y danzaron en torno de aquellas hogueras, locos de alegría, con mozas que se recogían las faldas hasta el vientre. Los más apasionados fueron a romper los cristales de la casa donde vivía Colombán del fruto de sus labores desde cuarenta años atrás, en una calma y una placidez inmensas.

Las Cámaras se estremecieron y preguntaron al presidente de la República qué medidas pensaba tomar en pos de reprimir los odiosos atentados cometidos por Colombán contra el honor del Ejército y la tranquilidad de la Pingüinia.

Chorrodemiel condenó la audacia impía de Colombán, y dijo, entre los aplausos de los legisladores, que aquel hombre sería conducido ante los Tribunales para responder de su miserable panfleto.

El ministro de la Guerra, llamado a la tribuna, compareció transfigurado. No tenía, como antes, la apariencia de una oca sagrada de las ciudades pingüinas: erizado, con el cuello extendido, amenazador, parecía el buitre simbólico agarrado al hígado de los enemigos de la patria. Entre el augusto silencio de la Asamblea, tan solo pronunció esta lapidaria frase:

—Juro que Pyrot es un bandido.

Y su categórica aclaración bastó, al propagarse por toda la Pingüinia, para tranquilizar la conciencia pública.

Capítulo V

Los reverendos padres Agaric y Cornamuse

Colombán soportaba, sorprendido y calmo, todo el peso de la reprobación general. Como no podía salir a la calle sin que le apedrearan, transcurría los días enclaustrado en casa y escribía, con una maravillosa obstinación, muchos trabajos en favor del inocente enjaulado. Entre su escaso número de lectores, algunos, cosa de una docena, seducidos por sus razonamientos, comenzaron a dudar de la culpabilidad de Pyrot y se pusieron como meta convencer a sus amigos para que se propagase la claridad que nacía en sus inteligencias. Uno de ellos tenía un trato cercano con Chorrodemiel, y al confiarle sus perplejidades aquel patriota le cerró la puerta de su casa. Otro solicitó en una carta abierta explicaciones al ministro de la Guerra. Otro, llamado Kardinac y tenido por el polemista más formidable, publicó un terrible panfleto. El público se quedó estupefacto. Se decía que los defensores del traidor estaban subvencionados por los judíos de dinero, se les zahirió con el nombre de "pyrotinos", y los patriotas juraron exterminarlos. En todo el territorio de la República había solamente mil o mil doscientos partidarios del enjaulado, pero la imaginación los adivinaba en todas partes, se temía tropezar con ellos en los paseos, en las asambleas, en las reuniones, en las fiestas mundanas, en las mesas familiares, en el lecho conyugal. Una mitad de la población desconfiaba de la otra mitad. La discordia exaltaba los ánimos en Alca.

El padre Agaric, director de un colegio de nobles, seguía los acontecimientos con ansiosa atención. Las calamidades de la Iglesia pingüina no le habían desalentado. Permanecía fiel al príncipe Crucho y continuaba abrigando la esperanza de restablecer sobre el trono de la Pingüinia al heredero de los Dracónidas. Le parecía que los sucesos desarrollados y los que se preparaban en el país, a la vez efecto y causa de la opinión enardecida, y las perturbaciones, su resultado inevitable: traídos y llevados con la prudencia profunda de un religioso podían quebrantar la República y predisponer la Pingüinia a la restauración del príncipe Crucho, cuya piedad prometía consuelo a los fieles. Se puso su ancho y negro sombrero y se encaminó por el bosque de Conils en dirección a la fábrica donde su venerable amigo el padre Cornamuse destilaba el licor higiénico de Santa Orberosa. La industria del buen fraile, tan maltratada con crueldad en tiempo del almirante Chatillón, resurgía de sus ruinas. Oíanse rodar a través del bosque los trenes de mercancías, y bajo los cobertizos algunos cientos de huérfanos con blusas azules empaquetaban botellas y llenaban cajas.

Agaric halló al venerable Cornamuse frente a sus hornos y entre sus vasijas. Las pupilas del viejo habían recobrado sus fulgores de rubí. El brillo de su cráneo era, como antes, precioso y suave. Agaric felicitó al piadoso destilador por la actividad que animaba nuevamente sus laboratorios y sus talleres.

—Los negocios prosperan, por lo cual doy gracias a Dios —respondió el viejo de Conils—. ¡Ay! La fábrica estaba muerta, hermano Agaric. Como fuisteis testigo de la ruina de mi establecimiento, no he de referírosla.

Agaric esquivó su mirada.

—El licor de Santa Orberosa —continuó Cornamuse— triunfa nuevamente pero mi industria es todavía incierta y frágil. Las leyes de ruina y desolación que la hirieron no han sido derogadas y sólo están suspendidas.

El religioso de Conils elevó al cielo sus pupilas de rubí. Agaric le colocó la mano sobre el hombro:

—¡Qué espectáculo, Cornamuse, nos ofrece la desventurada Pingüinia! ¡En todas partes la desobediencia, la independencia, la libertad! Vemos triunfantes a los orgullosos, a los soberbios, a los revolucionarios. Luego de haber desafiado las leyes divinas se vuelven contra las humanas; ¡tan cierto es que para ser un buen ciudadano es indispensable ser un buen cristiano! Colombán intenta imitar a Satán. Numerosos criminales siguen su funesto ejemplo, y anhelan, en su rabia, romper todos los frenos, quebrar todos los yugos, librarse de los lazos más sagrados, escapar a las obligaciones más saludables. Fustigan a su patria con el propósito de someterla, pero sucumbirán bajo la animosidad, la vituperación, la indignación, la execración y la abominación pública. Tal es el abismo adonde les condujo la indiferencia, el libre pensamiento, el libre examen, la pretensión monstruosa de juzgar por sí mismos, de tener una opinión suya.

—Es indudable —replicó el padre Cornamuse inclinando la cabeza—. Pero en verdad os digo que las preocupaciones de mi negocio particular no me permiten atender a los de índole pública. Sé de forma vaga que se habla mucho de un tal Pyrot. Los unos afirman que es culpable, los otros aseguran que es inocente, y desconozco los motivos que impulsan a los unos y a los otros para que les preocupe tanto un asunto que nada les importa.

El piadoso Agaric preguntó ansioso:

—¿Dudáis del crimen de Pyrot?

—No dudo, estimado Agaric —respondió el fraile de Conils—, porque si dudase contravendría las leyes de mi país, que debemos respetar en tanto no se opongan a las leyes divinas. Pyrot es culpable, ya que le han condenado. Discutir su culpabilidad o su inocencia sería dudar de la justicia de los jueces, y me libraré mucho de hacerlo. Además fuera inútil, porque Pyrot está condenado. Si no está condenado porque sea culpable, resulta culpable por estar condenado, y viene a ser lo mismo. Creo en su culpabilidad, como debe creer todo buen ciudadano, y lo sostendré mientras la Justicia establecida me lo ordene, porque no es misión de los particulares, sino del juez, anunciar la inocencia de un condenado. La justicia humana es respetable hasta en los errores propios a su naturaleza falible y limitada. Sus errores nunca son irreparables; si los jueces no los reparan en la Tierra, Dios los reparará en el Cielo. Asimismo confío mucho en el general Greatauk, a quien supongo más inteligente que todos sus enemigos, aun cuando no lo parezca.

—Muy bien, amigo Cornamuse —exclamó el piadoso Agaric—. El proceso Pyrot, manejado hábilmente por nosotros con la ayuda de Dios y de los fondos indispensables, resultará muy fecundo en resultados benéficos. Desenmascarará los vicios de la República anticristiana e incitará a los pingüinos a restaurar el trono de los Dracónidas y los privilegios de la Iglesia. Más es necesario que el pueblo se convenza de que sus sacerdotes le acompañan en la lucha. Avancemos contra los enemigos del ejército, contra los insultadores de héroes, ¡y todo el mundo nos seguirá!

–Todo el mundo sería demasiado –murmuró, con la cabeza baja, el religioso de Conils–. Veo que los pingüinos tienen ansias de lucha. Si nos mezclamos en sus contiendas se reconciliarán a costa nuestra y pagaremos los platos rotos. Por lo cual, si queréis creerme, mi estimado Agaric, no mezcléis a la Iglesia en aventura semejante.

–Sabéis de mi energía, sabéis de mi prudencia. No comprometeré nada... Sólo espero que me proporcionéis los fondos indispensables para este negocio.

Cornamuse se resistió mucho a pagar los gastos de un empeño que no juzgaba conveniente. Agaric se mostró patético y terrible. Al fin cedió Cornamuse a los ruegos y a las amenazas, y arrastrando los pies, con la barba hundida en el pecho, ascendió a su austera celda, donde todo pregonaba la evangélica pobreza. En el muro enjalbegado tenía empotrada una caja de caudales cuyas ranuras ocultaba un ramo de boj. Al abrirla suspiró, y sacó un fajo de valores que ofreció al piadoso Agaric con mano trémula y sin alargar el brazo.

–No lo dudéis, mi estimado Cornamuse –dijo el clérigo aguerrido, mientras tomaba los papeles y los hundía en el bolsillo de su hábito–. Este proceso de Pyrot nos ha sido enviado por el Cielo para gloria y exaltación de la Iglesia pingüina.

–Quisiera que no os equivocarais –suspiró el fraile de Conils.

Y, solo ya en su laboratorio, observaba sus hornos y sus vasijas con los ojos enternecidos y con una inefable tristeza.

Capítulo VI

Los setecientos pyrotinos

Los setecientos pyrotinos inspiraban al público una creciente aversión. Diariamente en las calles de Alca eran apaleados dos o tres. Uno de ellos fue azotado en público; otro, arrojado al río; un tercero fue emplumado y paseado por los bulevares, entre una multitud bulliciosa; a otro le rompió la nariz un capitán de dragones. No se atrevían a presentarse en los casinos ni en los paseos, y se disfrazaban para ir a la Bolsa. En semejantes circunstancias el príncipe de los Boscenos juzgó urgente contener su audacia y refrenar su insolencia. Reunido con el conde de Clena, el señor de la Trumelle, el vizconde Oliva y Bigourd, fundaron la importante Liga de los Antipyrotinos, a la cual se adhirieron los ciudadanos por cientos de millares; los soldados, por compañías, por regimientos, por brigadas, por divisiones, por cuerpos de ejército; las ciudades enteras, los distritos, las provincias.

Por entonces el ministro de la Guerra comprobó no sin sorpresa, en el despacho del jefe de Estado Mayor, que la espaciosa habitación donde trabajaba el general Panther, cuyas paredes poco antes se encontraban desnudas, habíase revestido desde el piso al techo con estanterías profundas, habitadas por una multitud de carpetas de todas formas, de todos colores, hacinamiento improvisado y monstruoso que adquirió en pocos días las apariencias de un archivo secular.

—¿Qué es todo esto? —inquirió el ministro, asombrado.

—Pruebas contra Pyrot —respondió con patriótica satisfacción el general Panther—. Cuando le condenamos no teníamos ninguna, pero ahora, ya veis las que han aparecido.

Estaba abierta la puerta, y Greatauk vio pasar una larga fila de mozos cargados de papeles, y al ir hacia arriba, el ascensor gemía abrumado por el peso de los expedientes.

—Pero ¿qué traen aquí? –preguntó el general.

—Son nuevas pruebas contra Pyrot –dijo Panther.

—Las solicité a todos los cantones de Pingüinia, a todos los centros militares, a todas las cortes de Europa. Las encargué a todas las ciudades de América y de Australia, y a todas las factorías de África. Espero algunos paquetes de Bremen y un cargamento de Melbourne.

Panther dirigió al general una mirada tranquila, brillante como la de un héroe, al tiempo que Greatauk observaba el hacinamiento formidable de papeles con menos satisfacción que preocupación.

—Muy bien –dijo–, ¡me parece muy bien!, pero temo que se le quite al asunto Pyrot su sencillez encantadora. Era diáfano como el cristal de roca. Su mérito consistía en su transparencia. Hubiera sido en vano buscarle, ni con microscopio, la menor falla. Al salir de mis manos era puro como la luz: era todo luz. Os di una perla y me la convertisteis en una montaña. Temo que, por hacerlo demasiado bien, lo hayáis arruinado. ¡Pruebas! No dudo que sea bueno poseer pruebas, pero es mejor no tenerlas. Ya os dije, Panther, que sólo hay una prueba evidente: la confesión del culpable. De la forma que yo lo instruí, el proceso Pyrot no se prestaba de modo alguno a la crítica, no tenía un solo punto débil. Ahora da lugar a todo género de comentarios. Os aconsejo, Panther, que uséis de vuestras informaciones con reserva. Os agradeceré, muy especialmente, que moderéis vuestro trato con los periodistas. Habláis bien, pero habláis en demasía. Decidme, Panther: entre esas pruebas, ¿las habrá falsas?

Panther sonrió:

—Las hay amañadas.

—Eso pretendía deciros. Las amañadas son las mejores, las de mayor utilidad. Las pruebas falsas, generalmente, valen más que las verdaderas, porque se hicieron ex profeso para la causa y tienen la medida y la exactitud convenientes. Son preferibles también porque transportan los espíritus a un mundo ideal, los apartan de la realidad, que en este mísero mundo siempre es engañosa... De todos modos, preferiría que no hubiera pruebas.

El acto inicial de la Liga de los Antipyrotinos fue invitar al Gobierno a que denunciara de inmediato ante un alto Tribunal, como culpables de traición, a los setecientos pyrotinos y a sus cómplices. El príncipe de los Boscenos, encargado de mantener la acusación en nombre de la Liga, se hizo presente ante el Consejo, congregado para recibirle, y puso de manifiesto su deseo de que la previsión y la firmeza del Gobierno estuviesen a la altura de las circunstancias. Estrechó la mano a cada uno de los ministros, y al acercarse al general Greatauk le dijo al oído:

—Si no andas muy derecho, canalla, publicaré las cartas de Maloury.

Unos días después, por voto unánime de las Cámaras, emitido a propósito de un proyecto favorable del Gobierno, fue reconocida como de utilidad pública la Liga de Antipyrotinos.

De forma inmediata la Liga envió al castillo de Chitterling, en Marsuinia, donde Crucho comía el amargo pan del destierro, una delegación encargada de ratificar al príncipe el respeto y la sumisión de los asociados antipyrotinos.

A pesar de todo, el número de los pyrotinos crecía: ya eran diez mil, y tenían en los bulevares sus cafés predilectos. Los patriotas tenían los suyos, más lujosos y amplios, y todas las tardes, de unas terrazas a otras, iban lanzados los vasos, las tazas, los ceniceros, las botellas, las sillas y las mesas. Los espejos caían hechos pedazos, la oscuridad confundía a los combatientes y rectificaba las diferencias de número, y las brigadas negras acababan la lucha pisoteando de manera indistinta con sus zapatones claveteados a los del uno y a los del otro bando.

En una de aquellas gloriosas noches, cuando el príncipe de los Boscenos, rodeado de varios patriotas, salía de un cafetín de moda, el señor de la Trumelle le señaló a un hombrecito con anteojos, barbudo, sin sombrero, con una sola manga en la levita, que se arrastraba de forma penosa sobre la calle, sembrada de fragmentos de los proyectiles improvisados en la última batalla.

—¡Mirad —le dijo—, es Colombán!

Además de mucha fuerza, el príncipe tenía mucha suavidad, y no poca mansedumbre, pero al oír el nombre de Colombán la sangre le hirvió, se dirigió al hombrecito de anteojos y lo derribó de un puñetazo en la nariz.

El señor de la Trumelle advirtió entonces que le había engañado una perversa semejanza, y el que supuso Colombán era el ilustre

Bazile, antiguo procurador, secretario de la Liga de los Antipyrotinos, ardiente y generoso patriota. El príncipe de los Boscenos disfrutaba de uno de esos caracteres antiguos que no se doblegan nunca, pero sabía reconocer sus errores.

–Ilustre Bazile –dijo al tiempo que se quitaba el sombrero–: os puse la mano en la cara, pero estoy seguro de que me excusaréis, más aún, me aprobaréis, me cumplimentaréis, me congratularéis y me felicitaréis en cuanto conozcáis la razón que me empujó, y no fue otra que haberos confundido con ese canalla de Colombán.

El ilustre Bazile se cubrió con el pañuelo la nariz ensangrentada, levantó el muñón de su brazo ausente y dijo con entereza:

–No, caballero; no me es posible felicitaros, ni congratularos, ni cumplimentaros, ni aprobaros, porque vuestra acción era por lo menos superflua. Más aún: era excesiva. Esta noche tres veces ya me habían confundido con el dichoso Colombán, tratándome sin duda como él se merece. Sobre mi cuerpo los patriotas ya le habían hundido las costillas y deshecho los riñones, y me parecía, caballero, más que suficiente. Apenas había finalizado su discurso cuando se acercó una multitud de pyrotinos, y engañados a su vez por la perversa semejanza, creyeron que los patriotas daban palos a Colombán, y se abalanzaron a garrotazo limpio con sus bastones de hierro y sus nervios de buey al príncipe de los Boscenos, y a sus compañeros los dejaron casi al borde la muerte y se apoderaron del procurador Bazile, a pesar de sus protestas indignadas, al grito de: "¡Viva Colombán!, ¡viva Pyrot!". Así le llevaron en triunfo a lo largo de los bulevares, hasta que la brigada negra que los perseguía consiguió rodearlos, apalearlos, arrastrarlos de manera indigna a la Comisaría, donde el procurador Bazile fue pisoteado una vez más en representación de Colombán.

Capítulo VII

Bidault–Coquille y Maniflora: Los socialistas

En tanto un huracán de cólera y de odios rugía en Alca, Eugenio Bidault–Coquille, el más pobre y el más feliz de los astrónomos, instalado en un viejo torreón del tiempo de los Dracónidas, contemplaba el cielo a través de un mal catalejo, y sorprendía fotográficamente sobre placas arruinadas el paso de los cometas. Su genio corregía los errores de los instrumentos, y su amor a la ciencia emergía victorioso de la depravación de los aparatos. Estudiaba con inextinguible pasión aerolitos, meteoros y bólidos, todos los fragmentos ardientes, la totalidad de las partículas inflamadas que surcaban con velocidad prodigiosa la atmósfera terrestre, y recogía en pago a sus trabajosos desvelos la indiferencia del público, la ingratitud del Estado y la animosidad de los centros científicos.

Obsesionado en los espacios celestes, ignoraba los sucesos ocurridos sobre la superficie de la Tierra, jamás leía periódicos, y al transitar por las calles abstraído en sus cálculos y averiguaciones siderales fue a parar en algunas ocasiones al estanque de un jardín público y otras veces cayó entre las ruedas de un ómnibus.

De muy elevada estatura y más elevados pensamientos, su estimación respetuosa de sí mismo y del prójimo se exteriorizaba en una fría cortesía, en una levita negra sumamente estrecha y en un sombrero de copa bajo el cual se mostraba un rostro demacrado y sublime. Comía en un fonducho modesto y abandonado ya por todos los clientes menos espiritualistas. Allí encontró sobre la mesa, una noche, la hoja de Colombán en defensa de Pyrot, y mientras cascaba unas nueces huecas, de repente, exaltado por la sorpresa, la admiración, el horror y la clemencia, olvidó la caída de los meteoros y la lluvia de estrellas, y vio tan solo la inocencia mecida por los huracanes en la jaula sobre la cual iban a posarse los cuervos.

Ya no le abandonó aquella imagen dolorosa, y pocos días más tarde, al salir del fonducho donde comía poseído por la sugestión del inocente condenado, vio una turba de ciudadanos que se precipitaban en un local cerrado, donde había una reunión pública.

Entró. La discusión era libre, los oradores vociferaban, se increpaban, se golpeaban y se agitaban cual furias en aquella atmósfera densa y fétida. Los pyrotinos y los antipyrotinos hablaban a su vez y eran aclamados o maltratados. Un ruidoso y desordenado entusiasmo enardecía la concurrencia. Con la audacia de los hombres tímidos y solitarios, Bidault– Coquille ascendió a la tribuna y habló tres cuartos de hora. Habló de prisa, de modo desordenado, pero se apasionó y mostró la honda convicción de un matemático místico. Resultó aclamado. Cuando descendía de la tribuna, una mujerona de edad indefinible, que lucía en su ancho sombrero heroicas plumas, se abrazó a él, le besó apasionada, y con solemne ardor le dijo:

–¡Eres incomparable!

Bidault–Coquille pensó, en su sencillez de sabio, que habría en todo aquello un ápice de verdad. Ella le declaró que sus ideales únicos eran la defensa de Pyrot y el culto de Colombán. El astrónomo la juzgó sublime y la creyó hermosa.

Se trataba de Maniflora, una prostituta vieja, pobre, olvidada, en desuso, y transformada súbitamente en patriota entusiasta. Ya no le abandonó. Juntos vivieron horas inimitables, en las buhardillas y en los aposentos amueblados, las redacciones de los periódicos y en las salas de reuniones y conferencias. Como el astrónomo se jactaba de idealista, porfiaba en suponerla adorable, aun cuando ella le dio francamente ocasión para que se diese cuenta de que no le quedaba ninguno de sus encantos, en ninguna parte de su persona y en ninguna forma, que sólo conservaba de sus floridos tiempos la convicción de ser agradable y un orgullo insolente para exigir complacencias. Sin embargo, hay que reconocerlo: el proceso Pyrot, fecundo en portentos, revestía de una cívica majestad a Maniflora, y en las reuniones populares la transformaban en un majestuoso símbolo de la Justicia y de la Verdad. A ningún antipyrotino, a ningún defensor de Greatauk, a ningún amigo del Ejército inspiraban el menor asomo de ironía ni de burla Bidault–Coquille y Maniflora. Las divinidades, en su ira, habían negado a aquellos hombres el precioso don de la sonrisa, y acusaban con gravedad a la cortesana y al astrónomo de espionaje, de traición, de conspirar contra la patria. Bidault–Couille y Maniflora se agitaban hundidos en la injuria, el ultraje y la calumnia.

Hacía muchos meses que la Pingüinia se encontraba dividida en dos campos, y, cosa que parece inverosímil, los socialistas no se habían decidido aún por ninguno de ellos. Sus agrupaciones comprendían casi todo lo que de labor manual había en su país: fuerza diseminada y confusa, pero formidable. El proceso Pyrot puso a los jefes de los principales grupos en un compromiso singular.

Les apetecía tan poco declararse partidarios de los banqueros como de los militares. Consideraban a los judíos opulentos, y a los demás, como irreductibles adversarios. No discutían sus principios en este negocio, que no afectaba por de pronto a sus intereses, pero en su mayoría percibían lo dificultoso que les era ya permanecer alejados de las luchas en que se complicaba la Pingüinia entera.

Los más caracterizados se congregaron en el domicilio de su federación, calle de la Cola del Diablo San Mael, en pos de tratar de la conducta que les convendría mantener en la situación presente y en las eventualidades futuras. El compañero Fénix tomó la palabra:

—Se ha cometido un crimen —dijo—, el más odioso y el más cobarde crimen que se pueda cometer: un crimen judicial. Jueces militares, obligados o engañados por sus superiores monárquicos, condenaron a un inocente a una pena infamante y cruel. No aleguéis que la víctima no es de los nuestros, que pertenece a una casta que fue siempre y será siempre nuestra enemiga. Nuestro partido es el partido de la justicia social, y la ignominia no puede dejarnos indiferente. ¡Qué vergüenza para nosotros si permitiéramos que un radical, Kerdanic, un burgués, Colombán, y algunos moderados republicanos, fuesen los únicos en perseguir los "crímenes del sable"! ¡Si la víctima no es de los nuestros, en cambio sus verdugos son los verdugos de nuestros hermanos, y Greatauk, antes de revolverse contra un militar, había fusilado a nuestros camaradas huelguistas! Compañeros, con un esfuerzo intelectual, moral y material libraréis a Pyrot del martirio, y al efectuar este acto generoso no os desviaréis de la misión libertadora y revolucionaria que asumisteis, porque Pyrot es ahora el símbolo del oprimido, y todas las inquietudes sociales se encadenan: al destruir una se quebrantan las demás. Cuando Fénix hubo terminado, el compañero Sapor dijo estas palabras:

—Os aconsejan que abandonéis vuestras labores en pos de realizar una tarea que no os concierne. ¿Por qué empeñarnos en una batalla cuyos dos bandos fueron y serán vuestros enemigos naturales e irreductibles? ¿Acaso aborrecéis menos a los banqueros que a los militares? ¿Qué intereses vais a salvar? ¿Los de los manipuladores de la Banca o los de los negociantes del Ejército? ¿Qué inepta y criminal generosidad os guiaría en socorro de los setecientos pyrotinos, a los que siempre habéis de hallar dispuestos contra vosotros en la guerra social? Os proponen que legalicéis la situación de vuestros enemigos y que restablezcáis el orden perturbado por sus crímenes. La generosidad, llevada a tal extremo, cambia de nombre. Camaradas, hay un límite donde la infamia es mortal para la sociedad. La burguesía pingüina se ahoga en su infamia y os solicita que la salvéis, que hagáis respirable la atmósfera que la rodea. Eso es burlarse de vosotros. Dejémosla que estalle, que muera. Presenciemos con asco y con alegría sus últimas convulsiones, y lamentemos que haya corrompido la tierra donde creció, hasta el punto de que para colocar los cimientos de una nueva sociedad sólo encontramos un lodo envenenado.

Al concluir Sapor su discurso, el camarada Lapersonne se limitó a expresar:

—Fénix nos aconseja que socorramos a Pyrot, y argumenta que Pyrot es inocente. Su argumento me parece muy endeble. Su inocencia demostraría que siempre cumplió a conciencia su oficio, cuya principal misión consiste en asesinar al pueblo, y no es motivo suficiente para que el pueblo lo defienda y lo salve. Cuando se demuestre que Pyrot es culpable y que, en efecto, robó el forraje de las provisiones militares, haré algo por él.

El camarada Larrivée tomó de inmediato la palabra:

—No soy del parecer de mi amigo Fénix, ni opino como Sapor. Nuestro partido no debe afiliarse a una causa por el hecho de aparecer como una causa justa. Adivino un desagradable abuso de palabras y un equívoco perjudicial, porque la justicia establecida no es la justicia revolucionaria. Son antagónicas: la una es servil y la otra rebelde. Yo prefiero la justicia revolucionaria a la justicia establecida, y por lo tanto, repruebo la abstención y digo que, cuando la suerte favorable os trae a las manos una cuestión como ésta, seríais unos tontos si no sacarais provecho de ella. ¿De qué manera? Se nos ofrece ocasión de propinar al militarismo golpes terribles, tal vez letales, y ¿pretendéis que me cruce de brazos? Camaradas, yo no soy un faquir, y no apoyaré jamás el partido de los faquires. Si aquí los hubiese, que no cuenten conmigo para nada. Mirarse el ombligo es una política estéril. Un partido como el nuestro debe afirmarse de forma constante, debe probar su existencia por una acción continuada. Intervendremos en el proceso Pyrot, pero intervendremos de modo revolucionario, ejerceremos una acción violenta... ¿Creéis, acaso, que la violencia es un procedimiento envejecido, una invención caduca y que merece ser arrinconada con los coches diligencias, las prensas a brazo y los telégrafos de señales? Si así pensarais, estaríais en un error. Hoy, como ayer, todo se obtiene por la violencia. Es una herramienta eficaz, pero hace falta saber utilizarla. ¿Cuál será nuestra acción? Voy a decíroslo: excitar a las clases directoras las unas contra las otras, azuzar a los banqueros con los militares, al Gobierno con la magistratura, a la nobleza y al clero con los judíos; impulsarlos, de ser posible, para que se maltraten, y esto se obtiene sosteniendo el estado de agitación que debilita el régimen como la fiebre agota al enfermo. El proceso Pyrot puede sernos útil para anticipar diez años el movimiento socialista y la emancipación del proletariado por el desarme, la huelga general y la revolución.

Luego de expresar los jefes del partido sus opiniones, se entabló un debate largo y vivaz. Como sucede siempre en tales casos, los oradores repetían los argumentos ya expuestos, con menos orden y medida que la primera vez. Disputaron. A nadie convenció la opinión ajena, y cada cual insistía en la suya; pero estas opiniones, en el fondo, se reducían a dos: la de Sapor y Lapersonne, que aconsejaban la abstención, y la de Fénix y Larrivée, que querían intervenir. Hasta esas dos opiniones contrarias se confundían en un odio común a la justicia militar y en una creencia compartida de que Pyrot era inocente. De esa manera, la opinión pública no se engañaba cuando veía en los jefes socialistas unos dañinos pyrotinos.

En cuanto a las masas obreras, en nombre de las cuales hablaban y a las cuales representaban como la palabra puede dar cuenta de lo indecible; en cuanto a los proletarios, en fin, cuyo pensamiento es tan difícil de conocer, que no se conoce a sí mismo, sin duda el proceso Pyrot no les interesaba.

Literario en exceso, con reminiscencias clásicas y un tufillo de elegante burguesía y de Banca poderosa, el asunto no pudo serles grato.

Capítulo VIII

El proceso Colombán

Al dar comienzo el proceso Colombán, los pyrotinos eran unos treinta mil. Desparramados por todas partes, los había hasta en el clero y en el ejército, pero les perjudicaba la adhesión complaciente de los judíos opulentos. Debían a su corto número muchas ventajas, y no era menor la de contar en sus filas menos imbéciles que en las de sus adversarios, donde proliferaban de un modo abrumador. Como conformaban una pequeña minoría, se ponían de acuerdo con facilidad, obraban de manera armónica y no sufrían la tentación de dividirse y contrariar sus esfuerzos. Cada uno se proponía cumplir mejor cuanto más aislado se hallaba, y todo les posibilitaba suponer que aumentarían las adhesiones, mientras que sus enemigos, apoyados desde luego en las multitudes, estaban más propensos a separarse.

Conducido ante el Tribunal, en audiencia pública, Colombán notó en seguida que sus jueces no eran nada curiosos. En cuanto abrió la boca, el presidente le mandó que se callara, y alegó para ello los altos intereses del Estado. Por idéntica razón, que es la razón suprema, sus testigos tampoco fueron escuchados. El general Panther, jefe del Estado Mayor, compareció de gran uniforme, con el pecho cubierto de infinitas condecoraciones, y declaró en estas palabras:

—El infame Colombán pretende que no poseemos pruebas contra Pyrot, y ha mentido: las tenemos. En los archivos de nuestras oficinas ocupan setecientos treinta y dos metros cuadrados, que a razón de quinientos kilos por metro suman trescientos sesenta y seis mil kilos.

Inmediatamente, con palabra elegante y fácil, procedió a realizar un resumen de aquellas pruebas.

—Las hay de todos los colores y de todos los matices —dijo en sustancia—. Las hay de todas formas y de todos tamaños, en papel de todas clases. La más pequeña posee menos de un milímetro cuadrado, y la mayor cuenta con sesenta metros de longitud por noventa centímetros de altura.

Estas revelaciones hicieron estremecer de espanto al auditorio.

Greatauk declaró a su vez. Más sencillo, pero tal vez más arrogante, vestía un traje gris y cruzaba sus manos a la espalda.

—Dejo —pronunció con calma y sin elevar mucho la voz—, dejo al señor Colombán la responsabilidad de un acto que colocó a nuestro país a dos dedos de la perdición. El proceso Pyrot era secreto y así debe continuar. Si se divulgara, las desdichas más crueles, guerras, saqueos, incendios, carnicerías, epidemias, asolarían la Pingüinia. Yo me juzgaría reo de alta traición si pronunciase una palabra más.

Algunas personas de acreditada experiencia política, entre las cuales figuraba Bigourd, juzgaron la declaración del ministro de la Guerra más hábil y más pertinente que la de su jefe de Estado Mayor.

El testimonio del coronel Boisjoli causó sensación:

—En un baile del ministerio de la Guerra —dijo—, el agregado militar de una potencia limítrofe me confesó que en las caballerizas de su monarca admiró un forraje blando, perfumado y de un verde precioso, como no lo había visto nunca. "¿De dónde proviene?", le pregunté. No quiso responderme, pero el origen de aquel forraje no era dudoso. Se trataba del forraje robado por Pyrot. Esas cualidades de verdor, de suavidad y de aroma son características de nuestro forraje nacional. El de la nación vecina es gris y quebradizo, cruje al ser arrastrado por la horquilla y huele sólo a polvo. ¡Qué juzgue cada uno conforme a su conciencia!

El teniente coronel Hastaing declaró, entre un clamor hostil, que no creía culpable a Pyrot. Inmediatamente detenido por los gendarmes, fue encerrado en un calabozo donde, alimentado con sapos, culebras y vidrio molido, se mantuvo insensible a las promesas y a las amenazas.

El ujier llamó:

—El conde Maubec de la Dentdulynx.

Entre un silencio absoluto avanzó un aristócrata magnífico y harapiento, cuyos bigotes amenazaban al cielo y cuyos ojos echaban fuego.

Se acercó a Colombán y lo miró con desprecio.

–Mi declaración –dijo–, se reduce a una sola palabra: ¡Mierda!

Su actitud arrancó al público una tormenta de entusiastas aplausos y generó uno de esos transportes que exaltan las almas y nos conducen a realizar extraordinarios empeños. Sin agregar más, el conde Maubec de la Dentdulynx se retiró.

Todos los presentes abandonaron la Sala para seguirle. Postrada a sus pies, la princesa de los Boscenos se le abrazó a los muslos con entusiasmo. Imperturbable y sombrío, avanzó bajo una lluvia de pañuelos y de flores. No fue posible desprender a la vizcondesa Oliva, que se agarró a su cuello; y el héroe la llevó flotando sobre el pecho, sin esforzarse, como llevaría una ligera banda.

Cuando se reanudó la audiencia que se había suspendido a causa de aquella declaración, el presidente dispuso luego que se presentaran los peritos.

El ilustre perito de escritura, Vermillard, expuso el resultado de sus investigaciones.

–Estudiados con minuciosidad –dijo– los papeles de Pyrot, y muy particularmente su cuaderno de gastos y la cuenta de la lavandera, reconocí que, bajo una apariencia vulgar, revelaban una criptografía incomprensible cuya clave adiviné, pese a todo. La infamia del traidor se hace presente en cada línea. En este artificio de su escritura, las palabras "tres cervezas y veinte francos para Adela" significan: "Entregué treinta mil fardos de forraje a la nación vecina". De acuerdo a esos documentos, pude averiguar la composición del forraje robado. Efectivamente: las palabras "camisas, camisetas, calzoncillos, pañuelos de sonar, cuellos, puños, tabaco", deben traducirse por "heno, trébol, alfalfa, pimpinela, avena, cizaña, grana de los prados". Y son éstas, precisamente, las hierbas olorosas que componen el aromático forraje servido por el conde Maubec a la Caballería pingüina. ¡Pyrot consignaba sus crímenes en una forma que creyó indescifrable! ¡Abruma tanta malicia y tanta inconsciencia!

Declarada su culpabilidad sin circunstancias atenuantes, Colombán fue condenado al máximo de la pena. Los jurados suscribieron de forma inmediata un recurso contra tan excesivo rigor.

En la plaza del Palacio de Justicia y en los muelles del río que acuñó doce siglos de historia pingüina, cincuenta mil personas esperaban impacientes y tumultuosas el resultado del proceso. Allí se agitaban los dignatarios de la Liga de Antipyrotinos, entre los cuales sobresalía el príncipe de los Boscenos junto al conde de Clena, el vizconde de Oliva y el señor de la Trumelle. A no mucha distancia aguantaban pacientemente los estrujones el reverendo padre Agaric, los profesores y alumnos del colegio de San Mael, el monje Douillard y el generalísimo Caragüel: ¡entre todos formaban un conjunto sublime!, y por el Puente Viejo comparecían las mujeres de los mercados y de los lavaderos, con garfios, palos, tenazas, mazos y baldes de lejía. Frente a las puertas de bronce y en la escalinata se congregaban los defensores de Pyrot, catedráticos, publicistas, obreros o revolucionarios, y en su descuidado vestir, en su aspecto huraño, se reconocía a los camaradas Fénix, Larrivée, Lapersonne, Dagoberto y Varambille.

Embutido en su fúnebre levita y cubierta la cabeza con su ceremonioso sombrero, Bidault–Coquille invocaba en favor de Colombán y del teniente coronel Hastaing las matemáticas sentimentales. En el escalón más elevado resplandecía sonriente y altiva Maniflora, heroica cortesana, deseosa de merecer como Leena un monumento glorioso, y como Epicharis las alabanzas de la Historia. Los setecientos pyrotinos, disfrazados de vendedores ambulantes, de mozos de cuerda, de colilleros y de antipyrotinos, deambulaban alrededor del edificio.

Al aparecer Colombán surgió de la muchedumbre apretada tan espantoso clamor que, lastimadas, heridas por la conmoción del aire y del agua, las aves cayeron de los árboles y los peces aparecieron en la superficie, panza arriba.

En todas partes oíase rugir:

—¡Al río Colombán! ¡Echadle al agua!

Otros bramaban:

—¡Justicia y verdad!

Una voz estentórea logró dominar el griterío:

—¡Muera el Ejército!

Fue la señal de una refriega descomunal. Los combatientes caían por millares y formaban con sus cuerpos amontonados montañas aulladoras y movedizas sobre las cuales otros nuevos combatientes se maltrataban y caían. Las mujeres, enloquecidas, lívidas, con el pelo desprendido y alborotado, utilizaban las uñas y los dientes, atacaban a los hombres con esa furia que a plena luz de una plaza baña su cara de una expresión deliciosa, mucho más deliciosa que la que ofrecen, apasionadas, entre sombras de cortinas y blanduras de lecho. Se proponían apoderarse de Colombán, morderle, ahorcarle, desgarrarle, despedazarle, repartirse los despojos, cuando Maniflora, inmensa, pura como una virgen en su túnica roja, se alzó serena y terrible ante aquellas furias que recularon asustadas. Se entreveía la salvación de Colombán. Sus entusiastas le abrieron paso a través de la plaza y le condujeron hasta un coche, prevenido a la entrada del Puente Viejo. Se cerró la portezuela y el caballo salió al trote largo, pero el príncipe de los Boscenos, el conde de Clena y el señor de la Trumelle derribaron del pescante al cochero, detuvieron al caballo, hicieron recular el vehículo hasta llevarlo al parapeto del puente, y desde allí lo empujaron. Saltó el agua deshecha en espuma con un ruidoso chapoteo, y después sólo se vio un leve remolino en la superficie rumorosa y brillante.

Al punto los compañeros Dagoberto y Varambille, auxiliados por los setecientos pyrotinos, se apoderaron del príncipe de los Boscenos y lo arrojaron al río de cabeza. Cayó en un lavadero, donde, lamentablemente, se lastimó.

La noche, serena, envolvía en su tranquilo silencio la plaza del Palacio de Justicia. Y a tres kilómetros de allí, debajo de un puente, acurrucado, sucio de barro, cerca del caballejo herido, meditaba Colombán acerca de la ignorancia y la injusticia de la multitudes: "El asunto es más complicado aún de lo que yo suponía. Preveo nuevas dificultades".

Se levantó y se dirigió hacia el maltrecho animal.

–¿Qué daño les hiciste, infeliz? –dijo en alta voz–. Por mi culpa te han maltratado con crueldad.

Abrazó a la bestia infortunada y besó la estrella blanca del testuz. Después tiró de las riendas y, cojeando, se fueron a través de la ciudad dormida hasta su casa, donde sintieron la dulzura del sueño y olvidaron a los hombres.

Capítulo IX

El padre Douillard

En su mansedumbre infinita, inducidos por el padre común de los fieles, los obispos, canónigos, párrocos, vicarios, abades y priores de la Pingüinia resolvieron celebrar un solemne oficio en la catedral de Alca, en pos de obtener de la Divina Misericordia que finalizaran las revueltas que desgarraban uno de los más nobles países de la cristiandad y concediese al arrepentimiento de la Pingüinia el perdón de sus crímenes contra Dios y contra los ministros del culto.

La ceremonia se llevó a cabo el 15 de junio. El generalísimo Caragüel asistía y le acompañaba todo su Estado Mayor. La concurrencia fue considerable y brillante. Según la frase feliz de Bigourd, "al mismo tiempo era una multitud y una selección". Figuraba en primera línea el señor de la Berthoseille, chambelán del príncipe Crucho. Cerca del púlpito, desde donde hablaría el reverendo padre Douillard, de la Orden de San Francisco, encontrábanse en pie y en actitud de recogimiento, con las manos cruzadas sobre sus garrotes, los personajes más ilustres de la Liga de Antipyrotinos: el vizconde Oliva, el señor de la Trumelle, el conde de los Boscenos. El padre Agaric ocupaba el ábside con los profesores y los alumnos del colegio de San Mael.

Las naves central y diestra se reservaron a los oficiales y a la tropa: el uniforme ocupaba, con esta previsión, sitio muy preferente, pues hacia la derecha inclinó el Señor la cabeza cuando expiraba en la cruz. Las damas aristocráticas, entre las cuales aparecía la condesa de Clena, la vizcondesa Oliva y la princesa de los Boscenos, llenaban las tribunas. En lo restante del edificio se apretaban más de veinte mil religiosos de todos los hábitos y unos treinta mil fieles.

Luego de la ceremonia expiatoria y propiciatoria, el reverendo padre Douillard ascendió al púlpito. El sermón había sido encargado, en un principio, al reverendo padre Agaric; pero, pese a sus méritos, le consideraron inoportuno en aquellas circunstancias, y fue preferido el famoso franciscano, que había pasado seis meses predicando en los cuarteles contra los enemigos de Dios y de la autoridad.

El reverendo padre Douillard eligió el texto: *Deposuit potentes de sede*, y estableció que toda potencia temporal tiene a Dios por principio y por fin, y que se pierde y se destruye cuando se aparta del camino que la Providencia le ha marcado y del propósito que le asignó. Aplicó estas reglas sagradas al gobierno de la Pingüinia, y esbozó un espantoso cuadro de los males que los estadistas no habían sabido prevenir ni evitar.

—Al primer autor de tantos desastres y vergüenzas –dijo– le conocéis de sobra, hermanos míos. Es un monstruo, cuyo destino se halla anunciado de manera providencial en el nombre que lleva. Al derivarlo del griego pyros, que significa "fuego", la sabiduría divina, que en ocasiones también es filológica, nos quiso advertir, a través de la etimología, que un judío haría estallar el incendio en el país que le cobijó.

Presentó a la patria perseguida por los perseguidores de la Iglesia, y le hizo decir sobre su calvario reciente: "¡Oh dolor! ¡Oh gloria! Los que han crucificado a mi Dios me crucifican".

Estas palabras hicieron estremecer al auditorio.

El orador, elocuente y brioso, conmovió más aún y espoleó los odios de los fieles en sus imprecaciones al orgulloso Colombán, manchado por sus crímenes y sumergido en las caudalosas aguas que no bastarían para lavarle. Recogió todas las humillaciones, todos los peligros de la Pingüinia, para lanzarlos a la cara del presidente de la República y de su primer ministro.

—Ese ministro –dijo– cometió una degradante cobardía por no animarse a liquidar a los setecientos pyrotinos con sus aliados y sus defensores, como Saúl liquidó a los filisteos en Gabaón, y se hizo indigno de practicar el poder que Dios le había delegado, por lo cual pueden y deben los fieles despreciar su soberanía abominable. El Cielo ayudará, piadoso, a los despreciadores. *Deposuit potentes de sede*. Dios desposeerá a los jefes cobardes y pondrá en su lugar a hombres enérgicos que sepan recurrir a Él. Os lo advierto, señores; os lo advierto, jefes, oficiales y soldados que me escucháis; os lo advierto, generalísimo del ejército pingüino: ¡ha llegado la hora! Si no sabéis acatar los mandatos de Dios; si no desposeéis en su nombre a las autoridades indignas; si no constituís en Pingüinia un Gobierno religioso y fuerte, no por esto dejará Dios de destruir lo que ha condenado, no por esto abandonará a su pueblo, y en pos de salvarlo se valdrá de un humilde jornalero o de un oscuro soldado. La hora pasa pronto. ¡Apresuraos!

Movidos por aquella ardorosa exhortación, los sesenta mil fieles bramaron: "¡A las armas!, ¡a las armas! ¡Abajo los pyrotinos! ¡Viva Crucho!" Y todos: frailes, mujeres, soldados, aristócratas, burgueses, proletarios, como si les propulsara el brazo que se alzó en el púlpito en pos de bendecir, cantaron el himno ¡Salvemos la Pingüinia!, y salieron de forma impetuosa a la calle para dirigirse a la Cámara de Diputados.

Solo, en la nave desierta, el prudente Cornamuse alzó los brazos al cielo y dijo con voz entrecortada:

—¡*Agnosco fortunam eclessiae pingüinicanae*! Preveo adónde nos conducirá todo esto.

El asalto dado por la multitud católica al palacio legislativo fue infructuoso. Rechazados de manera vigorosa por las brigadas negras y los guardias de Alca, los asaltantes huían en desorden, y los obreros procedentes de los arrabales, conducidos por Fénix, Dagoberto, Lapersonne y Varambille, acabaron de dispersarlos. El señor de la Trumelle y el duque de Ampoule fueron conducidos a la Comisaría. El príncipe de los Boscenos, luego de haber luchado con valor, cayó con la cabeza ensangrentada.

En el entusiasmo de la victoria, los obreros, mezclados con innumerables vendedores ambulantes, recorrieron a lo largo de la noche los bulevares y llevaban a Maniflora en triunfo. Destrozaron los cristales de los cafés y las farolas del alumbrado público, al tiempo que vociferaban: "¡Muera Crucho! ¡Viva la Social!" A su vez los antipyrotinos derribaron los quioscos de los periódicos y las columnas anunciadoras.

Semejantes espectáculos, que una razón serena no puede aplaudir, conducen sólo a que se aflijan los ediles cuidadosos de sus calles. Pero lo que resultaba más triste para la gente de corazón era el aspecto de esos hipócritas que por temor a los golpes se mantenían a igual distancia entre los dos campos, y pese a mostrarse cobardes y egoístas pretendían que fuese admirada la generosidad de sus sentimientos y la nobleza de su alma. Se frotaban los ojos con cebolla, ponían boca de ratón, se sonaban con ruido, modulaban su voz en las profundidades de su barriga y gimoteaban: "¡Oh pingüinos, cesad en vuestra lucha fratricida, no desgarréis el seno de vuestra madre!" ¡Como si los hombres pudiesen vivir en sociedad sin disputas y querellas! ¡Como si las discordias civiles no fueran una condición indispensable de la vida nacional y del progreso de las costumbres! Llorones hipócritas, proponían componendas entre lo justo y lo injusto, y ofendían de esa manera al justo en su derecho y al injusto en su audacia. Uno de ellos, el rico y poderoso Machimel, deslumbrante de cobardía, se elevó sobre la ciudad como un coloso de dolor: sus lágrimas formaron a sus pies lagunas con peces, y sus lamentos hacían zozobrar las barcas de los pescadores.

A lo largo de aquellas agitadas noches, en lo más elevado de su vieja torre, bajo el cielo sereno, mientras las estrellas errantes dejaban su imagen prendida en las placas fotográficas, Bidault–Coquille se glorificaba en el fondo de su corazón. Luchaba por la justicia, amaba y era amado con sublime amor. La injuria y la calumnia lo remontaban hasta el cielo. Su caricatura se veía con las de Colombán, Kerdanic y el teniente coronel Hastaing en los quioscos de los periódicos. Los antipyrotinos publicaban que había recibido cincuenta mil francos de la Banca judía. Los gacetilleros de los diarios militaristas consultaban sobre su valor científico a los sabios académicos, y éstos negaban el conocimiento de los astros al astrónomo libre y revolucionario, ponían en duda sus más sólidas observaciones, impugnaban sus descubrimientos más verídicos y condenaban sus más ingeniosas y fundamentadas hipótesis. Halagado por el odio y la envidia, era dichoso.

Observaba a sus pies la inmensidad oscura y salpicada por una multitud de luces, sin entender que una noche de capital populosa conlleva muchos sueños pretéritos, muchos insomnios crueles, muchas ilusiones inútiles, muchos placeres agriados y muchísimas miserias, y reflexionó:

"En esa enorme población luchan lo justo y lo injusto".

Cambiaba la realidad múltiple y vulgar en una poesía simple y magnífica para representarse el proceso Pyrot bajo el aspecto de una contienda de ángeles malos y buenos. Seguro de que triunfarían eternamente los Hijos de la Luz, se gozaba al sentir en su interior la claridad que vencería las tinieblas.

Capítulo X

El consejero Chaussepied

Ciegos hasta el terror, imprudentes y estúpidos, ante las hordas del capuchino Douillard y los secuaces del príncipe Crucho, los republicanos abrieron los ojos para entender al fin el verdadero sentido del proceso Pyrot. Los diputados, que durante dos años palidecían al escuchar los rugidos de la multitud patriótica, no se envalentonaron; pero, en un cambio de cobardía, culparon al Ministerio Chorrodemiel de los desórdenes que habían estimulado ellos mismos con sus complacencias y hasta con sus pusilánimes felicitaciones. Reprochaban al Gobierno por haber puesto en peligro la República con la flojedad y las concesiones que ellos mismos le impusieron; algunos empezaron a sospechar que les interesaba creer en la inocencia de Pyrot, y experimentaron entonces crueles angustias ante la idea de que aquel infeliz pudo ser condenado de manera injusta, y expiaba los crímenes de otros en una jaula mecida por el viento. "¡No duermo tranquilo!", confesaba a varios diputados de la mayoría el ministro Guilloumette, que aspiraba a reemplazar a su jefe.

Los generosos legisladores destituyeron el Gabinete, y el presidente de la República reemplazó a Chorrodemiel por un sempiterno republicano, de frondosa barba, llamado La Trinité, quien, como la mayor parte de los pingüinos, no entendía una sola palabra del proceso, pero notaba que se habían metido en el asunto demasiados frailes. El general Greatauk, antes de dejar el ministerio, hizo sus últimas recomendaciones a Panther, jefe de su Estado Mayor:

—Os quedáis cuando yo me voy —le dijo al darle la mano—. El proceso Pyrot es como una hija mía: os la confío; merece vuestro amor y vuestros cuidados; es hermosa. No olvidéis que su hermosura prefiere la oscuridad, se goza en el misterio y quiere permanecer velada. Respetad su pudor. Ya profanaron sus encantos muchas miradas indiscretas. Deseasteis pruebas y las obtuvisteis, las tenéis innumerables, las tenéis de sobra. Preveo inoportunas intervenciones y dañinas curiosidades. En vuestro lugar yo haría una hoguera con todas las carpetas. Creedme: la mejor prueba es no poseer ninguna. Esta es la sola prueba que no se discute.

¡Ay!, el general Panther desconocía la cautela y sensatez de aquellos consejos. Greatauk profetizaba. Al entrar La Trinité en el ministerio solicitó las carpetas del proceso Pyrot. Péniche, su ministro de la Guerra, se negó a dárselas, en nombre de los elevados intereses de la defensa nacional, y sostuvo que aquellas carpetas constituían por sí el más vasto archivo de la Tierra. La Trinité estudió el proceso como pudo. Sin penetrarlo hasta el fondo, olfateó la ilegalidad, y valiéndose de sus derechos y prerrogativas ordenó la revisión. De forma inmediata Péniche, su ministro de la Guerra, le acusó de insultar al Ejército y de traicionar a la patria, y le arrojó su cartera a las narices. Fue reemplazado por otro general, que hizo lo mismo, y a éste sucedió un tercero, que imitó a sus dos predecesores. Los siguientes, hasta sesenta, se amoldaron al ejemplo, y el venerable La Trinité gimoteó abrumado bajo las carteras belicosas. El sesenta y uno, Julep, se mantuvo en sus funciones, y no porque estuviera en desacuerdo con tantos y tan nobles colegas, sino porque había sido comisionado por ellos con el objetivo de traicionar al presidente del Consejo, cubrirle de oprobio y de vergüenza y dar a la revisión un giro que glorificase a Greatauk, satisficiese a los antipyrotinos, beneficiase a los frailes y propiciara la restauración del príncipe Crucho.

El general Julep, dotado de altas virtudes militares, no gozaba de una inteligencia bastante luminosa para poner en práctica los sutiles procedimientos y los refinados métidos de Greatauk. Suponía, como el general Panther, que se necesitaban pruebas tangibles contra Pyrot, que jamás serían demasiadas, que nunca reuniría las suficientes. Expuso estas ideas a su jefe de Estado Mayor, que se encontraba dispuesto a compartirlas.

—Panther —le dijo—, se acerca la hora en que necesitaremos pruebas abundantes y superabundantes.

—Lo sé, mi general —respondió Panther—. Voy a completar mi archivo.

Al medio año las pruebas contra Pyrot llenaban dos plantas del ministerio de la Guerra. El piso se desmoronó con el peso de las carpetas, y las pruebas aplastaron, a la manera de un enorme alud, a dos jefes de servicio, catorce jefes de negociado y sesenta escribientes, ocupados en la planta baja en dar curso a las órdenes que modificaban la hechura de las polainas de los cazadores. Hubo que afianzar las paredes del edificio. Los transeúntes veían con estupor que, apoyados en posición oblicua sobre la fachada, estorbaban el paso, trastornaban la circulación de los coches y de los peatones y ofrecían a los autobuses un obstáculo contra el cual estrellaban a sus viajeros. Los jueces que habían condenado a Pyrot, no eran, en realidad, jueces: eran militares. Los jueces que habían condenado a Colombán eran divinidades menores de la judicatura. Por encima de unos y de otros se hallaban los verdaderos jueces, que lucían sobre sus togas rojas el ropón de armiño. Estos, reputados por su ciencia y su doctrina, componían un Tribunal cuya terrible denominación ponía de manifiesto su poder: se llamaba el Tribunal Supremo, y era como un mazo suspendido sobre las sentencias de todas las otras jurisdicciones.

Uno de aquellos jueces rojos del Tribunal Supremo llamado Chaussepied, vivía entonces en un arrabal de Alca, de forma modesta y tranquila. Su alma era pura, su corazón honrado, su inteligencia se inclinaba a la justicia. Cuando no tenía autos que revisar ejecutaba el violín y cultivaba jacintos. Los días festivos le invitaban a comer sus vecinas, las señoritas Helbívore. Su ancianidad era sonriente y robusta, y sus amigos alababan su carácter ameno. Pero hacía algunos meses que se mostraba irascible y disgustado, y si abría un periódico su apacible rostro se cubría de arrugas dolorosas y de palideces coléricas. Pyrot era el motivo. El magistrado Chaussepied no podía entender que un militar hubiese cometido una traición tan villana como vender ochenta mil fardos de forraje sustraídos de las Provisiones para entregarlas a un país enemigo, y Concebía aún menos que un bribón semejante hubiese encontrado defensores oficiosos en Pingüinia. La sola idea de que existieran en su patria un Pyrot, un teniente coronel Hasing, un Colombán, un Kerdanic, un Fénix, le marchitaba los jacintos y le desafinaba el violín, le empañaba el cielo y la tierra y le amargaba los manjares de las señoritas Helbívore.

Cuando el ministro de Justicia llevó el proceso Pyrot al Tribunal Supremo, le correspondió a Chaussepied examinarlo y descubrir sus errores, en caso de que los tuviese. Como era todo lo íntegro que se puede ser, acostumbrado a juzgar sin odio ni favor, esperaba hallar en los documentos que se le ofrecían pruebas de una culpabilidad cierta y de una perversidad tangible. Luego de numerosos escollos e insistentes negativas del general Julep, se le facilitaron a Chaussepied las carpetas del archivo. Su número se elevaba a catorce millones seiscientas veintiséis mil trescientas doce, y al contemplarlas el magistrado quedó primero sorprendido, después asombrado, finalmente estupefacto y maravillado. Halló en las carpetas prospectos de almacenes de novedades, periódicos, figurines, bolsas de papel, correspondencias comerciales, cuadernos estudiantiles, telas de embalar, papel de lija, naipes, planos, seis mil ejemplares de *La clave de los sueños...*, pero ni un solo documento referente a Pyrot.

Capítulo XI

Conclusión

Abierto otra vez el proceso, sacaron a Pyrot de la jaula. Los antipyrotinos no se dieron por vencidos. Los jueces militares juzgaban nuevamente a Pyrot. Greatauk, en sus nuevas declaraciones, se mostró superior a sí mismo: propuso que condenaran por segunda vez al acusado, y en pos de conseguirlo declaró que las pruebas comunicadas al Tribunal Supremo eran insignificantes, por la simple razón de que las más comprometedoras para el acusado habían de mantenerse ocultas por exigirlo de tal manera los altos intereses nacionales. En opinión de los bien enterados, jamás mostró tanta sutileza. Cuando al salir de la Audiencia atravesaba el vestíbulo del tribunal entre grupos de curiosos, con paso calmo y las manos cruzadas a la espalda, una mujer vestida de rojo, con la cara cubierta por un velo negro y armada con un cuchillo de cocina, se lanzó a él, y gritó:

—¡Muere, bandido!

Era Maniflora. Antes que los presentes entendieran lo que sucedía, el general la tomó por la muñeca, y con aparente dulzura la apretó de tal manera que la mano, lastimada, tuvo que soltar el cuchillo. Entonces, Greatauk lo recogió del suelo, se lo ofreció Maniflora, y le dijo de modo cortés:

—Señora, se os ha caído un utensilio casero.

No pudo impedir que la heroína fuese conducida a la Comisaría, pero consiguió que la pusieran pronto en libertad y utilizó más adelante toda su influencia para que se diera por terminado aquel incidente.

La segunda condena de Pyrot fue la última victoria de Greatauk. El magistrado Chaussepied, que antes sentía tanta estimación hacia el Ejército, furioso contra los jueces militares, anulaba todas las sentencias como un mono quiebra avellanas. Rehabilitó por segunda vez a Pyrot, y si hubiera sido necesario le rehabilitaría quinientas veces. Enfurecido, al comprender que habían sido cobardes, engañados y burlados, los republicanos se revolvieron contra los frailes y los curas. Los diputados redactaron leyes de expulsión, de separación, de expoliación.

Pasó lo que había anticipado el padre Cornamuse, el cual fue arrojado del bosque de Conils. Los agentes de Hacienda confiscaron sus alambiques y vasijas, y los subastadores se repartieron las botellas de licor de Santa Orberosa. El piadoso fabricante perdió los tres millones quinientos mil francos anuales, importe de sus productos. El padre Agaric se encaminó al destierro y abandonó su colegio en manos laicas, que lo dejaron decaer. Separada del Estado protector, la Iglesia pingüina se debilitó como una planta arrancada de su tierra.

Al sentirse victoriosos los defensores del inocente, se dedicaron a destrozarse los unos a los otros, abrumándose con ultrajes y calumnias. El impetuoso Kerdanic se arrojó sobre Fénix, decidido a engullirlo, mientras los judíos opulentos y los setecientos pyrotinos se separaban con desprecio de los camaradas socialistas, ante los cuales habían rogado poco antes.

—No os conocemos —les decían—, dejadnos en paz. Nada puede interesarnos vuestra justicia social. La verdadera justicia social es la defensa de las riquezas.

Elegido diputado y nombrado jefe de la mayoría, el camarada Larrivée fue llevado por la Cámara y por la opinión hasta la presidencia del Consejo. Se declaró defensor enérgico de los Tribunales militares que habían condenado a Pyrot. Sus antiguos camaradas socialistas reclamaron un poco más de justicia y de libertad para los empleados del Estado y para los trabajadores manuales, y Larrivée combatió sus proposiciones en un discurso elocuente.

—La libertad —dijo— no es la licencia. Entre el orden y el desorden elijo con facilidad. La revolución es inútil. La violencia es el enemigo más temible del progreso. Nada se consigue por la violencia. Señores: los que como yo desean reformas, deben aplicarse antes a corregir esta agitación que desgasta a los Poderes como la fiebre agota a los enfermos. Ya es tiempo de intentar que las gentes honradas vivan tranquilas.

Este discurso fue muy alabado. El Gobierno de la República continuó sometido a la sanción de las poderosas Compañías monopolizadoras. El Ejército se dedicó a la defensa del capital. La Marina se destinó a proporcionar negocios para los metalúrgicos. Los ricos se negaban a pagar la parte que les correspondía de los impuestos, y los pobres pagaban por todos, como antes.

Desde lo alto de su vieja torre, bajo la asamblea de los astros nocturnos, Bidault–Coquille observaba con tristeza la ciudad adormilada. Maniflora lo había dejado. Devorada por el deseo de nuevas abnegaciones y de nuevos sacrificios, habíase ido con un joven búlgaro a imponer en otro país la justicia y la venganza. El astrónomo no sufría su ausencia, porque al finalizar el proceso se enteró de que no era tan hermosa ni tan inteligente como le pareció en un principio. Sus impresiones se habían modificado en el mismo sentido respecto a otras formas y a otros pensamientos, pero lo más cruel era que se juzgó a sí mismo bastante menos interesante, menos grandioso. Y reflexionaba: "Te creíste excelso cuando sólo vivías de candor y de buena voluntad. ¿De qué puedes enorgullecerte, Bidault–Coquille? ¿De haber sido de los primeros en apreciar la inocencia de Pyrot y la bribonería de Greatauk?. Pero las tres cuartas partes de los setecientos pyrotinos lo sabían mejor que tú. ¿De qué puedes mostrarte orgulloso? ¿De haber osado decir lo que pensabas? El valor cívico y el arrojo militar son efectos de la imprudencia. Fuiste imprudente, sin duda, esto no es suficiente motivo de alabanza. Tu imprudencia fue minúscula y sólo te expuso a peligros sin importancia; no ponías en riesgo la vida. Los pingüinos perdieron la soberbia cruel y sanguinaria que anteriormente concedió a sus revoluciones grandeza trágica. Es el fatal efecto de la decadencia de las creencias y de los caracteres. Por haber mostrado en un punto particular más perspicacia que la mayoría, ¿mereces que te juzguen como un espíritu superior? Al contrario: creo que no mostraste, Bidault–Coquille, un conocimiento profundo de las condiciones del desarrollo intelectual y moral de los pueblos. Suponías que las injusticias sociales se encontraban ensartadas como las perlas y que era suficiente sacar una para que se desgranase el collar. Era una concepción inocente. Imaginabas imponer de pronto la justicia en tu país y en el Universo. Fuiste un buen hombre, un honrado espiritualista, sin mucha filosofía experimental. Reflexiónalo bien y entenderás que tuviste alguna malicia, pero que tu ingenuidad hasta cierto punto era engañosa. ¡Creías hacer un gran negocio moral! Premeditaste: 'Seré valeroso y justo una vez para siempre. Podré descansar después en la estimación pública y en el aplauso de la Historia'. Y ahora, con las ilusiones perdidas, entiendes hasta qué punto es ya difícil enderezar entuertos. Porque nada se consigue, nada se remedia. Vuelve a tus asteroides, y en lo que te resta de vida procura ser modesto, Bidault–Coquille..".

LIBRO VII

LOS TIEMPOS MODERNOS: LA SEÑORA CERÉS

Capítulo I

El salón de la señora Clarence

La señora Clarence, viuda de un importante funcionario de la República, gustaba de cultivar el trato social. Congregaba todos los jueves algunos modestos amigos que se complacían en la conversación. Todas las señoras que iban a su casa, de muy diversa edad y estado, carecían de dinero y habían sufrido mucho. Una duquesa parecía una cartomántica reveladora de presagios, y una cartomántica tenía el aspecto de una duquesa. La señora Clarence, bastante atractiva para conservar sus viejas relaciones, no lo era ya lo suficiente para renovarlas. Era madre de una hija muy hermosa pero carente de dote, que atemorizaba mucho a los invitados, ya que los pingüinos escapan, como del fuego, de las muchachas pobres. Evelina Clarence advertía la cautelosa reserva de los hombres, y desde que averiguó el motivo les sirvió el té con desdén. Se la veía poco en las tertulias y sólo hablaba con señoras o con jovenzuelos; su presencia jamás refrenó los atrevimientos en la conversación, porque la suponían bastante inocente para no comprenderlos o recordaban sus veinticinco año que le permitían oírlo todo.

Un jueves, en la tertulia de la señora Clarence se habló de amor. Las señoras trataron el asunto con altivez, delicadeza y misterio; los hombres, con indiscreción y jactancia. Cada cual opinaba que sus afirmaciones eran las más atendibles. Se derrochó ingenio, se cruzaron brillantes apóstrofes y réplicas vivas, pero en cuanto expuso el profesor Haddock sus ideas aburrió a los asistentes.

–Nuestras opiniones acerca del amor, como todas las demás – expresó–, se basan en costumbres anteriores, de las cuales no conservamos ni el recuerdo En cuestiones de moral, los mandatos que han perdido su razón de ser, las obligaciones más inútiles y las imposiciones más dañinas y despiadadas son, por su remota antigüedad y su misterioso origen, las menos discutidas y las más discutibles, las menos analizadas, las más respetadas, las más veneradas y las que no podemos transgredir sin incurrir en censuras muy severas. Toda la moral relativa a las relaciones de los sexos reposa en el supuesto de que la mujer, en cuanto ha cedido al hombre, pertenece a este como le pertenecen su caballo y sus armas, lo cual era verdad antiguamente, pero dejó de serlo, y resulta un absurdo el contrato matrimonial, contrato de venta de una mujer a un hombre con cláusulas restrictivas del derecho de propiedad referentes a la impotencia del poseedor. "La obligación impuesta a la doncella de ofrecerse virgen al esposo arranca de los tiempos en que se casaban las doncellas en cuanto eran púberes, pero es ridículo que si no se casan hasta los veinticinco o los treinta años tengan la misma obligación. Diréis que será un regalo grato para el marido, y os replicaré que si la virginidad fuese lo más apetecible no andarían los hombres desatentados en persecución de las mujeres casadas ni se mostrarían orgullosos de poseerlas.

"Aún se conserva el deber de las doncellas precisado en la moral religiosa por la antigua creencia de que Dios, el guerrero más poderoso, es polígamo, se reserva todas las virginidades y sólo con su consentimiento puede tomarlas alguien. Esta creencia, que dejó huella en algunas metáforas del lenguaje místico, ya se ha borrado en los pueblos civilizados, pero su influjo perdura en la educación de las niñas, no sólo entre los creyentes, sino hasta entre los librepensadores, que no suelen pensar libremente por la sencilla razón de que no piensan de ningún modo.

"Para que una niña sepa lo que le corresponde se le demanda que no sepa nada, se cultiva su ignorancia, y a pesar de todo sabe algo de lo que pretendemos que ignore, puesto que no es posible ocultarle su propio organismo, ni sus estados, ni sus emociones y sensaciones, pero lo sabe mal y de mala manera. Es todo lo que obtienen los pedagogos..".

—Caballero —dijo con brusquedad y algo fosco José Boutourlé, tesorero general de Alca—, os aseguro que hay niñas inocentes, perfectamente inocentes, lo cual es una desdicha enorme. He conocido tres, y las tres se casaron. Fue espantoso. Una de ellas, cuando su marido se le acercó, se arrojó del lecho espantada y se asomó al balcón para gritar: "¡Socorro, socorro, que mi marido está demente!" A la segunda la hallaron por la mañana encima de un armario de espejo y no hubo razones que la decidiesen a descender. La tercera víctima de idéntico sobresalto, se abandonó resignada, sin lamentaciones, y tan solo al cabo de algunos días susurró al oído de su madre: "Ocurren entre mi marido y yo cosas inauditas, cosas que ni se pueden imaginar, cosas que no me atrevo a comunicarte". Para evitar extraviar su alma se las comunicó al confesor y por él tuvo la decepción de saber que todo aquello no era extraordinario.

–He notado –prosiguió el profesor Haddock– que los europeos en general y los pingüinos en particular, antes de que los automóviles enloquecieran a las gentes, no se ocupaban de nada tanto como del amor. Era darle importancia excesiva a lo que la tiene muy escasa.

–De esta forma, caballero –exclamó la señora Crémeur, exaltada–, cuando una mujer se ha entregado por completo a un hombre, ¿aquello no tiene la menor importancia?

–No, señora. Puede ser importante –replicó el profesor Haddock–, pero antes de concedérsela es necesario ver si al entregarse ofreció un jardín florido o un matorral de cardos y ortigas. Además ¿no se abusa un poco de la palabra entregarse? Más que entregarse, la mujer se presta. Fijaos en la bella señora Pensée...

–¡Es mi madre! –dijo un mozo bello y rubio.

–No le faltaré al respeto, caballero –contestó el profesor Haddock–, no temáis que pronuncien mis labios ninguna palabra ofensiva. Pero dejadme decir que, en general, la opinión que los hijos tienen de sus madres es insostenible, no reflexionan bastante que una madre lo ha sido porque amó y que puede amar otra vez. Así sucede y es lo que debe ser. He observado también que las niñas no se equivocan al juzgar la facultad amatoria de sus madres y de qué forma la emplean. Como sienten lo mismo, lo adivinan.

El insoportable profesor prosiguió su discurso. Agregaba impertinencias a las torpezas, atrevimientos a las incorrecciones, acumulaba datos incongruentes, despreciaba lo respetable y respetaba lo despreciable, pero nadie ya nadie le prestaba atención.

Mientras, en su alcoba, de una sencillez insulsa; en su alcoba, triste por falta de amor y que, como todas las alcobas de soltera, tenía la frialdad de una antesala, Evelina Clarence revisaba los anuarios de casinos y los prospectos de obras nuevas donde procurarse el conocimiento de la sociedad. Prisionera de un mundo intelectual y pobre, su madre no pudo presentarla ni lucirla, y Evelina se dedicó a buscar por sí un medio favorable, pertinaz y tranquila, sin ensueños y sin ilusiones. Veía en el matrimonio un punto de partida, un permiso de circulación, y no se le ocultaban los riesgos, las dificultades y los accidentes de su empeño.

Poseía recursos para agradar y la frialdad conveniente para ponerlos en práctica. Su debilidad consistía en que todo lo aristocrático la deslumbraba.

Al encontrarse ya sola con su madre, dijo:

—Mamá, desde mañana iremos al "retiro" del padre Douillard.

Capítulo II

La obra de Santa Orberosa

El "retiro" del reverendo padre Douillard congregaba todos los viernes, a las nueve de la noche, en la aristocrática iglesia de San Mael, lo más encumbrado de la sociedad de Alca. El príncipe y la princesa de los Boscenos, el vizconde y la vizcondesa de Oliva, la señora de Bigourd, el señor y la señora de la Trumelle no faltaban nunca. En ese lugar se daba cita la flor de la nobleza, y las encantadoras baronesas judías resplandecían allí, porque las baronesas judías de Alca eran católicas.

Aquel "retiro" tenía por propósito, como todos los retiros religiosos, otorgar a los elegantes mundanos algunas horas de recogimiento piadoso para que se preocuparan de su salud eterna, y también estaba destinado a extender sobre tantas nobles e ilustres familias la bendición de Santa Orberosa, bienhechora de los pingüinos. Con un entusiasmo en verdad apostólico, el reverendo padre Douillard perseguía la realización de su obra: restablecer a Santa Orberosa en sus privilegios y atribuciones de patrona de la Pingüinia y consagrarle sobre una de las colinas que dominaban la ciudad una iglesia monumental. Un prodigioso éxito había coronado sus esfuerzos, y para la ejecución de aquella empresa nacional reunió más de cien mil adeptos y más de veinte millones de francos.

El nuevo relicario de Santa Orberosa, rodeado de cirios y de flores, mostraba en el coro de San Mael su oro resplandeciente y sus pedrerías deslumbrantes. Ved lo que dice acerca del particular, en su Historia de los milagros de la patrona de Alca, el abate Plantain:

"La vieja urna fue destrozada durante el Terror para fundir su metal y vender sus gemas, y los preciosos restos de la Santa fueron lanzados a la hoguera encendida en el centro de la plaza de Gréve; pero una pobre mujer sumamente piadosa, llamada Rouquín, recogió durante la noche, y con peligro de su vida, los huesos carbonizados y las cenizas de la bienaventurada, los conservó en un pote de dulce, y, al ser restablecido el culto, los entregó al venerable párroco de San Mael. La señora Rouquín acabó en forma piadosa sus días dedicada a vender cera y alquilar sillas en la capilla de la Santa".

Es indudable que, justamente cuando declinaba la fe, el padre Douillard restauró el culto de Santa Orberosa (destruido por la crítica del canónigo Princeteau y por el silencio de los doctores de la Iglesia), y lo rodeó de más pompa y esplendores, de más fervor que nunca. Los nuevos teólogos tomaban como verídica la leyenda recogida por el venerable Simplicio, y admitían que una vez el diablo, con hábitos de fraile, se llevó de manera violenta a la virgen para gozarla en una cueva; pero la virgen se las ingenió para resistir las tentaciones y astucias del Maligno y quedó triunfante la Virtud. No se preocupaban de lugares ni de fechas, no efectuaban exégesis ni concedían a la ciencia lo que le había concedido mucho antes el canónigo Princeteau, porque sabían de sobra adónde conducen las concesiones. Estaba la iglesia refulgente de luces y de flores. Un tenor de la Ópera cantaba el célebre himno de Santa Orberosa:

> Virgen, en la calma
> de la noche bruna,
> envuelve mi alma
> como luz de luna.

La señorita Clarence se ubicó a la vera de su madre delante del vizconde de Clena, y estuvo largo rato arrodillada en un reclinatorio, porque la oración impone actitudes virginales que realzan el encanto de las formas.

El reverendo padre Douillard ascendió al púlpito. Era un orador elocuente: sabía conmover, sorprender, emocionar. Las mujeres lamentaban tan solo que fustigase los vicios con excesiva rudeza y utilizara nociones muy arriesgadas que las obligaban a ruborizarse. Pero esto no disminuía su estima. Versó su discurso acerca de la séptima prueba de Santa Orberosa, cuando fue tentada por el dragón, contra el cual salió a combatir, y de qué forma logró vencer al monstruo con su pureza.

El orador probó sin dificultad que, ayudados por Santa Orbe-rosa y fortalecidos por las virtudes que ella nos inspira, venceremos asimismo a todos los dragones que amenazan devorarnos: el dra-gón de la duda, el dragón de la impiedad, el dragón del olvido de los deberes religiosos. Sacó la conclusión de que la obra de devoción a Santa Orberosa era una obra de regeneración social, y finalizó con un ardoroso llamamiento "a los fieles afanosos de ser los instru-mentos de la Misericordia Divina, el apoyo y sostén de la Obra de Santa Orberosa, y de proporcionarle todos los medios que necesita para tener importancia y producir saludables frutos".

Luego de la ceremonia, el reverendo padre Douillard permane-cía en la sacristía en espera de los fieles que deseaban tener informes acerca de la Obra y contribuir a ella. La señorita Clarence tenía que decirle algo al reverendo padre Douillard. Al vizconde de Clena le sucedía lo mismo. La multitud era numerosa y se formó fila. Por un azar dichoso, el vizconde y la señorita Clarence quedaron apretados el uno contra el otro. Evelina ya se había fijado en aquel elegante joven, casi tan conocido como su padre en el mundo de los depor-tes. También él se había fijado en ella, y al verla tan hermosa la saludó como si creyera que había sido presentado con anterioridad y no recordaba dónde. La madre y la hija fingieron también creer lo mismo.

El jueves inmediato se hizo presente el vizconde en casa de la señora de Clarence, a la que suponía un poco tolerante, lo cual no le disgustaba, y al ver de nuevo a Evelina reconoció que no estaba ciego cuando se había interesado por su belleza.

El vizconde de Clena tenía el automóvil más hermoso de Euro-pa. Durante tres meses paseó a las señoras de Clarence todos los días por las colinas, las llanuras, los bosques y los valles; con ellas recorrió pintorescos lugares y visitó castillos; dijo a Evelina todo lo que podía decirle, y se lo dijo bien; ella no le ocultó que le amaba, que le amaría siempre y que no amaría nunca a otro; a su lado se sintió estremecida y prudente. Al abandono de su fatal amor opo-nía, cuando era necesario, la defensa invisible de una virtud que no desconoce los peligros. Luego de tres meses de llevarla y traerla, subirla, bajarla y pasearla del brazo cuando algún contratiempo detenía el automóvil, llegó a tenerla tan manoseada como el volante de su máquina, pero sin pasar de ahí. Combinaba sorpresas, aventuras, detenciones inesperadas en los bosques o en los caminos cerca de una posada; pero jamás le valieron sus tretas. Furioso, la metía otra vez en el auto y se lanzaba a ciento veinte por hora, decidido a despeñarla en un precipicio o estrellarla contra un árbol.

Cierto día fue a buscarla para una excursión y la halló más deliciosa que nunca, más apetecible. Cayó sobre ella como el temporal sobre los juncos al borde de un estanque, y ella se doblegó con una debilidad adorable. Veinte veces se vio ella a punto de ceder, dominada, vencida por el fiero impulso, y veinte veces se rehizo ligera y vibrante. Luego de muchos asaltos dijérase que apenas un soplo ligero había mecido el talle delicioso. Evelina sonreía como si se ofreciese a las poderosas manos de su desdichado agresor, quien, descompuesto, con rabia, cuasi enloquecido, al escapar para no matarla, se equivocó de puerta y entró en el gabinete donde la señora Clarence se colocaba el sombrero ante el espejo del armario, la agarró, la empujó hasta el lecho y la gozó, sin darle tiempo a reflexionar lo que sucedía. A las pocas horas, perseverante en sus investigaciones, averiguó Evelina que el vizconde sólo tenía deudas, que derrochaba el dinero de una vieja y acreditaba las marcas nuevas de un fabricante de automóviles. Dejaron de verse de mutuo acuerdo, y Evelina volvió a servir de mala gana el té a los invitados de su madre.

Capítulo III

Hipólito Cerés

En el salón de la señora de Clarence se hablaba de amor y se enunciaban conceptos deliciosos.

–El amor es el sacrificio –suspiró la señora Crémeur.

–No lo dudo –replicó vivamente Boutourlé.

Pero el profesor Haddock desplegó muy pronto su insolencia fastidiosa.

–Me parece –expresó– que las pingüinas complican mucho las cosas desde que, por milagro de San Mael, se convirtieron en vivíparas. Empero, no tienen de qué enorgullecerse: es una condición que comparten con las vacas y las cerdas, y hasta con los naranjos y los limoneros, puesto que las semillas de estas plantas germinan en el pericarpio.

–La importancia de la Pingüinia –contestó Boutourlé– no es tan lejana: empieza el día en que recibieron vestiduras del santo apóstol, y aun esa importancia sólo brilló en un reducido círculo social más adelante, con el lujo. Sin ir más lejos, a dos leguas de Alca, en el campo, durante la siega, podréis convenceros de que las mujeres no son remilgadas ni se dan importancia.

Aquel jueves, Hipólito Cerés se hizo presentar. Era diputado por Alca y uno de los miembros más jóvenes de la Cámara. Se le suponía hijo de un tabernero, hablaba bien, era abogado, robusto, voluminoso, tenía mucha presencia y reputación de listo.

–El señor Cerés – dijo la dueña de la casa – representa en el Congreso el más hermoso distrito de Alca.

–Un distrito que se torna más bello de día en día, señora. Es un encanto.

–Por desgracia, no se puede transitar por allí –dijo Boutourlé.

–¿Cuál es el motivo? – inquirió el diputado.

–¡Los automóviles!

—No reneguéis de los automóviles, nuestra magnífica industria nacional.

—No lo ignoro, caballero; los pingüinos de hoy me recuerdan los egipcios de la Antigüedad. Los egipcios, como dice Taine, tomándolo de Clemente de Alejandría, cuyo texto altera, los egipcios adoraron a los cocodrilos, que los engullían, y los pingüinos adoran a los automóviles, que los aplastan. Sin duda, lo por venir es para la bestia de metal. No retrocederemos al coche de punto, como no volvimos a usar las diligencias; el martirio fatigoso del caballo finaliza. El automóvil, que la codicia práctica de los industriales lanzó como un carro de Jagernat sobre los pueblos asombrados y fue para los ricos ociosos una imbécil y funesta elegancia, pronto cumplirá su misión cuando se ponga al servicio del pueblo y se porte como un monstruo obediente y solícito. Empero, para que el automóvil resulte bienhechor es necesario que se le construyan caminos en relación con sus proporciones y su marcha, carreteras que resistan el impulso de sus neumáticos feroces, y que se le prohíba emponzoñar a los transeúntes con el polvo que levanta.

La señora de Clarence habló del embellecimiento del distrito representado por Hipólito Cerés, y éste dejó entrever su entusiasmo por los derribos, desmontes, construcciones, reconstrucciones y todo género de operaciones fructíferas.

—Se construye hoy de una forma admirable —dijo—. Se trazan majestuosas avenidas. ¿Hay algo más bello que los pilares de nuestros puentes y las cúpulas de nuestros hoteles? .

—Olvidáis ese grandioso palacio recubierto por una inmensa bóveda semejante a medio melón — rezongó el señor Daniset, antiguo aficionado al arte—. Es incalculable la fealdad con que puede revestirse una ciudad moderna. Alca se americaniza. Destruyen cuanto nos quedaba de libre, de imprevisto, de proporcionado, de mesurado, de humano, de tradicional. En todas partes se desvanece la visión encantadora de un muro sobre el cual asoman sus ramas los árboles; en todas partes se suprimen el aire, la luz, la naturaleza, los recuerdos, se borra la impronta de nuestros padres y nuestra propia impronta, y se erigen casas enormes, indignas, rematadas a la vienesa con cúpulas ridículas, y acondicionadas al arte nuevo, sin molduras ni perfiles, con salientes absurdas y remates burlescos;

monstruos sin vergüenza que asoman sobre los edificios viejos. Se proyectan sobre las fachadas, con repugnante blandura, protuberancias bulbosas, y a ello llaman "motivos de arte nuevo". He visto el arte nuevo en otros países y no es tan vil: tiene honradez y fantasía. Sólo entre nosotros, por un triste privilegio, se ven reunidas las novedades arquitectónicas más horribles. ¡Envidiable privilegio!

–¿No teméis –le advirtió vivamente el diputado–, no teméis que vuestras amargas críticas aparten de nuestra capital a los extranjeros que vienen de todo el mundo y que nos dejan muchos miles de millones?

–Tranquilizaos –respondió el señor Daniset–. Los extranjeros no vienen a extasiarse ante los edificios: vienen por nuestras mujeres galantes, por nuestros modistos y por nuestros bulliciosos bailes públicos.

–Tenemos la mala costumbre de calumniarnos –suspiró Hipólito Cerés. La señora de Clarence supuso conveniente hablar nuevamente del amor para entretener a la concurrencia, y preguntó a Tumel qué opinaba del nuevo libro donde León Blum se lamentaba...

–...de que una costumbre injustificada –continuó el profesor Haddock– impide a las señoritas de la buena sociedad ejercitar sus encantos en los juegos amorosos, que de forma tan deplorable realizan las mozas mercenarias. Pero ese autor no debe afligirse tanto, puesto que, si bien existe arraigado entre nuestra sociedad burguesa ese mal que lamenta, no se extendió entre la gente del pueblo, ya que ni las artesanas ni las campesinas se abstienen de los goces amorosos.

–¡Qué inmoralidad, caballero! –dijo la señora Crémeur. Y celebró la inocencia de las doncellas en frases rebosantes de pudor y gracia. Estuvo afortunadísima.

Las nociones del profesor Haddock sobre el mismo asunto generaron una molesta depresión en los ánimos.

–Las doncellas de la buena sociedad –dijo– viven guardadas y vigiladas. Además, los hombres no las provocan: algunas veces por honradez, otras por temor a terribles responsabilidades y otras porque la seducción de una doncella no es aventura de que "pudieran" vanagloriarse. En realidad, no sabemos lo que sucede, porque lo que se oculta no se ve. Las doncellas de la buena sociedad serían más fáciles que las casadas, por dos motivos: tienen más ilusión y su curiosidad no está satisfecha. Las mujeres acostumbran ser iniciadas con tanta torpeza por sus maridos, que de momento no quieren repetir con otro. En mis intentos de seducción tropecé muchas veces con semejante obstáculo.

Cuando el profesor Haddock ponía fin a sus nociones desagradables, Evelina ingresaba en el salón para servir el té con la displicencia de costumbre, que prestaba un oriental encanto a su hermosura.

—Yo —dijo Hipólito Cerés, con los ojos fijos en ella— me proclamo campeón de las señoritas.

"¡Qué imbécil!", pensó Evelina.

Hipólito Cerés, que nunca había sacado un pie de su mundo político y sólo trató con electores y camaradas, juzgaba muy distinguido el salón de la señora de Clarence, suponía muy elegante a la señora de la casa, y a su hija, excepcionalmente bella. Fue asiduo en su trato, y galanteó a la una y a la otra.

Aquel hombre activo se empeñó en agradarlas, y algunas veces lo consiguió. Les daba invitaciones para el Congreso y palcos para la Opera, facilitó a la señora Clarence varias ocasiones de lucimiento, sobre todo en una fiesta campestre, que, a pesar de ser oficial y ofrecida por un ministro, resultó delicadamente mundana y valió a la República su primer triunfo entre las personas elegantes.

En aquella fiesta, Evelina fue muy agasajada, sobre todo por un joven diplomático llamado Roger Lambilly, quien la creyó una mujer galante y le propuso una entrevista. Fascinada por la figura de aquel hombre, al cual suponía rico, Evelina le visitó. Un tanto emocionada, cuasi turbada, estuvo a punto de ser víctima de su atrevimiento, y sólo evitó la caída por una maniobra ofensiva y audaz. Esta fue la mayor locura de su existencia de soltera.

En su trato con los ministros y con el presidente afectaba Evelina un carácter misericordioso y aristocrático, que le conquistó simpatías entre los prohombres de la República anticlerical y democrática. Hipólito Ceres, al verla triunfar, se sintió más atraído y satisfecho. Por fin se enamoró con locura. Desde ese momento ella comenzó a mirarle con interés. Aquel hombre se le aparecía falto de elegancia, de delicadeza y de cultura, pero muy resuelto, desenvuelto, entretenido e ingenioso. Evelina se burlaba de él, y sin embargo, pensaba gustosa en él.

Un día deseó poner a prueba su cariño. Era en pleno período electoral. Hipólito Cerés preparaba su reelección. Ante un contrincante poco peligroso al principio, sin recursos oratorios, pero con mucho dinero, que le restaba día a día algunos votos, Cerés, nada propenso a la confianza necia ni a las inquietudes alarmantes, no temía, pero tampoco se descuidaba. Su principal influencia se ejercía en las reuniones públicas, donde, a fuerza de pulmones, anulaba a su contrincante. Su Comité anunciaba controversias libres ante un inmenso público, dispuestas para los sábados por la noche y los domingos a las tres en punto de la tarde. Fue un domingo a visitar a las señoras de Clarence y halló a Evelina sola en el salón. A los veinte o veinticinco minutos de hablar con ella sacó el reloj: ya eran las tres menos cuarto. Evelina se mostró amable, provocativa, graciosa, intranquilizadora. El diputado, conmovido, se incorporó.

—¡Esperad un momento! —dijo ella con voz tan suplicante y acariciadora que Hipólito se sentó nuevamente.

Decidida a interesarse más y más, tuvo para él abandonos, curiosidades, condescendencias. El diputado se arreboló, empalideció y se incorporó otra vez. Entonces ella, en pos de retenerlo, fijó en él sus ojos, cuyas pupilas húmedas refulgían con resplandores turbios, desmayados. El hermoso pecho latía con violencia, y los labios, trémulos, guardaban silencio.

Derrotado, anonadado, frenético, el hombre cayó a sus pies, y cuando pudo mirar nuevamente la hora dio un salto y emitió un juramento espantoso:

—¡Rec...! ¡Las cuatro menos cinco! ¡Me largo!

Y bajó en cuatro zancadas la escalera.

Desde aquel día, Evelina sintió por Hipólito cierta estimación.

Capítulo IV

El matrimonio de un político

Ella no le quería mucho, pero deseaba que él la adorase. Se mostró reservada, y no por falta de cariño, sino porque hay entre las prácticas amorosas algunas que se llevan a cabo con indiferencia, por distracción, por instinto, por curiosidad, por costumbre, como ensayo de poder y para descubrir los resultados. El motivo de su reserva fue otro. Lo conocía a fondo y le supuso capaz de aprovecharse de sus confianzas y de reprochárselo de forma grosera si no proseguía las concesiones. Como él era, sobre todo por conveniencia, anticlerical y librepensador, Evelina creyó muy oportuno afectar modales devotos. Llevaba en la mano, para que los viera él, enormes libros de misa con tapas rojas, y le metía por los ojos las listas de suscripciones para el culto nacional de Santa Orberosa. No hacía esto en pos de mortificarle, por travesura, por frivolidad, ni por espíritu de contradicción, sino porque de aquella forma afirmaba un carácter, se crecía, y para exaltar el ánimo de Hipólito se rodeaba de religión como Brunilda, para atraer a Sigurd, se rodeaba de flamas. Al diputado le pareció más bella con aquel disfraz, porque a sus ojos el clericalismo era una elegancia.

Reelegido por una enorme mayoría, Cerés entró en una Cámara de ideas más radicales que la precedente y, al parecer, más deseosa de reformas. Advertido pronto de que tanto celo encubría el miedo al triunfo de los contrarios y un sincero objetivo de no hacer nada, combinó una política oportuna para semejantes aspiraciones. En la primera sesión pronunció un discurso, concebido de forma hábil y bien ordenado, en el cual probaba que toda reforma debe ser diferida largo tiempo. Se mostró ardiente, cuasi febril, y sostuvo que un orador debe recomendar la moderación con extremada vehemencia. Fue aclamado por todos. En la tribuna presidencial estaban las señoras de Clarence. A su pesar, Evelina se emocionó al solemne estruendo de los aplausos. Junto a ella, la bellísima señora Pensée se estremecía con las vibraciones de aquella potente voz.

Así que Hipólito Cerés abandonó la tribuna y se acercó a las señoras de Clarence. Mientras al saludarlas recibía sus felicitaciones con fingida modestia y se secaba el cuello con el pañuelo, Evelina, que le veía embellecido con resplandores triunfales, reparó que la señora Pensée respiraba con voluptuosidad el sudor del héroe, ávida, con los ojos entornados, con la cabeza desmayada y a punto de rendirse. Evelina sonrió entonces con cariño al señor de Cerés.

El discurso del diputado de Alca generó gran alboroto. En las "esferas" políticas lo juzgaron muy hábil. "Hemos oído al fin un lenguaje honrado", escribía un diario conservador. "¡Es todo un programa!", exclamaron sus compañeros de legislatura. Y se le reconoció un enorme talento.

Hipólito Cerés se imponía como jefe de los diputados radicales, socialistas y anticlericales, que le nombraron presidente de su grupo, el más importante de la Cámara. Ya le adjudicaban una cartera para la próxima combinación ministerial.

Luego de muchas vacilaciones, Evelina Clarence decidió casarse con Hipólito Cerés. En su concepto era un hombre vulgar y no se podía suponer que llegase, con el tiempo, a esas alturas en las cuales la política enriquece; pero, al cumplir veintisiete años, Evelina conocía lo bastante el mundo para no ser exigente en demasía.

Hipólito Cerés era un hombre famoso, un hombre feliz. Estaba desconocido, incrementaba por momentos la elegancia de sus trajes y de sus modales, abusaba un poco de los guantes blancos. Ya muy sociable, hizo pensar a Evelina en la conveniencia de que lo fuese menos. La señora de Clarence veía con gusto aquel compromiso, satisfecha del porvenir de su hija y de tener todos los jueves flores para su salón.

La ceremonia matrimonial presentaba problemas. Evelina era devota y quería recibir la bendición de la Iglesia. Hipólito Cerés, tolerante, pero librepensador, sólo admitía el matrimonio civil. Hubo discusiones y hasta desgarradoras escenas. La última se produjo en el aposento de la novia, cuando redactaban las invitaciones. Evelina manifestó que, sin el consentimiento de la Iglesia, no se consideraría casada. Propuso una ruptura, irse al extranjero con su madre o meterse a monja. Después, enternecida, suplicante, endeble, ¡gimió!, y todo gemía con ella en la virginal estancia: la pililla del agua bendita, el ramo de boj colocado a la cabecera del lecho, los libros devotos sobre el mármol de la chimenea, la imagen blanca y azul de Santa Orberosa con el dragón encadenado... Hipólito Cerés hallábase conmovido.

Bella en su dolor, con los ojos brillantes por sus lágrimas, con las muñecas apretadas en un rosario de lapislázuli, como encadenadas por la fe, Evelina se tiró a los pies de Hipólito y se abrazó a sus rodillas, trémula, extenuada.

Hipólito estaba casi decidido a ceder, y murmuró inseguro:

—Un matrimonio clerical, una ceremonia en la iglesia... Los electores acaso lo acepten; pero el Comité no querrá tragárselo... Intentaré convencerlos y les hablaré de la tolerancia, de las imposiciones sociales... También ellos dejan comulgar a sus hijas... En cuanto a mi cartera, ¡diablo!, se ahogará en agua bendita.

Ella se incorporó, grave, generosa, resignada, vencida.

—No insisto ya.

—¿Renuncias al matrimonio religioso? ¡Es lo prudente!

—Sí; pero trataré de arreglarlo a satisfacción de todos.

Visitó al reverendo padre Douillard, quien se mostró más abierto y acomodaticio de lo que Evelina pudo imaginar, y le dijo:

—Es un hombre inteligente, un hombre razonable y ordenado; él mismo ha de venir hacia nosotros. Le santificaréis; no en vano le ofrenda Dios una esposa cristiana. La Iglesia no siempre exige, para sus bendiciones nupciales, la pompa y las ceremonias. Ahora que se halla perseguida, la oscuridad de las criptas y la discreción de las catacumbas convienen a sus festividades. Cuando hayáis cumplido las formalidades civiles, acudid a mi capilla particular, en traje de calle, acompañada por el señor Cerés y os casaréis en el más riguroso secreto. El obispo me concederá todas las licencias necesarias y todas las facilidades concernientes a las amonestaciones, la cédula de confesión, etcétera, etcétera.

Tales arreglos parecían a Hipólito algo arriesgados, pero los aceptó. Sentíase halagado.

—Iré de americana —dijo.

Fue de levita, con guantes blancos y botas de charol. Hizo sus genuflexiones. Porque las personas bien educadas...

Capítulo V

El gabinete Visire

El matrimonio Cerés se instaló con recato y modestia en un bello piso de una casa nueva. Cerés adoraba a su esposa con llaneza y lealtad. Le ocupaba muchas horas la Comisión de Presupuestos y trabajaba más de tres noches por semana en su Informe acerca de la reforma telegráfica, decidido a que fuese un monumento. Evelina consideraba un tanto tonta su forma de vivir, pero no le generaba desagrado. Lo peor era la escasez de dinero. Los servidores de la República no se enriquecen como se supone. Desde que no hay soberano que distribuya favores, cada cual toma lo que puede, y sus malversaciones, limitadas por las malversaciones de todos, quedan reducidas a proporciones modestas; de ahí la sobriedad de costumbres que se advierte en los jefes de la democracia. Sólo les es posible enriquecerse en los períodos de grandes negocios, y son entonces objeto de la envidia de sus colegas menos favorecidos. Hipólito Cerés preveía, para un tiempo cercano, una etapa de grandes negocios; era de los que saben prepararlos, y, entretanto, soportaba de forma digna una estrechez, compartida con bastante resignación por Evelina, que no dejaba de ver al padre Douillard, frecuentaba la capilla de Santa Orberosa y cultivaba relaciones con una sociedad seria y capaz de servirla, sabía elegir sus amistades, y solamente intimaba con aquellos que eran merecedores. Había adquirido experiencia desde sus paseos en el automóvil del vizconde de Clena, y, sobre todo, sabía lo que puede hacerse valer una mujer casada.

Al comienzo, el diputado se intranquilizó porque los pasquines demagogos satirizaban las costumbres piadosas de su esposa; pero después le satisfizo advertir que todos los jefes de la democracia buscaban aproximaciones con los aristócratas y con la Iglesia.

Atravesaban una de esas etapas (repetidas con frecuencia) en las cuales se advierte que todo se precipita. Hipólito Cerés no lo dudaba, por lo cual su política no era de persecución, sino de tolerancia. Había sentado las bases en su magnífico discurso acerca de la preparación de las reformas.

El Ministerio, que adquirió fama de avanzado por demás, sostenía proyectos reconocidos como peligrosos para el capital, tenía en contra suya las poderosas Compañías acaparadoras, y, por consecuencia, los periódicos de todas las opiniones. Como el peligro se incrementaba, el Gabinete renunció a sus proyectos, su programa y su orientación; pero ya era tarde: un nuevo Gobierno estaba prevenido, y fue suficiente, para producir la crisis, una pregunta insidiosa de Pablo Visire, transformada de inmediato en interpelación, y un hermoso discurso de Hipólito Cerés.

El presidente de la República designó para que formase Gobierno al propio Pablo Visire, que, todavía muy joven, había sido ya dos veces ministro y era un hombre encantador, amigo de bailarinas y de cómicos, muy artista, muy sociable, muy ingenioso, de clara inteligencia y de actividad maravillosa. Formuló un Ministerio destinado a apaciguar a la opinión alarmada. Hipólito Cerés obtuvo una cartera.

Los nuevos ministros formaban parte de todos los grupos de la mayoría, representaban las opiniones más diversas y más opuestas; pero, en el fondo, eran todos moderados y resueltamente conservadores. Fue reelegido el ministro de Negocios Extranjeros del anterior gabinete, llamado Crombile, que trabajaba catorce horas al día en sus delirios de grandeza, silencioso, abstraído, receloso hasta con sus mismos agentes diplomáticos, terrible intranquilizador sin intranquilizar a nadie, porque la imprevisión de los pueblos es infinita y la de sus Gobiernos no le va en zaga. Se encargó de la cartera de Obras Públicas el socialista Fortunato Lapersonne. Era una de las costumbres más solemnes, más severas, más rigurosas, y casi me atrevo a decir más terribles y despiadadas de la política, colocar en cada Ministerio un socialista, en pos de combatir el socialismo; de esta manera, los enemigos de la fortuna y de la propiedad experimentaban la vergüenza y la amargura de que los fustigara uno de los suyos, y no podían reunirse sin que sus ojos buscasen entre ellos al que habría de fustigarlos mañana. Sólo una profunda ignorancia del corazón humano permitía suponer difícil el hallazgo de un socialista para tales funciones. El ciudadano Fortunato Lapersonne entró en el Gabinete Visire por iniciativa propia, sin la más insignificante violencia, y hasta obtuvo la aprobación de algunos camaradas. Tanto prestigio tienen los cargos públicos entre los pingüinos.

Al general Debonnaire se le confió la cartera de Guerra. Estaba reputado como uno de los más inteligentes generales del Ejército; pero se dejó guiar por una mujer licenciosa, la cual, muy encantadora aún en su intrigante madurez, se había puesto al servicio de otra nación.

El nuevo ministro de Marina, el respetable almirante VivierdesMurenes, con fama de excelente marino, exhibía un espíritu religioso que desentonaría en un Ministerio anticlerical si la República laica no hubiese reconocido la religión como de utilidad marítima. Atento a las instrucciones del reverendo padre Douillard, su director espiritual, el respetable almirante Vivierdes Murenes consagró la escuadra a Santa Orberosa, y mandó componer por algunos bardos himnos devotos en honor de la Virgen de Alca en pos de que reemplazasen al himno nacional en los programas musicales de la Marina de guerra.

El Ministerio Visire se declaró francamente anticlerical, más respetuoso con las creencias y reformador de una forma prudente. Pablo Visire y sus colaboradores, deseosos de reformas, por no comprometer las reformas no proponían ninguna, seguros, como verdaderos hombres políticos, de que las reformas se comprometen en cuanto se proponen. Aquel Gobierno fue muy bien recibido, apaciguó a las personas honradas e hizo subir los valores. Comunicó la subasta de cuatro acorazados; anunció asimismo persecuciones socialistas, y manifestó su propósito inquebrantable de rechazar todo impuesto inquisitorial sobre la renta. La elección del ministro de Hacienda, Terrasson, fue muy elogiada por los periódicos más autorizados. Terrasson, viejo ministro, famoso por sus jugadas de Bolsa, autorizaba todas las esperanzas de los banqueros y auguraba una etapa de negocios fecundos.

Rápidamente se hincharon con la leche de la Riqueza las tres ubres de las naciones modernas: el Acaparamiento, el Agio y la Especulación fraudulenta. Ya se hablaba de empresas lejanas, de colonización, y los más osados lanzaron en la Prensa un proyecto de protectorado militar y económico sobre la Nigricia.

Sin haber dado todavía la medida de sus talentos, Hipólito Cerés era ya considerado como un individuo de mucha capacidad; los hombres de negocios lo estimaban. Recibía felicitaciones de todas partes por haber roto con los partidos extremos, con los políticos peligrosos, y por tener conciencia de las responsabilidades gubernativas. La señora Cerés era la única estrella femenina del Ministerio. Crombile se acartonaba en el celibato. Pablo Visire se había casado con la señorita de Blampignon, hija de un comerciante opulento del Norte, mujer distinguida, estimada, sencilla, y enferma hasta el punto de que su falta de salud la retenía de manera continua al lado de su madre en un remoto rincón provinciano. Las otras "ministras" no habían venido al mundo para encantar los ojos, y la gente sonreía al leer que la señora Labillete lució en el baile de la Presidencia, encima de su tocado, un ave del paraíso. La señora del almirante Vivier-des–Murenes, más ancha que alta, con el rostro amoratado y la voz enronquecida, iba todos los días a la compra. La generala Debonnaire, larguirucha, flaca y pecosa, ávida de amores con oficialitos, sumergida en el libertinaje y el crimen, sólo consiguió alguna consideración a fuerza de fealdad e insolencia.

La señora Cerés era el encanto del mundo oficial. Joven, hermosa, irreprochable, para seducir de igual manera a los más encopetados y a los más humildes, unía la elegancia de sus vestidos a la pureza de su sonrisa inefable. Sus salones fueron asaltados por la opulenta Banca judía. Dio las fiestas más brillantes de la República. Los periódicos describían sus trajes y los modistos más famosos no le consentían que los pagara. Iba mucho a la iglesia; protegía, contra la animadversión popular la capilla de Santa Orberosa, y hasta hizo entrever a los corazones aristócratas la esperanza de un concordato nuevo con el Vaticano. Sus cabellos de oro, sus pupilas gris de lino, su flexibilidad, su elasticidad, sus curvas hermosas, le otorgaban todos los atractivos de una mujer en verdad encantadora. Gozaba de buena reputación, que pudiera guardar intacta en flagrante delito; de tal modo era sagaz, plácida y dueña de sí.

Finalizó la legislatura con una victoria del Gabinete, que rechazó, entre los aplausos unánimes de la Cámara, una proposición de un impuesto inquisitorial y con el triunfo de la señora Cerés, que dio fiestas en honor de tres reyes.

Capítulo VI

El diván de la favorita

El presidente del Consejo invitó durante las vacaciones al señor y a la señora de Cerés a pasar quince días en la montaña, en un castillo alquilado para el veraneo y donde vivía solo. La salud en verdad deplorable de la señora Visire no le posibilitó acompañar a su marido, y continuaba, como siempre, con sus padres, en el rincón de una provincia del Norte.

El castillo había pertenecido a la querida de uno de los últimos reyes de Alca. El salón conservaba sus antiguos muebles, y entre ellos, el diván de la favorita. El paisaje era encantador. Un hermoso río azul, el Aiselle, se deslizaba al pie de la colina donde se emplazaba el castillo. Hipólito Cerés era un apasionado pescador de caña, en cuya monótona ocupación sorprendía sus mejores combinaciones parlamentarias y sus más felices rasgos oratorios. Como en el Aiselle abundan las truchas, las pescaba desde la mañana hasta la noche en una lancha que el presidente del Consejo puso a su disposición desde el primer día.

Mientras, Evelina y Pablo Visire solían dar una vuelta por el jardín o hablaban en el salón. Evelina, que sabía de la seducción ejercida por aquel hombre sobre las mujeres, habíase limitado a desplegar en su presencia una coquetería esporádica y superficial, sin intenciones decididas ni objetivo determinado. El presidente no había reparado mucho en ella. La Cámara y la Ópera embargaron todos sus instantes; pero en el solitario castillo, las pupilas grises y las hermosas curvas se avaloraron a sus ojos. Una tarde, mientras Hipólito Cerés pescaba, como de costumbre, en el Aiselle, Visire la hizo sentar a su lado en el diván de la favorita. Entre los cortinados que protegían del calor y de la claridad excesiva de un sol ardiente, algunos rayos dorados se clavaban en Evelina como las flechas de un amor oculto. Debajo de su blusa blanca, todas sus formas, a la vez macizas y afinadas, ponían de manifiesto su gracia y su juventud. Su piel era fresca y olía a heno recién cortado. Pablo Visire se comportó como la ocasión lo exigía. Evelina no quiso evitarlo, segura de que aquello no había de tener importancia ni consecuencias; pero pronto pudo advertir cuán equivocada estaba.

"Había —dice una célebre balada alemana— en la plaza del pueblo, donde da el sol, apoyada en un muro, por el cual subía la madreselva, una estafeta de cartas, azul como las azulinas, sonriente y satisfecha.

"Diariamente se acercaban a ella los comerciantes modestos, los ricos labradores, el recaudador, los gendarmes, y le confiaban cartas de negocios, facturas, requerimientos, apremios, diligencias judiciales, llamamientos de reclutas... Y la estafeta proseguía sonriente y apacible.

"Satisfechos y preocupados, dirigíanse hacia ella los jornaleros y mozos de labranza, criadas y nodrizas, dependientes y empleados, mujeres con sus niños de pecho: depositaban en su boca noticias de nacimientos, de matrimonios y de muertes, cartas de novios y de novias, cartas de maridos y de esposas, cartas de madres a sus hijos y de hijos a sus madres...Y la estafeta proseguía sonriente y apacible.

"Al oscurecer, los mozos y las mozas llegaban de forma furtiva para entregarle sus cartas de amor, unas bañadas en lágrimas, que borraban la tinta; otras, con signos que marcaban el lugar donde se habían depositado algunos besos; todas, interminables... Y la estafeta proseguía sonriente y apacible.

"Los ricos negociantes iban, por prudencia, temprano, a entregarle sus cartas con valores, sus cartas con cinco sellos rojos, abultados por los billetes de Banco, por las letras de cambio... Y la estafeta proseguía sonriente y apacible.

"Pero una tarde, Gaspar, que no se había llegado a ella nunca, fue a echar una carta, en la cual tan solo se supo que iba doblada en pliegues triangulares, y la estafeta perdió la sonrisa y la tranquilidad. La estafeta desfalleció. Desde entonces ya no se encuentra fija en el muro bajo la madreselva: corre las calles, los campos y los bosques, apretada de hiedra y coronada de rosas. Anda siempre por montes y por valles y el guarda rural la sorprendió en los trigos mientras abrazaba a Gaspar, le besaba en la boca".

Pablo Visire había recobrado su serenidad habitual. Evelina continuó echada en el sofá de la favorita, con delicioso aturdimiento.

El reverendo padre Douillard, maestro en Teología moral y que en la decadencia de la Iglesia conservaba inmutables los preceptos, tenía razón al sostener, de acuerdo a la doctrina de los Santos Padres, que si una mujer comete un enorme pecado al entregarse por dinero, lo comete más enorme aún al entregarse por amor; ya que en el primer caso trata de sostener su vida, lo cual no es excusable, pero sí perdonable y tal vez digno de la gracia del Cielo. Dios prohíbe la muerte voluntaria y ordena la conservación de sus criaturas, que son sus templos. Además, la que se entrega para vivir queda humillada y no comparte los placeres, con lo cual su pecado disminuye; pero al entregarse por amor una mujer peca de voluptuosidad, se goza en su falta; el orgullo y las delicias que adornan su crimen aumentan su peso mortal.

El ejemplo de la señora Cerés acentuaba la profundidad de estas verdades morales. Averiguó que poseía sentidos, lo cual no había sospechado hasta ese momento. Le bastó un instante para este descubrimiento, que tronchó su alma y trastornó su existencia. Por supuesto, le pareció encantador haber aprendido a conocerse. Profundizar en el propio conocimiento no es un goce cuando se ahonda en lo moral; pero ya no sucede lo mismo al ahondar en la carne, cuyos manantiales de voluptuosidad pueden resultarnos reveladores. Mostró a su revelador un agradecimiento proporcional al beneficio recibido, segura de que, al descubrirle los abismos celestes, era el dueño exclusivo de la llave. ¿Estaba en un error? ¿Le sería posible hallar otras llaves de oro? No es fácil aseverarlo, y el profesor Haddock (divulgado ya el suceso muy pronto, como vamos a ver en esta historia) trató el asunto desde un punto de vista experimental en una revista científica, y dedujo que las probabilidades logradas por la señora de C*** para encontrar la exacta equivalencia del señor V*** se hallaban en una proporción de 3.05 a 975.008, lo cual era como decir que su problema resultaba insoluble. Sin duda, ella lo entendió por instinto y se aferró a él con locura.

He referido los hechos con todas las circunstancias que, a mi juicio, deben fijar la atención de las inteligencias reflexivas y filosóficas. El diván de la favorita es digno de la majestad histórica;

en él se decidieron los destinos de un famoso pueblo; más aún: en él se llevó a cabo un acto que debía repercutir en las naciones fronterizas, amigas y enemigas, y en la Humanidad entera. Con frecuencia los acontecimientos de esta naturaleza, si bien son de una trascendencia infinita, escapan a los criterios superficiales, a las almas ligeras que asumen de manera indebida la labor de escribir la Historia. Por este motivo permanecen ignorados los secretos resortes que determinan los sucesos y resultan incomprensibles las caídas de los imperios y la transmisión de dominios, que aparecerían claras si se descubriera y se tocase el punto imperceptible que, puesto en funciones, lo ha conmovido y lo ha derribado todo. El autor de esta importante historia conoce como nadie sus defectos y sus insuficiencias; pero puede vanagloriarse de que siempre ha conservado la moderación, la seriedad, la austeridad que se requieren al referir los negocios de Estado, y jamás olvidó el decoro conveniente al relato de las acciones humanas.

Capítulo VII

Las primeras consecuencias

Cuando Evelina confesó a Pablo Visire que nunca había sentido algo semejante, él no la creyó. Acostumbrado a las astucias femeninas, sabía que las mujeres hablan de ese modo a los hombres para apasionarlos y su experiencia, como a veces sucede, le indujo a desconocer la verdad. Incrédulo, pero lisonjero, sintió por ella mucho amor y algo más que amor: se avivó de pronto su inteligencia. Visire pronunció en la capital de su distrito un discurso pletórico de gracia, de brillo, de acierto, que fue juzgado como su obra maestra.

Se reanudó de forma serena la vida oficial; asomaron en la Cámara odios aislados. Algunas ambiciones tímidas aún levantaban la cabeza, y bastó una sonrisa del valeroso presidente para disipar las sombras. Ella y El se veían dos veces al día, y además, se comunicaban por escrito todos los días. Práctico en este género de relaciones, él disimulaba, cauteloso; pero ella descubría una imprudencia loca: se presentaba con él en salones y teatros, en la Cámara y en las Embajadas, revelaba su amor en la alegría de su rostro, en todo su ser, en los húmedos fulgores de su mirada, en la voluptuosa sonrisa de sus labios, en las palpitaciones de su pecho, en el contoneo de sus caderas, en el encanto de su hermosura radiante, anhelante, enloquecida. Rápidamente el país entero estuvo informado; las cortes extranjeras conocían el asunto; tan solo lo ignoraban aún el esposo y el presidente de la República. Este último lo averiguó en el campo, gracias a un informe de la Policía traspapelado, no se sabe cómo, en su maleta.

Hipólito Cerés, aunque no era muy delicado ni muy sagaz, notó alguna variación en su casa. Evelina, que poco antes se interesaba por sus asuntos y le demostraba, si no ternura, sincera confianza, ya sólo tenía para él indiferencia y descontento. Siempre había salido bastante, absorbida por los asuntos de Santa Orberosa; pero al presente no se la veía casi nunca en su hogar y llegaba a las nueve en coche para sentarse a la mesa, silenciosa, con expresión de sonámbula. Cerés juzgaba ridículo tanto desorden; pero cuando se preocupó de ello sus reflexiones no le revelaron la verdad. Padecía un total desconocimiento de las mujeres y una confianza ciega en sus propios méritos y en su fortuna, que le hubieran ocultado la verdad por siempre si ambos amantes no le obligaran a descubrirla.

Cuando Pablo Visire iba a casa de Evelina y la encontraba sola, decían al besarse: "¡Aquí, no; aquí, no!" De repente fingían el uno para el otro absoluta reserva. Pero un día el ministro de Comunicaciones encontrábase muy atareado en el "seno de la Comisión". Pablo Visire vio a Evelina en su casa, y al encontrarse juntos y solos:

—Aquí no —dijeron, sonrientes, los amantes.

Lo repitieron sus bocas labio a labio, entre besos, abrazos y genuflexiones. Lo repetían aún mientras Hipólito Cerés entraba en el salón. Pablo Visire fingió bastante bien, y con tranquilidad le comunicó a la señora que renunciaba, por imposible, a liberarla del granito de polvo que se le introdujo en un ojo. No suponía engañar con esto al marido, pero favorecía la salida. Hipólito Cerés se quedó anonadado. La conducta de su esposa le parecía incomprensible y le preguntó los motivos que la impulsaron:

—¿Por qué? ¿Por qué? —repetía con angustia—. ¿Por qué?

Ella lo negó todo, no para convencerle, puesto que los había sorprendido, sino por comodidad y buen gusto, en pos de evitar vergonzosas explicaciones.

Hipólito Cerés sufrió todas las torturas de los celos. Reflexionaba: "Soy fuerte y estoy acorazado; pero la herida me duele más adentro, en lo íntimo del corazón". Y de pronto, al ver a Evelina hermoseada por la voluptuosidad, satisfecha de su crimen, le decía, dolorido:

—Con ése no debiste hacerlo.

Estaba en lo cierto. Evelina no debió comprometer con sus amores la marcha del Gobierno.

Tanto sufría Hipólito, que tomó el revólver, al tiempo que vociferaba: "¡Lo mataré!" Pero en seguida pensó que un ministro de Comunicaciones no puede matar al presidente del Consejo, y volvió a guardar el arma en el cajón de la mesilla de noche.

Las semanas pasaron sin aplacar su triste sufrimiento. Todos los días se ceñía sobre la herida oculta su coraza de hombre vigoroso, y buscaba en las labores y en los honores la paz que le abandonó. Todos los domingos presidía inauguraciones de bustos, estatuas, fuentes, pozos artesianos, hospitales, dispensarios, vías férreas, canales, mercados, cloacas, arcos de triunfo, mataderos, y emitía discursos vibrantes. Su ardorosa actividad devoraba los expedientes. Cambió quince veces en ocho días el color de los sellos de Correos, y le abrumaban dolores furiosos, enloquecedores. De vez en cuando perdía el juicio. Si hubiera ejercido un empleo en alguna oficina particular, pronto lo echaran de ver; pero es mucho más dificultoso percibir la locura o el delirio en la administración de los negocios públicos. Por entonces, los empleados del Gobierno formaban Asociaciones y Federaciones con una efervescencia que tenía intranquilos al Parlamento y a la opinión. Los carteros se destacaban entre todos por su entusiasmo sindicalista.

Hipólito Cerés publicó una circular en la que reconocía la acción de los carteros como estrictamente legal, y al día siguiente lanzó una segunda circular que prohibía como ilegal toda Asociación de empleados del Estado. Dejó cesantes a ciento ochenta carteros, a los cuales repuso en sus destinos, para castigarlos luego con una multa y gratificarlos al fin. En el Consejo de ministros se hallaba de manera constante a punto de estallar. Apenas le contenía en los límites de la corrección la presencia del presidente de la República, y como no osaba lanzarse sobre su rival, se tranquilizaba con improperios dirigidos al general Debonnaire, que no los escuchaba por su mucha sordera y por encontrarse divertido en componer versos para la baronesa de Bildermann. Hipólito Cerés se oponía obstinado a cualquier proposición del presidente del Consejo. Su insensatez ya era notoria. Sólo una facultad escapó al desastre de su inteligencia: conservaba el sentido parlamentario, el tacto de las mayorías, el profundo conocimiento de los grupos y la seguridad de las componendas.

Capítulo VIII

Nuevas consecuencias

Terminó aquella legislatura en calma, sin descubrir el Ministerio en los bancos de la mayoría ninguna señal funesta. Pero se dedujo con facilidad de algunos artículos publicados en los periódicos moderados que las exigencias de los banqueros judíos y católicos se incrementaban de día en día, que el patriotismo de los agiotistas solicitaba una expedición civilizadora a la Nigricia y que los fabricantes de acero, deseosos de proteger las costas y defender las colonias, reclamaban frenéticamente acorazados y más acorazados. Corrían rumores de guerra, esos que corren de manera periódica con la regularidad de los vientos alisios. Las personas serias no les prestaban atención y el Gobierno esperaba que se desvanecieran por sí solos, mientras no aumentasen hasta el punto de producir alarma. Los banqueros y los agiotistas anhelaban la guerra colonial, y el pueblo no deseaba guerra de ninguna clase: se complacía con las arrogancias del Gobierno, pero a la menor sospecha de un conflicto europeo su violenta emoción hubiera invadido la Cámara. Pablo Visire no experimentaba inquietud alguna: las relaciones internacionales eran, a su juicio, muy tranquilizadoras, y le preocupaba tan solo el maniático silencio del ministro de Negocios Extranjeros. Aquel gnomo que se presentaba en los Consejos con una cartera de mayor tamaño que su persona y repleta de asuntos no decía nada, se negaba a responder a las preguntas aunque le fuesen dirigidas por el jefe superior del Estado, y rendido por sus labores interminables, aprovechaba los momentos para dormir hundido en su poltrona sin dejar otra huella de sí que su minúsculo mechón de cabellos negros sobre el filo del tapete verde.

Hipólito Cerés recobraba su serenidad y su frescura. En compañía de su colega Lapersonne se alegraba la existencia con el trato de actrices veleidosas y alegres, y cada noche los veían llegar a los figones elegantes del brazo de mujeres encapuchadas, presumiendo de su robustez, su corpulencia y su resplandeciente sombrero. Pronto fueron calificados entre las figuras más simpáticas del bulevar. Se divertían; pero un dolor oculto los embargaba. Fortunato Lapersonne poseía también una profunda herida bajo su coraza. Su esposa, ex modista y ex amante de un marqués, se había ido a vivir con un chofer. Como no dejó de quererla, se desesperaba al pensarlo, y en algunas ocasiones, encerrados los dos ministros en un gabinete particular, entre mozas que reían, mientras chupaban cangrejos, cruzaron una mirada encendida en su interno dolor, y humedecieron sus ojos con una lágrima.

Hipólito Cerés, lastimado en el corazón, no se dejó abatir, y juró venganza. La señora de Visire, que, como consecuencia de su poca salud, seguía con sus padres en un rincón provinciano, recibió un anónimo, donde se le advertía que Pablo Visire, amante de una mujer casada, E*** C*** (adivinad), derrochaba con ella la fortuna de su esposa, adquiría automóviles de treinta mil francos y collares de perlas de ochenta mil, se arruinaba, se deshonraba y se agotaba. La señora de Visire sufrió un ataque de nervios y mostró el anónimo a su padre.

—¡Le arrancaré las orejas a tu marido! —rugió el señor Blampignon—. Es un tarambana que te dejará en la miseria si no le atas corto. Por muy presidente del Consejo de ministros que sea, no me da miedo.

Al bajarse del tren, el señor Blampignon se hizo llevar directamente al ministerio de Interior, y entró hecho una furia en el despacho del presidente.

—¡Necesito hablaros, caballero!

Y agitaba el papelucho anónimo.

Pablo Visire lo recibió sonriente.

—Me alegro de veros, querido padre. Tenía en mente escribiros para felicitaros por vuestro nombramiento de oficial de la Legión de Honor. Esta mañana se puso a la firma.

El señor Blampignon dio las gracias de manera efusiva a su yerno y tiró el anónimo a la chimenea. De regreso en su casona provinciana encontró a su hija desconsolada y caída.

—Vi a tu marido. Es un muchacho encantador, pero tú no sabes tratarlo.

Hipólito Cerés averiguó por un escandaloso periodiquillo (los ministros siempre se enteran de los asuntos de Estado por los periódicos) que el presidente del Consejo cenaba todas las noches en casa de la señorita Lisiana, de los Bufos, cuya belleza le cautivaba con locura. Desde aquel día, Cerés experimentó el goce miserable de observar a su mujer. Evelina llegaba siempre tarde para comer o para vestirse, y reflejaba en su aptitud la fatiga serena de un goce realizado.

Seguro de que aún lo ignoraba, Cerés le dirigió avisos anónimos. Ella los leía en la mesa, lánguida y sonriente. El marido creyó que su mujer no se percataba de la realidad y quiso presentarle una prueba decisiva. Había en el ministerio agentes de confianza ocupados en investigaciones secretas interesantes para la defensa nacional y que, precisamente, vigilaban a unos espías que la nación vecina y enemiga pagaba, pertenecientes al servicio de Correos y Telégrafos de la República. Hipólito Cerés les ordenó que suspendieran sus investigaciones y se ocuparan de averiguar dónde, cuándo y cómo el presidente del Consejo se veía con Lisiana. Los agentes, luego de cumplir de manera fiel su misión, comunicaron al ministro que habían sorprendido en repetidas ocasiones al presidente del Consejo con una señora, y que dicha señora no era Lisiana. Hipólito Cerés tuvo la cordura de no preguntarles más. Los amores de Pablo Visire con Lisiana sólo eran un invento del propio Visire, lanzado con la aprobación de Evelina en pos de despistar a los curiosos y gozarse tranquilos en la sombra y el misterio. Pero, además de los agentes del ministro de Comunicaciones los acechaban los del prefecto de Policía y los del ministerio de Interior, que se disputaban el cuidado de protegerlos; también eran escudriñados por algunas agencias realistas, imperialistas y clericales, por dieciocho oficinas de estafadores que se hacen pagar el secreto de lo que descubren, por algunos policías aficionados, por una multitud de noticieros y una muchedumbre de fotógrafos que, donde guarecieran sus amores errantes (hoteles famosos, fondas humildes, casas de la ciudad o de campo, aposentos particulares, castillos, palacios, museos, establos), iban a sorprenderlos, y los acechaban desde los árboles, desde los muros, desde las escaleras, desde los tejados, desde las habitaciones contiguas, desde las chimeneas. El presidente y su amiga veían con horror, alrededor de su alcoba provisional, taladros que perforaban las puertas y las ventanas, taladros que agujereaban las paredes. Pero lo más que pudieron obtener los fotógrafos fue una instantánea de la señora de Cerés en camisa, mientras se abrochaba las botas.

Pablo Visire, impaciente, irritado, perdía su humor alegre y su amabilidad; llegaba furioso a los Consejos y lanzaba invectivas, ¡también él!, contra el general Debonnaire, valiente y heroico en la guerra, pero incapaz, hasta el punto de no saber cómo impedir que arraigase la indisciplina en el ejército, y el general Debonnaire, a su vez, abrumaba con sarcasmos al venerable almirante Vivierdes–Murenes, cuyos navíos íbanse a pique sin causas manifiestas. Fortunato Lapersonne lo escuchaba, solapado; abría mucho los ojos y murmuraba:

—Se apropia todo lo de Hipólito Cerés; primero, su esposa; ahora, sus manías.

Esas disputas, reveladas por las indiscreciones de los ministros y por las quejas de los dos viejos militares, que se decían dispuestos a tirar sus carteras a las narices del presidente, en vez de perjudicarle, generaban muy buen efecto en el Parlamento y en la opinión, que adivinaba en todo aquello señales de un decidido interés por el Ejército y la Marina. Y el presidente se veía favorecido por la aprobación universal.

A las felicitaciones de los grupos y de los personajes notables replicaba con imperturbable sencillez:

—¡Son mis principios!

Hizo encarcelar a ocho socialistas.

Al cerrarse las Cámaras, Pablo Visire fue a un balneario para recuperarse de sus fatigas. Hipólito Cerés no quiso abandonar su ministerio, donde se agitaba de manera tumultuosa el Sindicato de señoritas telefonistas, y las castigó con una violencia extrema, porque se había tornado misógino. Los domingos iba de pesca con Lapersonne a los pueblecillos de las cercanías, con sombrero de copa, sin el cual jamás salía desde que le hicieron ministro, y juntos olvidaban los peces para lamentar la inconstancia de la mujer y aunar sus amarguras. Hipólito, apasionado por Evelina, mucho sufría; pero la esperanza ya iluminaba su corazón. La tenía separada del amante, y ansioso de recobrarla puso en conseguirlo todo su esfuerzo, toda su habilidad. Se mostró sincero, previsor, afectuoso, rendido y hasta indiscreto. Su cariño le adiestraba en múltiples delicadezas. Decíale a la infiel encantadoras frases, conmovedores conceptos, y en pos de enternecerla, le confesaba todo lo que había sufrido.

Al cruzar sobre su vientre la cinturilla del pantalón, exclamaba:

—¡Ya ves cómo adelgacé!

Le prometía todo lo que, a su juicio, puede ser grato a una mujer: diversiones campestres, sombreros, joyas.

En ocasiones pensaba tenerla ya propicia, porque no brillaban en su cara reflejos de una insolente felicidad.

Separada de Pablo, su tristeza semejaba dulzura; pero en cuanto Hipólito intentaba acariciarla se esquivaba Evelina, rebelde y arisca, encastillada en su falta como en una fortaleza.

El insistía, y se mostraba humilde, suplicante, afligido.

Una tarde le dijo a Lapersonne con lágrimas en los ojos.

—¡Convéncela tú!

Lapersonne no aceptó, seguro de que su intervención era ineficaz; pero expresó un consejo:

—Dale a entender que la desdeñas, que amas a otra.

Para implementar este recurso, Hipólito publicó en algunos periódicos que transcurría la existencia en casa de la encantadora Guinaud, bailarina. Se retiraba al amanecer y fingía, en presencia de su esposa, el espectáculo de un goce interior imposible de ocultar. Durante la comida sacaba del bolsillo una carta perfumada, y la leía con deleite fingido: sus labios parecían besar en un ensueño otros labios invisibles...

Nada hizo efecto, y Evelina no llegó a percatarse. Indiferente a todo lo que la rodeaba, solamente salía de su letargo para solicitar algunos luises a su esposo, y si no se los daba le miraba con desprecio, dispuesta a reprocharle su deshonor, el ridículo de que le cubría y a humillarle a los ojos del mundo. Desde que se enamoró de Pablo gastaba mucho más en sus elegancias, necesitaba dinero, y sólo su marido podía proporcionárselo. En esto era fiel. Hipólito perdió la paciencia, se enfureció, amenazó a su mujer con el revólver, y un día en presencia de Evelina, dijo a su madre:

—Os felicito, señora. Educasteis a vuestra hija de un modo estúpido.

—¡Llévame contigo, mamá! exclamó Evelina. ¡Me divorciaré!

Hipólito la quería más que nunca. En sus furiosos celos la acusaba, no sin razón, de sostener correspondencia con su amante, y para interceptarla restableció el gabinete negro, perturbó las correspondencias privadas, detuvo las órdenes de Bolsa, desconcertó las citas amorosas, generó ruinas, agrió pasiones y produjo suicidios. La Prensa independiente recogía las quejas del público y las apoyaba con indignación profunda. Para justificar aquellas disposiciones arbitrarias los periódicos ministeriales hablaron de modo encubierto de conjuras y peligros públicos, hicieron temer alborotos monárquicas. Los noticieros peor informados ofrecían referencias más precisas, y anunciaban el secuestro de cincuenta mil fusiles y el desembarco del príncipe Crucho.

La emoción aumentaba, los órganos republicanos pidieron que se convocasen sin demora alguna las Cámaras. Pablo Visire regresó a la capital, reunió a sus colegas, hubo un importante Consejo. Sus agencias publicaron que se conspiraba contra la República y que el presidente del Consejo, con pruebas indudables, había pasado el asunto a los Tribunales de justicia. De forma inmediata ordenó el arresto de treinta socialistas, y al tiempo que todo el país le ovacionaba como a un redentor, burló la vigilancia de sus seiscientos agentes y se refugió con Evelina en un hotelillo, donde permanecieron hasta la hora del último tren. Al entrar la doncella en la habitación que habían ocupado vio en la pared de la alcoba, cerca de la cabecera, siete cruces trazadas con una horquilla. Es todo lo que pudo averiguar Hipólito Cerés, quien había realizado prodigios de previsión en aquellas circunstancias.

Capítulo IX

Las últimas consecuencias

Los celos son una virtud de los demócratas, y los defienden contra los tiranos. Los diputados comenzaban a envidiar la llave de oro del presidente del Congreso. Hacía un año que su dominio sobre la encantadora Evelina de Cerés era evidente en todo el mundo. Las provincias, donde las noticias y las modas llegan luego de una completa revolución de la Tierra alrededor del Sol se enteraron al fin de los amores ilegítimos del jefe del Gabinete. En provincias todavía se mantienen costumbres austeras: las señoras provincianas son más virtuosas que las de la capital. Para justificarlo se aducen varias razones: la educación, el ejemplo, la sencillez de la vida. El profesor Haddock pretende que su virtud se funda solamente en que llevan botas de tacón bajo.

"Una mujer —escribe en un estudio erudito publicado por *La Revista Antropológica*–, una mujer sólo produce en el hombre civilizado, la sensación en verdad erótica cuando la planta de su pie forma con la superficie del suelo un ángulo de veinticinco grados. Si el ángulo llega a tener treinta y cinco grados, la impresión erótica generada en el sujeto es aguda. En efecto: de la inclinación del pie sobre el suelo depende, mientras la figura se mantiene vertical, la situación respectiva de las distintas partes del cuerpo, sobre todo de la parte baja del vientre, y las relaciones recíprocas y movimientos de las caderas, de las masas musculares que revisten las partes posterior y superior del muslo. Como todo hombre civilizado sufre perversión generacional y solamente vincula la noción de voluptuosidad con las formas femeninas (por lo menos mientras la figura se mantiene vertical) dispuestas en las condiciones de volumen y equilibrio producidas por la inclinación del pie que acabamos de fijar, sucede que las señoras provincianas, con los tacones bajos, no son muy apetecidas al ir por la calle, y conservan sin dificultad su virtud".

Estas conclusiones no fueron aceptadas de forma general. Se dijo que también en la capital, influenciada por las modas inglesas y americanas, se generalizó el uso de los tacones bajos sin que ocasionaran los efectos indicados por el sabio profesor, y, por añadidura que la pretendida diferencia entre las costumbres de la metrópoli y de las provincias acaso es ilusoria, o si existe, se debe, al parecer, a que las poblaciones grandes ofrecen al amor ventajas y facilidades que las pequeñas no disfrutan. Sea como sea, la verdad es que las provincias empezaron a murmurar escandalizadas contra el presidente del Consejo, lo cual no era un peligro, aun cuando podría llegar a serlo.

Por de pronto, el peligro no aparecía en parte alguna y estaba en todas partes. La mayoría se mantuvo firme, aun cuando los jefes de grupo se mostraban exigentes y morosos. Hipólito Cerés no hubiera sacrificado nunca a la venganza sus intereses; pero al considerar que sin comprometer su propia fortuna podía disminuir secretamente la de Pablo Visire, hizo un estudio para crear, con arte y prudencia, dificultades y peligros al jefe del Gobierno. Sin duda, se encontraba muy por debajo de su rival en talento, en cultura y autoridad, pero le superaba en las maniobras habilidosas de los pasillos. Los más perspicaces parlamentarios atribuían a su abstención los recientes desfallecimientos de la mayoría. En las Comisiones fingía descuido y apadrinaba peticiones de crédito, a sabiendas de que el presidente no las aceptaría. Su torpeza intencionada generó un violento conflicto entre el ministro del Interior y el subsecretario. Su ingenioso odio halló una salida por sendas tortuosas. Pablo Visire era primo de una mujer pobre y galante que llevara su nombre. Cerés se acordó de forma oportuna de Celina Visires, la protegió, le procuró relacionarse con hombres y mujeres, y contratos en los cafés cantantes. Incitada por él presentó pantomimas unisexuales, tan escandalosas como bullangueramente rechazadas.

Una noche de verano ejecutó en los Campos Elíseos, ante una multitud tumultuosa, obscenas danzas al compás de una incitante música que resonaba en los jardines donde el presidente de la República festejaba la visita de unos reyes. El nombre de Visire, unido a esos escándalos, cubría los muros de la ciudad, ocupaba los periódicos, sobrevolaba los cafés y los bailes públicos en hojas con dibujos libertinos, deslumbraba con letras de fuego sobre los bulevares.

A nadie se le ocurría suponer al presidente del Consejo responsable de la indignidad de su prima; pero como al cabo llevaba su nombre mermó bastante su prestigio. Se unió a esto una alarma inconveniente. Con motivo de un asunto intrascendente, discutido en la Cámara, el ministro de Instrucción Pública y de Cultos (Labillette, hombre bilioso a quien las pretensiones y las intrigas del clero exasperaban), amenazó con clausurar la capilla de Santa Orberosa y habló irrespetuosamente de la Virgen nacional. La mayoría se levantó con indignación. La izquierda apoyó, contra su gusto, al temerario ministro. Nadie se preocupaba de atacar un culto que generaba treinta millones anuales al país. Bigoud, el más moderado entre los hombres de la derecha, transformó el asunto en interpelación y puso en peligro al Gabinete.

Por fortuna, el ministro de Obras Públicas, Fortunato Lapersonne, atento siempre a lo que obliga el poder, supo remediar, en ausencia del presidente del Consejo, la inoportunidad y la inconveniencia de su colega de Cultos, y ascendió a la tribuna para sostener que el Gobierno respetaba a la celeste Patrona del país, consoladora de tantos males que la ciencia no está en condiciones de remediar. Cuando Pablo Visire, libre al fin de los brazos de Evelina, compareció en la Cámara, ya se había conjurado el peligro; pero el presidente del Consejo se vio obligado a dar compensaciones importantes a las clases directoras. Propuso al Parlamento la subasta de seis acorazados, y reconquistó así la simpatía del acero; aseguró nuevamente que no habría impuesto sobre la renta e hizo detener a dieciocho socialistas.

Pronto lo incordiaron dificultades más terribles. El canciller del imperio vecino, en un discurso acerca de las relaciones exteriores de su soberano, deslizó, entre ingeniosas apreciaciones y profundas advertencias, una alusión malévola a las pasiones amorosas en que se inspiraba la política de una poderosa nación. Este alfilerazo, acogido con complacencia sonriente en un Parlamento imperial, debía generar molestias en una República suspicaz, y aguzó susceptibilidades, que se convirtieron en encono contra el ministro enamorado. Los diputados aprovecharon un pretexto superficial para exponer su desagrado, y al tratarse de un incidente ridículo, provocado por la calaverada de un subprefecto que se divirtió como un estudiante en un baile público, la Cámara obligó al ministro a dar explicaciones, y poco faltó para que le derribaran. En opinión general, jamás estuvo Pablo Visire tan débil, tan blando, tan caído como en aquella sesión deplorable. Convencido de que solamente podría salvarse con arrestos de político audaz, propuso la expedición a Nigricia exigida por los banqueros y los industriales opulentos, que aseguraría concesiones de bosques inmensos a las Sociedades capitalistas, un empréstito de ocho mil millones a los establecimientos de crédito, ascensos, recompensas y cruces a los oficiales de tierra y mar. Independientemente se presentó el inevitable pretexto: una injuria que vengar, un crédito que defender. Seis acorazados, catorce cruceros y dieciocho transportes penetraron en la embocadura del río de los Hipopótamos, donde seiscientas piraguas se opusieron en vano al desembarco de las tropas. Los cañones del almirante Vivierdes– Murenes produjeron un devastador efecto entre los negros, que respondían con bandadas de flechas, y que, pese a su heroísmo fanático, fueron por completo vencidos. Azuzado por los periódicos que recibían subvenciones de los banqueros, estalló el entusiasmo popular. Tan solo algunos socialistas protestaron contra la aventura bárbara, equívoca, peligrosa, y fueron detenidos de manera inmediata. Mientras el Ministerio, apoyado por los poderosos y defendido por el resto, parecía inquebrantable, Hipólito Cerés, inspirado por sus odios, adivinó el peligro.

Se entregaba al país a una embriaguez de gloria y de negocios; pero el imperio vecino protestó contra la ocupación de la Nigricia por una potencia europea. Se sucedieron las reclamaciones, cada vez más a menudo y de forma cada vez más apremiantes. Los periódicos de la República disipaban todos los motivos de inquietud. Viendo agigantarse la amenaza, Hipólito Cerés decidió arriesgarlo todo, hasta la existencia del Ministerio, y trabajaba con cautela en pos de perder a su enemigo. Inspiró a escritores adictos a su persona artículos que aparecieron en periódicos oficiosos, en los cuales se atribuían al jefe del Gobierno intenciones belicosas. Al mismo tiempo que despertaban un eco terrible en el extranjero, esos artículos alarmaron la opinión en un país entusiasta del Ejército y enemigo de la guerra. Interpelado sobre la política exterior del Gobierno, Pablo Visire formuló declaraciones tranquilizadoras y se comprometió a mantener una paz compatible con la dignidad nacional. El ministro de Negocios Extranjeros, Crombile, leyó una "nota" en absoluto ininteligible, puesto que estaba escrita en lenguaje diplomático. Sostuvo al Ministerio una gran mayoría. Pero los rumores de guerra no terminaban, y en pos de evitar alguna peligrosa interpelación, el presidente del Consejo distribuyó entre los diputados ochenta mil hectáreas de bosques en Nigricia, y mandó detener a catorce socialistas. Hipólito Cerés iba muy triste por los pasillos, y comunicaba a los diputados de su grupo sus esfuerzos en pos de conseguir que prevaleciera en el Consejo una política de paz. Día tras día los rumores siniestros se incrementaban, preocupaban al público, sembraban el malestar y la inquietud. Hasta Pablo Visire se acobardó, confundido por el silencio y la ausencia del ministro de Negocios Extranjeros. Crombile no iba a los Consejos; se levantaba a las cinco de la mañana, trabajaba dieciocho horas en su despacho, y caía exhausto en el cesto de los papeles, donde los porteros lo recogían al buscar documentos para vender a los agregados militares del imperio vecino. El general Debonnaire se preparaba, seguro de una próxima campaña. Lejos de temer la guerra, la pedía de manera constante a voces. Confiaba sus generosas esperanzas a la baronesa Bildermann, y ésta lo comunicaba de forma inmediata a la nación vecina, la cual, por su aviso, movilizó un ejército. El ministro de Hacienda, sin desearlo, precipitó los acontecimientos. Tenía pendiente una jugada a la baja, y para producir pánico lanzó a la Bolsa la noticia de una inevitable guerra.

El emperador vecino, engañado por aquella maniobra y temeroso de que invadiesen su territorio, dispuso la defensa a toda prisa. Se espantó la Cámara y derribó al Ministerio Visire por una mayoría enorme (ochocientos catorce votos contra siete y veintiocho abstenciones). Ya era tarde: la nación vecina y enemiga había retirado su embajador, y con ocho millones de hombres invadía la patria de la señora de Cerés. Se generalizó la guerra, y el mundo entero se ahogó en un mar de sangre.

Apología de la civilización pingüina

Había transcurrido medio siglo desde los acontecimientos que acabamos de referir, cuando la señora de Cerés falleció, respetada, venerada y viuda, a los setenta y nueve años. A sus modestos funerales concurrieron los huérfanos de la parroquia y las hermanas de la Sagrada Mansedumbre. La difunta legó todos sus bienes a la Obra de Santa Orberosa.

—¡Ay! —suspiró el reverendo Monnoyer, canónigo de San Mael al recibir herencia tan piadosa—, ya era hora de que una generosa fundadora socorriese nuestras necesidades. Los ricos y los pobres, los sabios y los ignorantes nos miran con indiferencia o se apartan de nosotros, y cuando nos esforzamos para encaminar por la buena senda las almas extraviadas, ni promesas, ni amenazas, ni dulzura, ni violencia, nada nos vale, nada obtenemos. El clero de la Pingüinia se lamenta desolado, nuestros curas rurales han de vivir de su trabajo, y emplean frecuentemente sus manos sagradas en oficios viles. En nuestras iglesias ruinosos la lluvia del cielo se filtra sobre los fieles, y durante los santos oficios caen rocas de las bóvedas. El campanario de la catedral se derrumba. Los pingüinos olvidaron a Santa Orberosa; su culto fue abolido, su santuario se encuentra desierto. Sobre la urna de sus reliquias, despojada ya del oro y de las gemas preciosas, las arañas tejen su tela en silencio.

Al escuchar aquellos lamentos, Pedro Mille, que a la edad de noventa y ocho años todavía conservaba su potencia intelectual y moral, preguntó al canónigo si confiaba en que, andando el tiempo, saliera Santa Orberosa de aquel olvido injurioso.

—No me atrevo a esperarlo —suspiró Monnoyer.

—¡Es lástima! —replicó Pedro Mille—. Orberosa es una bonita figura, y su leyenda es interesante. Descubrí de forma casual y hace poco uno de sus más bellos milagros, el milagro de Juan Violle. ¿Queréis oírlo?

–De buena gana, señor Mille.

–Os lo diré tal como lo refiere un manuscrito del siglo XIV.

"Cecilia, esposa de Nicolás Gaubert, platero establecido en Ponau–Change, luego de haber sido casta y honesta a lo largo de muchos años de su vida, ya en la madurez se enamoró de Juan Violle, pajecillo de la señora condesa de Maubec, la cual vivía en el hotel del Gallo, en la plaza de la Gréve. Juan tenía entonces dieciocho años y era muy bello. Como Cecilia no conseguía extinguir su amor, se decidió a satisfacerlo. Atrajo al pajecillo, lo llevó a su casa, lo acarició, le dio muchas golosinas y, finalmente, realizó su gusto.

"Un día que se encontraban los dos en la cama del platero, éste volvió más temprano que de costumbre. Encontró atrancada la puerta y escuchó la voz de su esposa, que decía: "¡Corazón mío! ¡Angel mío! ¡Gloria mía!" Sospechando entonces que se encontraba con un galán, golpeó de forma ruidosa la puerta y dio terribles aldabonazos, al tiempo que vociferaba: "¡Perdida! ¡Indecente! ¡Bribona! ¡Abre, para que te corte las orejas y la nariz!" En tan grave peligro, la esposa del platero ofreció a Santa Orberosa una vela, y le rogó que intercediera para librarla de aquel aprieto terrible.

"La Santa convirtió de manera inmediata al mozo en moza. Como Juan estaba desnudo, no le fue difícil a Cecilia reparar en el cambio de sexo, y, calmada, comenzó a dar voces a su marido: "¡Repugnante animal! ¡Estúpido celoso! Cuando hables con más dulzura te abriré la puerta". Se acercó al armario, cogió un viejo capirote, un corpiño, una falda, y a toda prisa vistió al paje metamorfoseado. Apenas lo hubo hecho, dijo: "Catalina, corazón mío, ángel mío, gloria mía, abrid la puerta a vuestro tío y no temáis que os lastime, porque es más imbécil que malo". El mozo, convertido en moza, obedeció, y al penetrar en su habitación con la desconocida doncella el platero encontró a su mujer en la cama. "¡Tonto! –le dijo Cecilia–, no te extrañe lo que ves. Terminaba yo de acostarme con dolor de vientre, cuando ha comparecido Catalina, la hija de mi hermana Juana, de Palaiseau, con quien estamos reñidos hace quince años. Dale un beso a tu sobrina, que bien lo merece". El platero besó a Juan Violle con alegría, no sin reparar en la finura de su piel, y desde entonces se propuso acariciar a Catalina con más reposo, para lo cual la llevó a otra estancia so pretexto de ofrecerle vino y nueces, y en cuanto estuvieron solos insinuó aproximaciones amorosas. Sin duda el buen hombre no se quedara corto, pero Santa Orberosa inspiró a Cecilia para que le sorprendiera, y al verle con la muchacha sobre las rodillas le trató de lujurioso, le dio varios sopapos y le obligó a pedirle perdón. Al día siguiente, Juan Violle recobró su sexo".

Luego de oír esa historia, el canónigo Monnoyer agradeció a Pedro Mille que se la hubiese contado. Tomó la pluma y comenzó a redactar los pronósticos de los caballos vencedores en las carreras próximas, porque se ganaba la vida con tan impropia ocupación. La Pingüinia se glorificaba de su florecimiento. Los que producían las cosas necesarias para la existencia carecían de ellas, y los que no la producían, las poseían en abundancia. "Son éstas –como dijo un académico– ineludibles fatalidades económicas". El pueblo pingüino carecía ya de tradiciones, de cultura intelectual y de arte. Los progresos de la civilización se manifiestan por la industria devastadora, por la especulación infame y por el lujo asqueroso. La capital ofrecía, como las más famosas capitales de aquel entonces, un carácter de riqueza y cosmopolitismo. Reinaba una insipidez inmensa y monótona. El país disfrutaba de absoluta tranquilidad. Era el apogeo.

LIBRO VIII

LOS TIEMPOS FUTUROS: LA HISTORIA SIN FIN

"Y destruyó las ciudades, y toda aquella llanura, con todos los moradores de aquellas ciudades, y el fruto de la tierra".
(*Génesis*, XIX, 25)

"No habías advertido que eran ángeles".
(*Liber Terribilis*)

"Estamos en los principios de una química nueva que tratará de las va-
riaciones de un cuerpo en el cual se halla concentrada una energía tan
enorme que nunca dispusimos de otra semejante".
(Sir William Ramsay).

Nunca les parecía suficiente la elevación de las casas; las hicieron de treinta y cuarenta pisos, donde se apilaban oficinas, almacenes, despachos de banqueros, domicilios de Sociedades, y excavaban el suelo en pos de construir bodegas y túneles. Quince millones de hombres trabajaban noche y día en la inmensa capital a la luz de los faroles encendidos. La claridad del firmamento no lograba atravesar la humareda de las fábricas que rodeaban la ciudad; pero en algunas ocasiones se veía el disco rojo de un sol sin irradiaciones al cruzar el cielo ennegrecido y surcado por puentes de hierro, de los cuales caía una eterna lluvia de carbonilla y engrases. Era la más industrial de todas las urbes del mundo y la más metalizada. Su organización parecía perfecta: no le quedaba nada ya de las antiguas formas aristocráticas o democráticas de las sociedades: todo estaba subordinado a los intereses de los trusts. Se formó en aquel medio lo que lo antropólogos denominan el prototipo archimillonario. Eran hombres a la vez enérgicos y débiles, capaces de poderosas combinaciones mentales y de un penoso trabajo de oficina, pero cuya sensibilidad sufría desequilibrios hereditarios que aumentaban con los años.

Como todos los aristócratas verdaderos, como los patricios de la Roma republicana, como los lores de la añeja Inglaterra, aquellos hombres poderosos afectaban mucha severidad en las costumbres. Aparecieron los ascetas de la riqueza. En las asambleas de los clubes veíanse rostros afeitados por completo, con mejillas chupadas, ojos hundidos, frentes surcadas de arrugas. Con el cuerpo más delgado, el color amarillento, los labios más áridos y la mirada más inflamada que los viejos frailes españoles, los archimillonarios se entregaban con ardor inextinguible a las austeridades de la Banca y de la industria. Muchos de ellos se abstenían de todo placer, de toda alegría, de todo reposo y consumían su vida miserable en un aposento sin aire y sin luz, amueblado tan solo con aparatos eléctricos. Cenaban huevos y leche, dormían sobre una lona tirante. Sin otra ocupación que la de oprimir con el dedo un botón de níquel, aquellos místicos amasaban riquezas que ni siquiera veían, y adquirían la vana posibilidad de satisfacer deseos que no ambicionaban.

El culto de la riqueza tuvo sus mártires. Entre aquellos millonarios, el famoso Samuel Box prefirió morir a ceder la más insignificante parcela de su fortuna. Uno de sus obreros, víctima de un accidente laboral, al ver que le negaba toda indemnización, recurrió a los Tribunales de Justicia; pero rendido por las dificultades insuperables del procedimiento cayó en una indigencia cruel, y desesperado al fin, a fuerza de osadía y disimulo, consiguió tener al patrón al alcance de su mano y le amenazó con meterle una bala de revólver en los sesos si no le socorría. Samuel Box prefirió dejarse matar a contradecir sus principios. Los altos ejemplos encuentran adeptos. Los que tenían pequeños capitales (y eran, por supuesto, la mayoría) se apropiaron las ideas y las costumbres de los archimillonarios para que los confundieran con ellos. Todas las pasiones que estorban el crecimiento y la conservación de los bienes eran juzgadas como deshonrosas. No merecían perdón la inquietud, ni la pereza, ni el gusto por las investigaciones desinteresadas, ni el amor a las artes, ni, sobre todo, la prodigalidad. La compasión era condenada como una debilidad peligrosa. Mientras la inclinación a la voluptuosidad era públicamente reprobada, hallaba excusa la violencia de un apetito satisfecho de forma brutal. En efecto: la violencia parecía menos dañina para las costumbres, por ser manifestación de una de las formas de la energía social. Reposaba el Estado sobre dos prejuicios públicos muy asentados: el respeto a la riqueza y el desprecio al pobre. Las almas débiles, perturbadas aún por el sufrimiento humano, se veían obligadas a buscar refugio en una hipocresía, que no era censurable por contribuir al sostenimiento del orden y la fortaleza de las instituciones.

Los ricos se mostraban consagrados a la sociedad o lo simulaban. Muchos daban ejemplo, pero no todos lo seguían. Algunos padecían de modo cruel los rigores de su estado y lo sostenían por orgullo o por deber, y otros trataban de evitarlo siquiera una hora en secreto, con subterfugios. Uno de ellos, Eduardo Martín, presidente del trust de los hierros, disfrazado de pobre, mendigaba su pan y se dejaba maltratar por los transeúntes. Una vez que pedía limosna en un puente se peleó con un verdadero pobre, y, enajenado por un furor envidioso, lo estranguló.

Como empleaban toda su inteligencia en los negocios, no sentían afán por las diversiones intelectuales. El teatro, floreciente en otro tiempo, se reducía a pantomimas y bailes cómicos. Hasta las obritas realizadas con el propósito de lucir mujeres habían sido abandonadas: ya no se cultivaba el gusto por las formas espléndidas ni por las elegancias brillantes, y eran preferidas las volteretas de los payasos y las músicas de los negros. Solamente entusiasmaba en los escenarios el desfile de collares de diamantes lucidos por las figurantas, y enormes barras de oro llevadas en triunfo. Las mujeres de familias opulentas se encontraban sometidas, como los hombres, a respetables costumbres. De acuerdo a una tendencia común a todas las civilizaciones, el sentimiento público las erigía en símbolos, y ellas debían representar con su austero fausto la grandeza de su fortuna y su intangibilidad. Las antiguas costumbres de galantería habíanse reformado. A los mundanos amantes de otros tiempos reemplazaban secretamente robustos masajistas o algún ayuda de cámara. Los escándalos eran poco frecuentes: con un viaje al extranjero se acallaban, y las princesitas del trust, al regreso de su correría, disfrutaban como antes de la estimación general.

Estaban los ricos en escasa minoría; pero sus colaboradores, todos los ciudadanos, les eran adictos de manera absoluta. Conformaban dos clases: la de los empleados del comercio y de la banca, y la de los obreros de las fábricas y de los talleres. Los primeros trabajaban mucho y recibían sueldos voluminosos; algunos llegaban a fundar establecimientos. El incremento constante de la riqueza pública y la movilidad de las fortunas privadas autorizaban todas las esperanzas entre los más inteligentes y los más osados. Sin duda, no hubiera sido difícil descubrir entre la inmensa multitud de empleados administrativos y de ingenieros un cierto número de irritados y descontentos; pero aquella sociedad poderosa había impreso hasta en el alma de sus adversarios una disciplina implacable. Los mismos anarquistas se mostraban laboriosos y ordenados.

Los obreros que trabajaban en las fábricas de la periferia de la ciudad padecían un aplastante decaimiento físico y moral que realzaba en ellos el tipo del pobre fijado por la Antropología. Aun cuando el desarrollo de algunos músculos, debido a la especial naturaleza de su actividad, aparentase fuerza en ellos, todos ofrecían señales inequívocas de un morboso agotamiento. De estatura baja, con el cráneo pequeño y escaso desarrollo de la cavidad torácica, se distinguían también de las clases acomodadas por una multitud de anomalías fisiológicas, y, sobre todo, por la frecuente asimetría de la cabeza o del cuerpo. Estaban condenados a una degeneración gradual y continua, porque a los más robustos el Estado los escogía para el ejército y no hay salud que tolere mucho tiempo a las mozas y a los taberneros que invaden los alrededores de los cuarteles. Los proletarios eran cada vez más pobres de espíritu; el agotamiento de sus facultades intelectuales, en cierto modo consecuencia de su existencia miserable, resultaba también de una metódica selección operada por los patronos, quienes, temerosos de los obreros de alguna lucidez intelectual, siempre más capaces de formular reivindicaciones legítimas, intentaban eliminarlos por todos los medios posibles y contrataban con preferencia a los trabajadores ignorantes y torpes, incapaces de comprender sus derechos, pero bastante inteligentes aún para desempeñar los oficios que las máquinas perfeccionadas habían simplificado mucho.

Así, los proletarios se encontraban faltos de medios para mejorar de fortuna. Difícilmente lograban, con las huelgas, mantener el precio de su salario, y hasta este recurso perdía eficacia. La discontinuidad de la producción, propia del régimen capitalista causaba tales paros, que si se declaraba la huelga en ciertos ramos de la industria, los sobrantes, hambrientos, reemplazaban de manera inmediata a los huelguistas. En fin: aquellos miserables productores permanecían hundidos en una triste indiferencia difícil de exasperar. Eran instrumentos indispensables y bien adaptados a la producción. En resumen: aquel organismo social parecía el mejor cimentado entre todos los que prepararon los hombres, pero sin poder compararse a los que forman las abejas y las hormigas, muy superiores debido a su estabilidad. Nada hacía temer la ruina de un régimen cimentado en las condiciones más arraigadas de nuestra naturaleza: el orgullo y la codicia. Empero, los observadores prudentes descubrieron motivos varios de inquietud. Los más temibles, aunque menos alarmantes, eran de orden económico y consistían en un exceso de producción, siempre creciente, que determinaba largos y crueles paros, provechosos hasta cierto punto para los industriales, ya que debilitaban la unión de los obreros al oponer la masa de los que no tenían trabajo a la de los trabajadores. Otro peligro más notorio resultaba del estado fisiológico de casi toda la población.

"La salud de los pobres no puede ser mejor en las circunstancias en que viven –decían los higienistas–; pero la de los ricos deja bastante que desear".

No era difícil investigar los motivos. En el ambiente de la ciudad faltaba el oxígeno indispensable para la vida, se respiraba un aire artificial; los trusts de sustancias alimenticias realizaban síntesis químicas de las más atrevidas; se producían de forma artificial vino, carne, leche, frutas y legumbres. Este régimen generó trastornos en los estómagos y en los cerebros. Los multimillonarios perdían el pelo en su primera juventud. Espíritus debilitados, enfermizos, inquietos, daban enormes sumas a ignorantes hechiceros, y se vio florecer de pronto en la urbe la fortuna médica o teológica de algún bañero innoble convertido en terapéutico y en profeta. El número de los alienados aumentaba sin cesar. Los suicidios, que se multiplicaban entre los adinerados, en ocasiones ofrecían caracteres chocantes, reveladores de una perversión inaudita en la inteligencia y en la sensibilidad.

Otro síntoma funesto abrumaba de manera implacable a la mayoría de los ciudadanos: la catástrofe ocupaba en las estadísticas un lugar cada vez mayor. Estallaban calderas, se incendiaban fábricas, descarrilaban trenes aéreos, que aplastaban a centenares de transeúntes, y al hundir el piso con la violencia de la caída, demolían talleres subterráneos donde trabajaban cuadrillas numerosas.

En el sector sudoeste de la ciudad, sobre una altura que aún conservaba su antiguo nombre, llamada Castillo de San Miguel, extendíase un jardín, cuyos añejos árboles daban sombra al césped con sus viejas ramas. En la vertiente Norte, los ingenieros paisajistas habían construido una cascada, grutas, un torrente y un lago con islotes. Desde ese sitio se dominaba toda la ciudad, con sus calles, ramblas, plazas, número infinito de azoteas y cúpulas, ferrocarriles aéreos y una multitud de hombres aislados y silenciosos. Por ser ese jardín el lugar más saludable de la ciudad, enviaban allí a los niños para que respirasen aire puro y vieran el firmamento azul, no empañado por la humareda sucia de las fábricas. En verano, algunos dependientes de las oficinas y de los laboratorios próximos, luego de almorzar, reposaban un rato en aquella aparente tranquilidad.

Cierta mañana de junio, cerca del mediodía, una telegrafista llamada Carolina Merlier fue a sentarse en uno de los bancos de la terraza del Norte, y para dar descanso a sus ojos en el verdor, se puso de espaldas a la ciudad. Morena, con las pupilas vivaces, robusta y tranquila, parecía tener de veinticinco a veintiocho años. Momentos después, un empleado del trust de la Electricidad, Jorge Clair, se sentó junto a ella. Blondo, delgado, elástico, mostraba en sus facciones femeninas delicadezas. Tenía aproximadamente la edad de Carolina, pero su aspecto era más juvenil. Como se veían con frecuencia en aquellos lugares, simpatizaron. No hablaban de ternuras, de efectos, de intimidades. Aun cuando alguna vez en su vida tuvo que arrepentirse de sus confianzas, Carolina se inclinaba a la franqueza con facilidad, en tanto que Jorge Clair se mostraba siempre reservado en sus frases y en sus modos, daba a sus conversaciones un carácter puramente intelectual y las sostenía con ideas generales expresadas de manera ruda.

Acerca de las condiciones del trabajo y de la organización social, Jorge Clair dijo:

–La riqueza es uno de los varios medios de que dispone el hombre para vivir feliz, y la convirtieron en el fin único de la existencia.

A los dos les parecía una aberración que así ocurriese. Insistían frecuentemente en ciertos asuntos científicos que les eran familiares. Hablaban de la evolución de la Química:

–En cuanto se comprobó –dijo Clair– que el radium se transformaba en helium, quedó destruida por completo la inmutabilidad de los cuerpos simples, y fueron arrinconadas las viejas leyes de afinidad y de conservación de la materia.

–Pero hay leyes químicas –dijo Carolina, que mujer al fin, no podía dejar de creer en algo.

Jorge prosiguió con tranquilidad:

–Ahora que ya no es difícil procurarse una cantidad suficiente de radium, la ciencia alcanza incomparables medios de análisis. Los llamados cuerpos simples se ofrecen como compuestos de una extremada riqueza, y en la materia se descubren energías cuya intensidad es mayor cuanta más tenue sea su estructura.

Al tiempo que hablaban arrojaban migas de pan a los pájaros. Los niños jugaban alrededor. Su conversación tomó un nuevo rumbo:

–Esta altura, en la época cuaternaria –dijo Clair– hallábase poblada de bravíos caballos. El año pasado, en las excavaciones que se efectuaron para la conducción de aguas, hallaron una espesa capa de osamentas de asnos salvajes.

Interesó a Carolina saber si en aquel tiempo remoto ya existía el hombre sobre la Tierra. Jorge dijo que los hombres cazaron a los asnos salvajes antes de domesticarlos en pos de servirse de ellos.

–El hombre primitivo –añadió– era cazador. Después fue pastor, agricultor, industrial... Y se sucedieron civilizaciones diversas a lo largo de un tiempo tan dilatado, que la inteligencia no concibe. Sacó el reloj. Carolina preguntó si era ya la hora del trabajo, y él dijo que aún faltaban cinco minutos para las doce y media. Una niña formaba montones de arena junto a ellos. Un niño de siete a ocho años pasó cerca. Mientras su madre cosía en un banco próximo, jugaba él solito al caballo desbocado, y con la poderosa imaginación infantil creía ser simultáneamente el caballo, sus perseguidores y los que huían espantados, temerosos de que los atropellara. Se refrenaba y vociferaba: "¡Detenedle! ¡Uh! ¡Oh! ¡Es un corcel terrible! ¡Se ha desbocado!"

Carolina preguntó:

—¿Creéis que los hombres eran más dichosos en otro tiempo?

Jorge respondió:

—Padecían menos. Como este niño, jugaban, jugaban a las artes, a las virtudes, a los vicios, al heroísmo, a las creencias, a las voluptuosidades: acariciaban ilusiones divertidas. Más ruido, más goce Pero ahora... Detuvo su pensamiento y sacó el reloj. El niño desbocado tropezó con el balde de la niña, y cayó. Se mantuvo un instante inmóvil, tendido sobre la arena. Se incorporó en silencio. Después arrugó la frente, abrió la boca, lloró y berreó. Su madre, al oírle, fue rápido hacia él. Carolina le limpiaba y le consolaba. Jorge lo cogió en brazos.

—Vaya, criatura, no llores y te contaré un cuento... "Un pescador extendía su red en el mar. Enredado en la red sacó un vaso de hierro, muy bien tapado; lo abrió con la punta de la navaja y salió un humo que subía hasta las nubes, se condensaba y formaba el cuerpo de un gigante inmenso, y aquel gigante inmenso estornudó con tanta fuerza... que el mundo entero quedó hecho trizas..".

Clair se contuvo, soltó una carcajada seca y entregó el niño a su madre. Después volvió a sacar el reloj, y de rodillas en el asiento del banco puso los codos sobre el respaldo y observó la ciudad. En lontananza, la multitud de los edificios dibujaba su minúscula enormidad.

Carolina fijó su mirada en la misma dirección.

—¡Qué tiempo tan hermoso! —dijo—. El sol brilla y dora los vapores del horizonte. Lo más difícil en la civilización es verse privado de la luz del día.

Jorge no respondió; miraba con fijeza hacia un punto de la urbe.

Luego de algunos segundos de silencio notaron que, a una distancia de tres kilómetros, del otro lado del río, en el barrio más lujoso, se elevaba una especie de remolino trágico. El eco de una explosión vibró en el aire al tiempo que invadía el cielo un árbol inmenso de humo. Poco a poco hízose oír un imperceptible murmullo, formado por los clamores de millares de personas. Muy cerca del jardín sonaron gritos.

–¿Qué sucede?

El asombro fue grande, ya que aun cuando las catástrofes eran algo reiterado jamás hubo una explosión tan violenta, y horrorizaba a todos la terrible novedad.

Querían fijar el sitio del desastre: se citaban barrios, calles, edificios, teatros casinos, almacenes. Las investigaciones topográficas adquirían, paulatinamente, exactitud.

–Ha volado el trust del acero.

Clair se guardó el reloj en el bolsillo.

Carolina lo miró con fijeza, y sus ojos se cubrieron de asombro. Le murmuró al oído:

–¿Lo sabíais? ¿Lo esperabais?... ¿Fuisteis quien...? El respondió impasible:

–La ciudad debe ser destruida.

Ella murmuró con dulzura:

–Yo también lo creó así.

Se despidieron para volver cada cual a sus tareas.

III

Desde aquel día, los atentados anarquistas se sucedieron casi ininterrumpidamente a lo largo de una semana. Sus cuantiosas víctimas formaban parte casi en su totalidad de las clases pobres. Tan horrendos crímenes despertaban el reproche público. Los que más se indignaban fueron los criados, los fondistas, los dependientes y el comercio humilde que no había sido aún engullido por los trusts. En los barrios populosos, las mujeres alborotaban y exigían suplicios insólitos para los "dinamiteros". (Al denominarlos así les aplicaban un viejo calificativo, ya improcedente, porque aquellos químicos ignorados consideraban la dinamita como una materia inofensiva, útil sólo para destruir hormigueros, y calificaban de entretenimiento pueril el uso de la nitroglicerina y del fulminato de mercurio.)

Se paralizaron de manera abrupta los negocios, y los que solamente disponían de fortunas modestas fueron las víctimas primeras. Hablaban de tomarse la justicia por mano propia. Los obreros de las fábricas se mantenían hostiles o indiferentes a la violencia. La paralización de los negocios era una amenaza constante, y la Federación obrera propuso la huelga general, pero todos los oficios, excepto los doradores, se negaron a abandonar sus talleres.

La Policía detuvo a mucha gente. Las tropas concentradas en la capital custodiaban los domicilios de los trusts, los hoteles de los archimillonarios, las oficinas públicas, los Bancos y los grandes almacenes.

Quince días transcurrieron sin que hubiera ni una sola explosión, y se dedujo que los "dinamiteros" ya estaban todos encarcelados, escondidos, heridos o muertos, víctimas de sus propios crímenes. Renació primero la confianza entre los más necesitados. Cien batallones, repartidos por los barrios populosos, reanimaron el comercio.

Hubo muchos vivas a la tropa.

Los ricos habían sido lentos en alarmarse y tampoco se tranquilizaban con facilidad, pero en la Bolsa el grupo de alcistas divulgó impresiones satisfactorias y con un considerable esfuerzo contuvo la baja. Se reanudaron los negocios. Los periódicos de gran circulación secundaban el movimiento: con elocuencia patriótica demostraron que el capital intangible permanecía indiferente a los asaltos de algunos cobardes criminales, y que la riqueza pública continuaba su sereno ascenso a despecho de amenazas impotentes. Eran sinceros y les salía cuenta. Se olvidaron los atentados y no faltó quien los negara. El domingo, en las carreras, las tribunas se poblaron de elegantes mujeres, cubiertas de ricas alhajas. Fue causa de alegría saber que los adinerados no habían sufrido. Las gentes aclamaban a los archimillonarios.

Al día siguiente, la estación del Sur, el trust del petróleo y la prodigiosa iglesia financiada por Tomás Morcellet, volaron; treinta casas ardieron; hubo un intento de incendio en los docks. Los bomberos se mostraban admirables de sacrificio y osadía, maniobraban con sus largas escaleras de hierro y ascendían a los pisos más elevados de las casas para salvar a los infelices a punto de morir calcinados. Los soldados cumplieron con entusiasmo el servicio que se les encomendaba y recibieron doble ración de café. Pero los últimos siniestros desencadenaron el pánico. Millones de personas decididas a escapar con su dinero, se apiñaban en las importantes oficinas de crédito, que luego de funcionar a lo largo de setenta y dos horas cerraron sus ventanillas entre turbulencias de motín. Una muchedumbre acobardada, munida de equipajes voluminosos, invadía las estaciones y tomaba los trenes por asalto. Muchos que decidieron refugiarse en las bodegas con provisiones abundantes, se apretujaban en las tiendas de comestibles, custodiadas por los soldados con bayoneta calada. Los poderes públicos mostraron energía. Se hicieron nuevas prisiones. Millares de mandamientos judiciales fueron lanzados contra los sospechosos.

En las tres semanas que siguieron no se produjo ningún siniestro. Corrió la voz de que se habían hallado bombas en el teatro de la Opera, en los sótanos del Ayuntamiento y junto a una columna de la Bolsa, pero rápidamente se supo que se trataba de latas de conserva colocadas de manera misteriosa por locos o burlones. Uno de los imputados, interrogado por el juez de instrucción, se declaró el principal autor de las explosiones, que, según dijo, habían costado la vida a todos sus cómplices. Estas declaraciones, publicadas en los periódicos, contribuyeron a llevar tranquilidad a la opinión pública. Se habían instruido ya numerosas diligencias cuando los magistrados notaron que se trataba de un simulador absolutamente ajeno a los atentados.

Los peritos nombrados por los Tribunales no hallaron fragmento alguno que les posibilitara reconstruir la máquina empleada en aquella obra destructora. De acuerdo a sus conjeturas, el explosivo nuevo emanaba de un gas desprendido por el radium, y suponían que las ondas eléctricas engendradas por un oscilador de un tipo especial se propagaban a través del espacio y producían la detonación, pero los más hábiles químicos no pudieron decir nada que no fuese arriesgado. Finalmente, un día dos agentes hallaron, junto al hotel Meyer, un huevo de metal blanco dotado de una cápsula en uno de sus extremos: lo tomaron con precauciones y lo trasladaron al laboratorio municipal. Acababan de reunirse los peritos en pos de examinarlo cuando el huevo estalló y destruyó el anfiteatro y la cúpula. Murieron todos los peritos y con ellos el general de artillería Collin y el ilustre profesor Tigre.

La sociedad capitalista no se dejó desalentar por el nuevo siniestro. Los grandes establecimientos de crédito abrieron sus ventanillas y ofrecieron realizar operaciones mitad en oro y mitad en valores del Estado. La Bolsa de Comercio decidieó permanecer abierta. Entretanto se daba por terminada la instrucción concerniente a los primeros detenidos como sospechosos. Tal vez los cargos que se acumulaban contra ellos hubieran parecido insuficientes en otras circunstancias, pero el celo de los magistrados y la indignación pública se bastaron para suplir la falta de pruebas. La víspera del día señalado para los debates voló el Palacio de Justicia; murieron ochocientas personas, entre las cuales había jueces y abogados en abundancia. La multitud, iracunda, invadió las cárceles y linchó a los presos. Las tropas enviadas para restablecer el orden fueron recibidas a pedradas y a tiros. Muchos oficiales caían del caballo y eran pisoteados. Hubo incontables víctimas. La fuerza pública logró finalmente restablecer la tranquilidad. Y al día siguiente voló el Banco.

Desde entonces se vieron cosas inauditas. Los obreros de las fábricas, que se habían negado a declararse en huelga, iban por las calles en compacta multitud. Incendiaban las casas. Regimientos enteros guiados por sus oficiales se acoplaron a la masa obrera, recorrieron la ciudad entonando himnos revolucionarios, y en los docks se apoderaron de muchas cubas de petróleo en pos de rociar el incendio. Las explosiones no cesaban. Una mañana, de repente, un árbol monstruoso de humo y flamas, una palmera gigantesca, se elevó a tres kilómetros de altura sobre el Palacio de Telégrafos, en un instante derruido. Mientras media ciudad ardía, la otra media se entregaba a su existencia ordinaria. Se oía por la mañana el tintineo de los cántaros de hojalata en los carros de los lecheros. En una avenida solitaria, un peón caminero, sentado a la vera de un muro, con su botella entre las piernas, masticaba de manera pausada bocados de pan y un poco de carne guisada. Casi todos los presidentes de los trusts conservaban sus puestos. Algunos cumplían su deber con una sencillez heroica. Rafael Box, hijo del multimillonario mártir, fue sacrificado en la asamblea general del trust de los azúcares. Se le tributaron magníficos funerales. El cortejo tuvo que pasar seis veces sobre montones de escombros.

Los auxiliares ordinarios de los ricos, dependientes, empleados, corregidores y agentes, les guardaban una inquebrantable fidelidad. Los cobradores supervivientes del Banco destruido recorrían las calles sembradas de escombros, y a su vencimiento presentaban al cobro las letras en casas humeantes. Muchos fenecían entre las llamas por hacer efectivos sus ingresos.

Pero ya no era posible albergar ilusiones: el enemigo invisible se apoderaba de la urbe. El incesante estruendo de las detonaciones causaba un insuperable horror. Como los generadores de luz quedaron destruidos, la ciudad yacía en tinieblas toda la noche y se cometían violencias de una crueldad nunca vista.

Sólo en los barrios populosos, menos castigados, se defendían aún, se formaban patrullas de "voluntarios del orden", que fusilaban a los ladrones. En cada esquina solían verse cuerpos con las manos atadas, con los ojos vendados, tendidos sobre charcos de sangre y con un letrero infamante sobre el vientre.

Era imposible recoger los escombros y enterrar a los muertos. La peste se tornó intolerable. Hubo epidemias que ocasionaron muchas muertes y dejaron a los sobrevivientes endebles o embrutecidos. El hambre asoladora consumió las postreras vidas. Cinco meses después del primer atentado, mientras llegaban seis cuerpos de ejército con artillería de campaña y artillería de sitio, por la noche, en el barrio más pobre de la ciudad, único resto de tanta grandeza, estrechamente ceñido por las llamas y el humo, Carolina y Jorge Clair, sobre el tejado en una casa muy alta, tomados de la mano, observaban en torno. Salían cantos alegres de la plaza próxima, donde bailaba una multitud enloquecida de forma furiosa.

–Mañana todo terminará –dijo el hombre.

La mujer, con el pelo desprendido, reflejaba en sus ojos los brillos del incendio que los envolvía, y repitió:

–Mañana todo acabará.

Después, abandonada entre los brazos del hombre, le dio un beso apasionado.

IV

Otras ciudades de la Federación también sufrieron perturbaciones y violencias. Finalmente se restauró el orden. Se reformaron las instituciones y hubo cambios de fondo en las costumbres, pero el país no se rehizo jamás de la lamentable pérdida de su capital, ni volvió a ser próspero como antes. El comercio y la industria desaparecieron. La civilización abandonó aquellos lugares que durante mucho tiempo había preferido a todos los demás: ya eran estériles e insalubres. El territorio que dio vida y sostuvo a tantos millones de hombres, fue un páramo. Sobre la colina del castillo de San Miguel volvieron a pacer los bravíos corceles, los hemiones prehistóricos. Los días se deslizaron como el agua de un manantial y transcurrieron siglos y siglos en un pasado incalculable. Los cazadores perseguían a los osos en las montañas que recubrían la urbe olvidada, los pastores apacentaban sus ganados, los asnos salvajes transportaban sus productos, los hortelanos cultivaban sus lechugas. Carecían de riquezas, de artes. Una parra o un rosal revestían las paredes de sus cabañas, y una piel de oveja cubría sus curtidos miembros. Las mujeres hilaban. Los cabreros amasaban con arcilla figurillas toscas de hombres y de animales, o escribían canciones referentes a la doncella que va tras su amante hasta el bosque, o a las cabras que pastan, mientras los pinos gimen y el arroyo murmura. El hortelano se irritaba contra los pájaros que le comían los higos, construía cepos y lazos para defender a sus gallinas acechadas por el zorro, y ofrecía el jugo de sus viñas a sus vecinos:

—¡Bebed! Las cigarras no me han estropeado la vendimia, porque llegaron cuando ya estaban secos las hojas de vid.

Después, en el transcurso de las edades, las poblaciones enriquecidas, los campos fecundos, fueron saqueados, asolados por los invasores bárbaros. El país cambió repetidas veces de dueño.

Los conquistadores edificaron castillos sobre las montañas. Se multiplicó el cultivo. Se establecieron molinos, fraguas, tonelerías, telares, se abrieron camino a través de los bosques y de los pantanos, los ríos se cubrieron de barcas. Los pueblos ensancharon sus limites, se incrementó el número de sus casas, se unieron unos a otros y formaron finalmente una ciudad protegida por los profundos fosos y por fuertes murallas. Más adelante, capital de un Estado poderoso, aquella urbe se sintió oprimida por sus murallas, ya inútiles por las transformaciones de la existencia, y las derribó para rodearse de paseos floridos.

La ciudad incrementaba de manera desmesurada su población y su riqueza; sus casas nunca parecían de bastante altura. Las construyeron de treinta y de cuarenta pisos, donde se apilaban oficinas, almacenes, despachos de banqueros, domicilios de Sociedades, y excavaron el suelo para construir bodegas y túneles.

Quince millones de hombres trabajaban en la capital inmensa.

***

Índice

Prólogo 7

Prefacio 13

Libro I: Los orígenes 21
    Capítulo I: Vida de San Mael 23
    Capítulo II: Vocación apostólica de San Mael 25
    Capítulo III: La tentación de San Mael 29
    Capítulo IV: Navegación de San Mael sobre el océano
    de hielo 32
    Capítulo V: Bautismo de los pingüinos 35
    Capítulo VI: Una asamblea en el paraíso 38
    Capítulo VII: Continuación de la asamblea 45
    Capítulo VIII: Metamorfosis de los pingüinos 50

Libro II: Los tiempos antiguos 53
    Capítulo I: Los primeros velos 55
    Capítulo II: La demarcación de los campos y el origen
    de la propiedad 60
    Capítulo III: La primera asamblea de los estados
    de Pingüinia 64
    Capítulo IV: Las bodas de Kraken y de Orberosa 67
    Capítulo V: El dragón de Alca 69
    Capítulo VI: Continúa el dragón de Alca 72
    Capítulo VII: Más acerca del dragón 74
    Capítulo VIII: Sigue el asunto del dragón 77
    Capítulo IX: Donde aún se trata del dragón 80
    Capítulo X: También referente al dragón de Alca 83
    Capítulo XI: Prosiguen las vicisitudes del dragón de Alca 86
    Capítulo XII: Termina lo referente al dragón de Alca 89

Libro III: La edad media y el renacimiento 91
  Capítulo I: Brian el piadoso y la reina Glamorgana 93
  Capítulo II: Draco el grande. Traslado de las reliquies
  de Santa Orberosa 97
  Capítulo III: La reina Crucha 100
  Capítulo IV: Las letras: Johannes Talpa 103
  Capítulo V: Las artes: los primitivos de la
  pintura pingüina 106
  Capítulo VI: Marbode 111
  Capítulo VII: Signos de la luna 121

Libro IV: Los tiempos modernos: Trinco 123
  Capítulo I: La Rouquina 125
  Capítulo II: Trinco 129
  Capítulo III: Viaje del doctor Obnubile 132
  Libro V: Los tiempos modernos: Chatillón 137
  Capítulo I: Los reverendos padres Agaric y Cornamuse 139
  Capítulo II: El príncipe Crucho 146
  Capítulo III: El conciliábulo 149
  Capítulo IV: La Vizcondesa Oliva 153
  Capítulo V: El príncipe de los Boscenos 157
  Capítulo VI: La caída del Almirante 162
  Capítulo VII: A modo de conclusión 169

Libro VI: Los tiempos modernos:
el proceso de los ochenta mil fardos de forraje 173
  Capítulo I: El general Greatauk, duque de Skull 175
  Capítulo II: Pyrot 178
  Capítulo III: El Conde Maubec de la Dentdulynx 181
  Capítulo IV: Colombán 185
  Capítulo V: Los reverendos padres Agaric y Cornamuse 188
  Capítulo VI: Los setecientos pyrotinos 192
  Capítulo VII: Bidault–Coquille y Maniflora:
  Los socialistas 196
  Capítulo VIII: El proceso Colombán 202
  Capítulo IX: El padre Douillard 207
  Capítulo X: El consejero Chaussepied 212

Capítulo XI: Conclusión 216

Libro VII: Los tiempos modernos: la señora Cerés 221
   Capítulo I: El salón de la señora Clarence..........................223
   Capítulo II: La obra de Santa Orberosa 227
   Capítulo III: Hipólito Cerés..231
   Capítulo IV: El matrimonio de un político........................236
   Capítulo V: El gabinete Visire 240
   Capítulo VI: El diván de la favorita.................................245
   Capítulo VII: Las primeras consecuencias 249
   Capítulo VIII: Nuevas consecuencias 252
   Capítulo IX: Las últimas consecuencias 258
   Apología de la civilización pingüina 263

Libro VIII: Los tiempos futuros: La historia sin fin..............267
   I...269
   II 274
   III 278
   IV..283